正妻無雙 2

文創風 859

含舟 著

目錄

第十一章

含元殿內，顧宗霖剛要回去座位上，就見妻子還沒反應，以為她是緊張得不知所措了，索性握住她的手拉著她一起回了座位。

這期間容辭擺不出任何表情，她能明顯的感覺到有道存在感極強的視線落於自己身上，可是她卻低下頭，完全不想回望。

接下來就是一整套繁複的宮宴禮儀流程，妃嬪、宗室、眾臣分作幾撥，分別進禮，幾起幾跪都有定數，要費相當長的時間。

至皇帝飲茶畢，沈聲道：「朕與眾卿同賀，賜茶、座，予進宴。」這才算是完成了整個定式過程。

這種場合嚴肅緊張，說話動作恨不得有把尺子比在哪裡，若是稍有不慎就是違禮的大罪。容辭也很佩服自己，這種情況下滿腦子胡思亂想竟也能順順利利沒出一點差錯。

這時侍膳的宮娥、太監開始一桌一桌的擺膳，殿中開始演奏歌樂舞蹈為皇帝和眾臣助興，氣氛也漸漸放鬆下來，有人開始交談嬉笑，也有人起身離席更衣。

宮女將一碟紅燒鵝肝擺在容辭面前，容辭心中煩亂不堪，想做點什麼來靜靜心，看也沒看，執了筷子就去挾，不想卻被顧宗霖攔了。

他勸道：「為了不誤時辰，這些菜御膳房都是提前不知多久就做好了的，擺上來之前不過略在灶臺上熱了熱，只是面上好看罷了，其實又冷又油，妳向來吃不慣油水大的，若是餓了，吃點點心墊一墊更好些。」

他的話讓容辭冷靜了下來，她輕嘆了一聲，放下筷子。「算了，原也不怎麼想吃。」

顧宗霖看了她一眼，還是將一塊鴛鴦卷挾到了她碗裡。

容辭習慣性的總是拒絕不了別人的善意，見此只得小口慢慢吃了下去。

等她吃完抬頭，不巧正瞧見斜對面馮芷菡的目光正掃視著這邊，最終定在了自己旁邊，神情實在算不上友好。

容辭莫名其妙的往身邊一看，見顧悅坐得端端正正，用標準的姿勢捧著茶盞，輕輕啜飲清茶，她一手托著茶杯，一手於面前虛遮口唇，淺藍色的寬袖自然垂下，端的是優雅非凡。

這情景若是在畫裡，便是一幅不折不扣的麗人飲茶圖，可是在現實裡……怎麼顯得那麼做作呢？

顧悅這一口茶慢悠悠的喝了相當長的時間，直到胳膊都抬累了才放下，露出緋紅一片的側頰。

容辭看她臉色通紅，怕她是哪裡不舒服，自己回去又要被王氏陰陽怪氣的敲打一通，便低聲問道：「妹妹，妳這是怎麼了？」

顧悅維持著得體的微笑，微微張口，表情沒有什麼變化。「陛下在往這邊看，好像是在看我……」

容辭下意識的往上首看，正對上了謝懷章專注的目光。

從剛才起她便一直避免往那個方向看，彷彿看不見那人便不存在了似的，現在兩人對視，那熟悉的面孔和神情真是讓她想自欺欺人都做不到。

容辭心中湧起一股暗暗的怒氣，飛快的別過頭避開他的目光，猛地灌了一口茶，卻怎麼也壓不住火氣，她的手在案下握得緊緊的，深吸了好幾口氣才勉強平靜下來。

謝懷章從查出容辭身分起就明白自己的身分快隱藏不住了，他也沒想再瞞著，總得有機會把這事捅開了才好，不然再好的關係建立在欺騙之上怕也沒什麼好結果。

他料到今天容辭會十分震驚，也想好了安撫她的方法，卻不料容辭只在一開始抬了一次頭，之後便彷彿沒事人一般再沒往這邊看哪怕一眼。

謝懷章心中本就不安，又瞥見她與顧宗霖一同行動，兩人舉止自然，也不像是不和的樣子，便難免心有不豫，明知在大庭廣眾之下最好不要做什麼特殊的舉動，但目光就是控制不住的往那邊看。

這才讓滿殿的人都以為他是對坐在那一處的某個貴女有了興趣，紛紛不露聲色的也順著他的視線，去琢磨到底是哪個引起了他的注意。

那些花容月貌的女子在眾人打量的目光中都挺直了脊背，儘量以最美最自然的姿態進入君王的視線，可他最想吸引的人卻在和旁人卿卿我我，一副恩愛夫妻的架勢。

好不容易等到容辭抬頭往這邊看了一眼，還沒等他看清什麼，對方卻又面無表情的移開了視線。

謝懷章再有盤算也不免有些忐忑，再加上不知什麼人在耳邊嘰嘰喳喳的聒噪更是心煩，如此忍耐了一段時間，終究不想再等下去節外生枝了，便向趙繼達使了個眼色。

謝懷章身邊坐著的是後宮中位份最高的德妃與呂昭儀，她們兩個都曾是東宮的側妃，德妃錢氏資歷更深一些，便直接封妃，呂昭儀屈居她之下。

宴會開始時，由德妃率諸妃嬪與聖上進賀，儀式完成之後順勢找機會與他聊了幾句，見他興致不高便識趣的不再多言了。但這個情景在許久不曾面聖的呂昭儀眼中，便是壓了自己一頭的德妃與陛下相談甚歡，其樂融融。

她心中不甘，就也趁著這難得的機會上前搭話，一會兒誇這含元殿雄偉氣派，一會兒談自己閒在宮中有多麼寂寞。謝懷章心中有事，連身邊是誰都沒看清，敷衍的應了兩聲，卻讓呂昭儀更來了勁，見到什麼說什麼。

直到她刻意柔聲細語地問了一句此刻這殿中的舞蹈和剛才的哪個更出眾，卻還是得了皇帝一句漫不經心的「嗯」字之後，才反應過來人家根本沒在聽她說話，自己怕是鬧了笑話，不由漲紅了臉，訕訕的住了口。

德妃看了她一眼，輕輕地挑了挑描繪得格外精緻的眉毛。

諸妃的注意力肯定是黏在謝懷章身上的，呂昭儀出的醜自然看得一清二楚，不免在私底下竊笑。

鄭嬪百無聊賴的在座位上發呆，卻突然聽見身旁的韋修儀與戴嬪在議論完呂昭儀之後，話題轉向了陛下。

韋修儀輕聲道：「剛剛那邊坐著的有誰？」

「有不少人呢。」戴嬪接道：「光我見過的就好幾個，穿青衣的是襄陽伯的姪女，年紀大一點的是杜閣老的孫女……其實長得都不怎麼樣，我還以為陛下會一眼就注意到馮氏呢，本想著若是她做了咱們姐妹，後宮肯定得熱鬧一番，沒想到陛下看都沒往那邊看。」

韋修儀不屑道：「若陛下是那等只在意容貌的人，廢妃郭氏也不至於……」

「噓！」戴嬪嚇了一跳。「姐姐不要命了，好端端的提她做什麼？」

韋修儀冷哼一聲。「怕什麼，陛下怕是連咱們誰是誰都記不清了，才沒那個閒工夫來聽我們說什麼。」

戴嬪算是服了她這張嘴了，什麼戳心說什麼，便轉移話題道：「不提這個了……那個穿藍衣服的是誰……看上去倒不錯。」

韋修儀定睛看去。「像是恭毅侯的嫡長女顧氏。」

鄭嬪本不在意她們在說什麼，聽到「恭毅侯」三個字才陡然提起了興致向下看去，立即發現了顧宗霖的存在。

而此時顧宗霖則是發現了容辭的心不在焉，不明白她是怎麼了，正低聲詢問，完全沒注意到自己的「心上人」正淚眼朦朧的看著自己。

容辭輕聲道：「沒事，就是有點悶……」

顧宗霖便道：「實在難受的話，過一會兒趁著旁人去更衣，妳也出去走走。」

容辭點點頭，繼續有一眼沒一眼的觀看舞蹈，過了一會兒，她感覺自己衣服像是被誰扯了一下。

她輕輕轉頭，見身後謝宏趁著回座位的工夫朝她擠眉弄眼的示意著什麼，容辭愣了愣，順著他手指的方向看去，只見本該守在御座旁的趙繼達正站在角落，身後就是通向大殿側門的路。

容辭接著轉頭看向御座，只見剛剛還在上首坐著的謝懷章已經離席，不知去做什麼了，她心中便有了數。

謝宏見容辭好像會意了的樣子，以為自己完成了任務，容辭馬上會出殿會合，但還沒來得及高興呢，就看到容辭冷哼了一下，什麼也沒做就扭過頭去。

謝宏愣住了，反應過來之後便急了，再次伸手悄悄拉容辭的衣服，但人家就是穩坐如山，不為所動，跟沒感覺到一樣。

眼看動作若再大一點就要引起旁人注意了，她還是不予理會，謝宏實在沒法子了，只能無奈的對著趙繼達攤了攤手。

趙繼達也覺得有些難辦，但薑到底是老的辣，思索片刻便有了主意。

容辭表面很鎮定，心裡其實亂得很，手指都要把裙邊扯破了。

這時，一個打扮得頗為體面的宮娥走了過來，向顧宗霖夫婦行了禮。「奴婢見過世子、世子夫人。」

顧宗霖問道：「什麼事？」

那宮娥年紀不算輕，很穩重的樣子。「回世子的話，奴婢是順太妃跟前的人，太妃與夫人母親原是舊識，想請夫人單獨敘舊。」

顧宗霖有些驚奇，便看向容辭。

母親有沒有認識什麼太妃太嬪容辭不清楚，但這個宮女說的她一個字都不相信，什麼太妃請她敘舊，不過是某些人的把戲罷了。

可明知如此，她卻沒有任何理由可以拒絕，太妃既是長輩又是皇室，屈尊邀請一個小輩談話，又是在眾目睽睽之下，容不得她有絲毫推託之詞。

容辭胸口劇烈的起伏了一下，最終站起來，忍著氣道：「妳帶路吧。」

那宮女將容辭引到殿外，趙繼達就守在無人之處，見容辭可算是被哄出來了，鬆了口氣，上前把宮女打發了，然後擦著汗道：「夫人，您這不是為難奴婢嗎……」

容辭道：「原來是『趙先生』，卻不知那位與我母親相識的太妃娘娘在何處，怎麼不見人呢？」

趙繼達告饒。「奴婢的這點子心眼您心裡頭門兒清，可這不是沒辦法嘛。」

容辭也知道他只是奉命行事，罪魁禍首另有其人，便憋著氣不言語了。

趙繼達帶著容辭一路向北走，到了一處離含元殿不遠的地方，裡面被樹木與假山遮住的地方有一座小小的暖閣。

容辭進了暖閣，趙繼達便退下了，順便還不忘將門關上。

謝懷章還穿著剛剛在宴會上穿的明黃色龍袍，頭戴著九龍金冠，從她進來起便默默望著她。

容辭走上前，二話不說就先行了叩拜之禮。「臣婦請陛下金安。」

謝懷章在她還沒來得及叩頭時便強硬的將她拉了起來，定定的看著她。

容辭被他拽著胳膊，仍是低著頭拒絕與他對視，謝懷章便道：「朕不是有意隱瞞的，妳別放在心上。」

容辭將胳膊抽出來，將頭轉向一邊，儘量用平靜的語氣道：「陛下不必這樣說，臣婦自己都未能將真實姓名據實以告，又怎麼敢要求陛下坦誠呢。」

話是這麼說，但女人的情緒有時候不是公平二字可以平息的，謝懷章靜靜地看了她一會兒，將她的臉轉過來。「阿顏，妳這是在生我的氣嗎？」

容辭睜大了眼睛看著他。

謝懷章道：「我不是有意要隱瞞的，只是不知該如何坦白而已。」

他本身不怎麼懂得與女子相處，也從沒有哪個女人敢跟他鬧彆扭，此時卻無師自通的相當明白該怎麼哄容辭，他不提兩人是互相隱瞞身分的事，而是直接解釋，語氣還非常誠懇，這反倒讓容辭覺得自己是在無理取鬧。

她的臉色有所鬆動，終是道：「我也沒有細說自己的事，陛下並沒有錯。」

謝懷章觀察著她的神情，繼續說：「我的名諱上懷下章，這舉世皆知，在外面行走很不方便，因此才用了化名。」

容辭凝神思考了片刻，自嘲道：「『九族既睦，平章百姓。』太隱晦了，我當真沒往這處想。」

她走到窗前看向遠處，只見滿宮中燈火通明，只有此處清幽。

「陛下今日見我無半分驚色，想來也是知道我的底細的，我就不多掩飾，平白惹您笑話了——我叫許容辭，是靖遠伯府三房之女，嫁的是如今的恭毅侯世子顧宗霖……這些想必您都知道了。」

謝懷章從第二句話起就不再自稱「朕」了。「因為我們相交時，妳從未探究過我的來歷，我便覺得若是私自查探，便顯得自己多疑器量小，好似不尊重妳一般，因此也是直到最近才偶然得知妳的身分的，」他不動聲色的將自己的謀劃歸類於偶然。「之前只知道妳來自勛貴之家罷了。」

容辭自是知道之前兩人雖幾乎到了無話不談的地步，但也刻意避開了身世來歷，不多追問，這是他們心照不宣的默契。

說實話，若謝睦隨便是旁的什麼身分，哪怕是親王貴胄呢，她也不至於這麼大的反應，但是天子……

這實在是作夢都沒想過的情況，完全超出了她的承受能力，在認出他的那一刻，那種難以言喻的心情，真的遠非「震驚」二字可表。

等到現在慢慢冷靜了下來，容辭才開始覺得自己的怒火好像也沒什麼理由，明明是兩個人同時隱瞞的事，她就是莫名其妙的生氣，說不清是什麼原因，好像也不單單是因為受到驚嚇的緣故。

說實話，就算到了此刻，她其實已經想明白了，這件事謝懷章不算有錯，就算錯了，她自己也是半斤八兩，並沒什麼可說的，可她心中就是氣鬱難消，莫名其妙得很。

她又想起他剛才的話。「您是如何知道我出身勛貴的？」

謝懷章眼神微動，輕聲道：「我們之前就見過，妳不記得了嗎？」

「之前？」容辭略帶驚疑。「不是在去落月山的路上遇到的嗎？」

總算談到這個話題了，謝懷章不動聲色的笑了一下。「前年十月份妳是不是進過宮？」

實際上容辭兩輩子也只進過一次宮，印象深刻，實在不容易忘記。

她疑惑的點了點頭。「是德妃娘娘生辰那天，我當時見過您嗎？為什麼一點印象也沒有……」

謝懷章側著頭靜靜地瞅了她片刻，突然開口一字一字的複述了當日的話。「——船上有燈，夫人自去取吧。」

這句話……怎麼這般熟悉？

容辭短暫的茫然了一下，立刻回想起來了，她不可置信的看著他，眼睛越睜越大。「當日的……竟然是你……？」

謝懷章頷首。「不錯。」

容辭完全沒想到他們之間竟還有這樣的緣分，那日的恩公可以說是對她有救命之恩，要不是他出手相救，她就算不被淹死也會被湖水凍死，這份恩情她一直記在心裡，一刻也不敢忘懷，只是一直不知道人家的身分，實在找不到機會報答。

沒想到那個人就是謝懷章……這真是太巧了……

「你是怎麼認出我的？」容辭心潮起伏，有些激動。「什麼時候認出來的？」

「我自來對人的聲音就敏感，當初在前往落月山的路上妳開口說第一句話時，我便聽出來了。」謝懷章嘴角抿起一抹笑意，伸手在容辭頭側比了比。「妳比我想像中的要小一些。」

竟然這麼早？

容辭心中百感交集。「你為什麼不早告訴我呢？」

「我要怎麼說呢，迫不及待告訴妳我救過妳？那好像是施恩圖報似的。」

「那你現在……」

「我現在就是在施恩圖報。」謝懷章溫和的凝視著她，語氣認真又沈穩。「阿顏，看在我們那次交集的分上，別計較我的隱瞞，也不要再生氣了可好？」

今天發生了這麼多事，知道了謝懷章這讓人難以接受的真實身分，又莫名其妙的自己生了半天氣，容辭的情緒起伏很大，說不出是想哭還是想笑，方才剛知道謝懷章就是自己的救命恩人，又聽他說了這樣一番話，不由得羞愧難當。

她捂著臉道：「二哥，你再說這話就是存心讓我無地自容了……」

謝懷章道：「那就是不氣了？」

容辭深吸了一口氣，抬起頭來低聲道：「該說抱歉的是我，你也別跟我計較……」

看著她面帶慚色，不像是剛才那般心中存著氣的樣子，謝懷章眉梢眼角慢慢滲出淡淡的笑意。「其實妳我之間，又何至於此。」

兩人算是說開了，容辭因為謝懷章的身分心存顧忌，加上李嬤嬤當日所說的話，更想與他保持距離，可到底因為剛才對人家莫名其妙發了脾氣，兩人剛剛和好，她也不好在這時候主動疏遠。

之後言語間一來二去，竟是芥蒂全消，就像是之前不知道他就是當今天子時一般，不知不覺就忘記還要對皇室對皇權心存敬畏了。

眼看再不回去，宴會中的人就要起疑了，這裡離含元殿不遠，容辭記得路，就自己先走一步。

這時已經月上中天了，所有人都在含元殿周圍活動，路上也沒什麼人，容辭走了還沒幾步，就聽見前方像是有什麼人壓低聲音爭吵。

容辭生怕在宮中撞破什麼不可見人的秘密，見狀便躲在一旁的假山石後，想等二人離開再走。

她本以為這兩個人怎麼著也要過一段時間才能吵完，卻不想不一會兒就沒人說話了，之後就隱約見到人影從假山這邊離開，那人頭上一支金色的蟲草步搖在燈光與月光的照射下分外顯眼。

容辭也沒細想，又留了一會兒，確定沒人了之後才出來，繼續往含元殿那邊趕。

她怕再遇上什麼不該看的，便加快了步伐，不想在外多留。等到了含元殿偏門外，還有幾步就是入口的臺階了，也沒再撞上什麼事。

她鬆了口氣，停下來站在殿門後不引人注意的地方先歇一歇鬆口氣。

但不想怕什麼就偏遇見什麼，她剛剛平復下略微急促的呼吸，就見離她所站之地不遠的地方有衣裙的影子，仔細一聽，好像是有什麼人在遮得嚴實的角落裡輕聲啜泣。

容辭很納悶，自己難不成是跟這大明宮犯沖不成，怎麼統共就進了兩次宮，次次都波折叢生，竟像是這宮裡沒有能讓她下腳的地方似的，總是遇上各種事故，在這裡落水也就罷了，好不容易遇上個朋友，都能離奇的發現他居然是當今聖上。

現在也是，不到兩里地的距離也能撞上這麼兩件事，她分明一點也不想知道旁人有什麼秘密，這又不關她的事。

這時，那邊傳來了帶著愁緒的低語，那聲音又細又小，不仔細聽還聽不見。

「……你當初的話，我一刻也沒有忘過……」

容辭皺著眉不想再多待，往後退了一步，卻不想身後不知何時站了個人，她一退正巧靠到了那人胸膛上。

容辭驚訝之下忙避了避，腳下沒來得及站穩就被扶住了，她抬頭一看，見謝懷章站在身後正扶著她的胳膊。

她剛要張口，便見他做了一個噤聲的手勢，那邊的聲音繼續道：「不知你還記不記得……」

容辭不解的看著謝懷章，卻見他輕笑一聲，搖了搖頭，不像是生氣的樣子。

之後他便拍了拍容辭的肩膀，指了指另一側殿門，隨即退了出去，想來是要從另一邊進去。

容辭心中略有不安，但又不知究竟是何處出了問題，不想留下來被旁人察覺，便只能暫時先將疑慮甩出腦海，徑直入了殿內。

此時宴已過半，正是最放鬆的時候，加上皇帝不在，眾人便都在做自己的事，有的觀賞歌舞，有的與相熟之人交談，有的離席不在場。

容辭回了自己座位，才發現身旁的顧宗霖和顧悅都不在，也不知去了何處，倒是謝宏一改往日跳脫的性子，仍是老老實實的捧著酒杯坐在原處，見容辭回來還戰戰兢兢擺了個笑臉。

容辭見他的樣子不由笑了起來，端著酒杯轉身敬了他一杯，仍是用了以前的稱呼。「宏小爺，我剛才氣昏了頭，不是故意難為你的，請你不要放在心上。」

說著將杯裡的酒水一飲而盡。

謝宏一整晚都心驚膽戰，生怕謝懷章和容辭兩個談不攏，自己兩邊不是人，回去說不定還要吃瓜落，此時見容辭和聲細語，臉色也好看了，便知他們已經和好如初，他也放下了心，與容辭對飲了一杯，低聲道：「剛才趙公公讓我轉達，若您之後遇上什麼難事，便差人到成安胡同的謝宅傳信與我，我自會向上通傳。」

之後他看著容辭點頭後轉身的背影，還在想陛下是用了什麼招數，這麼一會兒工夫就將人給哄好了，明明平時那麼悶的一個人，真是人不可貌相……

容辭坐下沒多久，就感覺周圍的人都變得斯文嚴肅了起來，之前歪著身子聊天的人也坐得筆直筆直的，她抬頭一看，果不其然見謝懷章已經回了御座上。

過了一會兒，有個瞧著十分不起眼的太監低著頭走過來，為容辭這桌新添了幾道菜，她嚐了嚐，竟像是新出鍋的，是熱的，瞧著也很新鮮。

她抬頭看了眼謝懷章，他也正往這邊看，見她桌上已添了新菜，便微不可察的朝她點了點頭。

容辭即使知道這對他來說不過是一句吩咐罷了，但還是不自覺的露出一點笑意。折騰了一下午加一個晚上，她也確實餓了，便一邊欣賞歌舞一邊吃飯，剛剛吃得差不多，便覺得身邊有人坐了下來。

是顧宗霖，他一言不發的回到了座位上，剛坐下就喝了一滿杯的酒，緊繃著一張臉，心情不是很好的樣子。

這時容辭和他的情緒倒是顛倒了過來，現在容辭心情已經好轉了，顧宗霖反而不知是遇上了什麼事，沈著一張臉。

容辭不知道他這是怎麼了，心裡也有點好奇，但根據上一世的經驗，這個時候跟他搭話不過是熱臉貼冷屁股，只會被遷怒，所以猶豫了一下，還是沒有過問。

這時，另一邊的顧悅也回來了，她快步走到座位上，呼吸很急促，容辭本以為她是聽說了謝懷章回來的消息急著趕回來，所以才是這般情狀，可沒一會兒就發現了不對。

謝懷章此刻就在上首坐著，按理來說她應該像先前一樣盡力表現得大方得體才是，可顧悅此時雙拳攥緊，整個人打擺子一樣顫抖不停，臉上的表情也很不對勁。

察覺到容辭驚訝的目光，顧悅立即色厲內荏的低聲斥道：「做什麼這樣看著我！」

容辭只覺得今晚的事越來越怪，從顧宗霖到顧悅一個比一個不對勁。

她皺眉提醒道：「妹妹，妳現在在發抖，要是覺得冷，就飲一杯熱茶緩緩。」

「我沒事！」

話是這麼說，顧悅到底發現了自己的反常很是招人矚目，便立即喝了一口茶水，盡力平復心情。

容辭想了一下今晚的事，覺得到處都是問題，可又不知道究竟是怎麼了，只能暗暗祈禱別再出什麼差錯，順順利利的結束這場宴會，好讓她回去細細的理一理頭緒。

也不知是不是倒楣久了，運氣開始回轉，還是她的祈禱奏了效，接下來沒有出別的岔子，直到宴會結束都一切正常。

容辭與顧宗霖帶著顧悅一起回了侯府，下馬車時顧悅一個踉蹌險些摔倒，還是容辭反應快才沒讓她當街跪下。

顧宗霖這才察覺出妹妹的不對勁。「出了什麼事？妳怎麼這個樣子？」

顧悅不敢像頂容辭一般頂撞她二哥，聞言只是支支吾吾的說沒什麼事，然後飛快的回了自己院中。

顧宗霖對容辭道：「中途不是還好好的，她是什麼時候開始不對勁的？」

容辭心想，你看起來也沒比她好到哪裡去，誰知道你倆這是怎麼了，為什麼比她這個剛發現朋友是皇帝的人還要奇怪。

等容辭躺在床上慢慢消化今天發生的事的時候，突然意識到晚上她回到含元殿偏門外時，聽到的那個說話聲語氣有點熟悉。

那種哀怨的、帶著愁緒的哭腔，實在很不常見，她長這麼大也只聽過一次，再結合顧宗霖歸席之後的反常……

容辭猛地從床上坐起來——莫不是……

她被自己的想像嚇了一跳，隨即馬上回憶起當時謝懷章的反應，這一想也想到了其中的違和之處。

因為謝懷章的反應……怎麼說呢，很……耐人尋味……

不過也就因為如此，容辭反而覺得他沒察覺到什麼：一來當時那女聲很低，不仔細聽幾乎聽不見；二來謝懷章見到鄭嬪的次數應該不多，按理也不該聽出什麼來，三來麼……若他真的知道了什麼，怎麼可能如此平靜？作為君主，作為天子，甚至作為夫婿，若察覺到自己的妾室與旁人私會，無論如何也不該是毫無反應，就算顧忌著她，不便當場暴跳如雷，也該顯出怒氣才對，但他明顯是帶了一點饒有興致的意思，並沒有什麼不滿。

這麼一想，容辭也稍稍安心，雖然她對顧宗霖的事已經不想多管了，但也不至於盼著他因為這種事而倒楣，況且兩人不管怎麼樣也是名義上的夫妻，一榮不一定俱榮，一損卻必定俱損。

再就是顧悅的事，這個是真的沒什麼頭緒，本來她們兩個就不熟，實在猜不出她是發生了什麼事怕成那個樣子。

想了半天，容辭覺得累了，習慣性的伸手拍了拍身側，卻什麼也沒碰到，這才想起自己已經離開了溫泉別院，此刻是在恭毅侯府三省院的臥室中。

這裡……是沒有圓圓的……

不知是不是所有的年輕女人都這樣，未生孩子之前都覺得自己心如鐵石，滿心以為即使有了孩子也不過是多找幾個奶娘的事罷了，不會把自己牽絆住，但直到生下自己的骨肉之後才發現不是那麼回事。

撫育子女當真不是有幾個下人或者乳母就能撒手的事，做母親的會時時刻刻想著孩子，天冷的時候記掛著給他添衣，天熱了又怕他沾染暑氣，做著針線就能聯想到孩子缺不缺衣服，就連聽到別的孩子的哭聲都會覺得揪心，忍不住擔心自己的孩子也受委屈。

在圓圓出生前，容辭只覺得他會是自己難過孤單時陪著自己的慰藉，但當他真的來到這個世上了，她才知道，這孩子的一舉一動，都能以骨肉相連的方式牽動著自己的半條命。

這才離開他幾天，就覺得想他想得撓心撓肺，圓圓雖然乖巧聰明，但也十分黏人，從沒離開母親身邊超過半天，況且他這才不到周歲，容辭這一走便無法哺乳，也不知道驟然斷了母乳他能不能習慣。

謝懷章的身分這麼令人震驚的事都沒讓容辭掛心太久，想兒子倒是想得大半夜沒睡著。

第二天，容辭早早就從床上起來了，惹得鎖朱驚訝道：「姑娘怎麼不多睡一會兒，瞧這眼皮子底下都發青了，這幾天又不需去請安，不如躺著多歇歇。」

容辭昨晚好不容易睡著了，又在夢裡夢見圓圓不停地哭著要母親，心疼的她直接從夢中哭醒了，之後就再也沒有睡著，現在也覺得頭暈不適。

但她在上輩子時，這種失眠的狀態過得久了，知道這種情況下越躺越不舒服，是絕對睡不著的，還不如趁著身體好多活動活動，轉換一下心情。

穿好了衣服，斂青細緻的給容辭臉上鋪了一層粉，遮住了她不是很好看的氣色，又梳好了精緻的隨雲髻，正準備戴頭飾呢，就聽見外面小丫鬟通傳。「三奶奶來了。」

「快請進來。」

容辭從鏡裡見到不光孫氏自己來了，手裡還抱著顧燁，忙扔下手裡的珠釵回過身來。

「喲，今天怎麼捨得把妳家的寶貝蛋帶來了？」說著張開手臂。「來，燁哥兒，讓伯母抱抱。」

孫氏一邊將孩子塞到容辭手中，一邊道：「前幾日他病著，總是咳嗽，這才沒敢叫他出門，現在一看，帶不帶他這待遇真是不一樣。」

現在顧燁已經三歲了，但還是小小的一團，容辭本就挺喜歡他，加上現在又見不到自己的兒子，見到他多少有點移情的意思，就抱著不撒手了。「妳這麼大的人了，自然沒法兒跟燁哥兒比了。」

孫氏笑道：「當初妳剛過門，抱著這小子的時候動也不敢動，現在倒是熟練得很了，我瞧著倒是有模有樣的。」

容辭抱著顧燁笑而不語，現在她自己就是做娘的人了，自然是今時不同往日。

斂青見容辭髮髻上還是光禿禿的，便撿起剛剛放下的珠釵，拿過來要替她戴上，容辭便出言制止。「換根玉的來吧，這釵是金製的，邊緣打磨得太銳利了，這孩子正是好動的時候，別再被他抓住反而傷了他。」

孫氏眼見著斂青又給容辭戴上一根碧玉簪，其間她也並沒有分神去照鏡子，而是任憑丫頭動作，自己專注的哄著燁哥兒讓他說話，舉動十分妥貼，可見不是面子工夫，而是真喜歡燁哥兒。

這麼看了一會兒，倒真讓她下定決心開了口。「二嫂，妳也嫁進來快兩年了，就沒想著自己也生一個？」

容辭逗著顧燁的手頓了頓，抬頭道：「怎麼突然說起這個？」

孫氏訕訕道：「我是覺得妳現在也到年紀了，再不生就有點晚了……」

「還跟我弄鬼，」容辭道：「妳再不說實話我可不聽了啊。」

孫氏猶豫了片刻還是嘆了口氣，壓著聲音把實話說了。「我是覺得和妳親近才說的，妳也知道，子嗣之事一直是夫人的一個心病，之前有大爺在的時候還好，自從大爺沒了，妳又一直別居在外，二爺連個通房都不肯留，孩子更是影兒都沒有。天地良心，我們兩口子有自知之明，從沒妄想過不該想的東西，可那邊就是看我們燁哥兒不順眼……」

容辭聽到這裡就明白了。「這我也幫不了妳呀。」

「我是想著，要是二爺有了孩子，夫人便不會盯著我們這一房了。」孫氏說了真心話。「雖我們三爺自己就是庶出的，但我還是瞧不慣那些姨娘側室之類的，自然不會盼著二爺納妾，便真心想著讓妳早有好消息，也可以解解我們的燃眉之急啊。」

容辭哭笑不得。「我是不在意什麼側室之類的，要是人家想納妾我也不攔著，可這生孩子也不是光有女人就能成事的，能幫你們的另有其人，卻絕不是我。」

孫氏經過了這麼久，也多少明白問題是出在顧宗霖身上的，但看他平日裡待容辭也多與待旁人不同，這才抱著半分希望想來勸和勸和，夫妻和睦了，也好誕育子嗣，自己的煒兒或許就不會那麼扎人眼了。

可一聽容辭剛才提起納妾一事的口氣，便知這二人之間的夫妻情誼恐怕仍舊淡漠得很，絕不是旁人三言兩語就能勸出個孩子來的情況，便只能就此打住，不敢多說了。

她感嘆了一番，到底放下了此事，又和容辭逗著孩子閒聊了一番，才滿腹心事的回去了。

她剛走不久，敬德堂那邊就說有事要傳二奶奶，讓她儘快趕過去。

容辭自覺也沒什麼錯處，便坦然的去了。

來到了敬德堂，一進門卻見顧宗霖也在，那邊顧悅被王氏摟在懷裡不停地抽噎，一邊哭還一邊發抖。

王氏見夫妻兩人都到了，才沈著聲音道：「昨晚宮宴上到底是怎麼回事？」

容辭看了顧宗霖一眼，見他依舊是冷著一張臉，表情並沒有變化，不由佩服他的鎮定。

「母親這樣問是何意，昨晚我們走時還一切正常，莫不是又出了什麼事？」

王氏按著額角道：「一切正常是因為事情被壓了下來，沒有人敢在昨天那種日子聲張，今天一早宮裡司禮監和刑部一齊來人，盤問了悅兒好長時間。」

看來不是顧宗霖的事，容辭稍稍放心。「究竟怎麼了？」

「是馮家的那丫頭出了事，她昨晚被發現倒在離含元殿不遠的假山縫裡，滿頭都是血。」

馮家丫頭……馮芷菡？

容辭心中咯噔一聲。「不是出了人命吧？」

「那倒沒有。」王氏的語氣有些微妙，也不知是慶幸還是可惜。「流了那麼多的血還是救回來了……」

「可查出了是何人所為？」

王氏搖頭。「若是查出來就不用問你們了。」

顧宗霖突然開口道：「我們一起去的，司禮監為何只盤問悅兒？」

「這誰知道？莫不是覺得悅兒之前和馮姑娘認識吧！」王氏嘆了口氣道：「剛才來的人

把你妹妹嚇得一直哭，現在還什麼也不肯說。」

顧宗霖看了看躲在母親懷裡死活不出來的顧悅，冷著臉哼了一聲。「驚嚇？莫不是心虛吧？」

顧悅的哭聲戛然而止，王氏也皺眉道：「你這是什麼話？」

容辭知道顧宗霖的意思，慢慢解釋道：「母親，昨晚宴會上妹妹離席了一趟，回來後就略有些不對勁，我們坐的位置……頗為引人注目，她的反常怕是被有心人看在眼中，這才招來了查案的人。」

「反常？」王氏愣了一下，馬上將顧悅拽了起來，逼問道：「這不是小事，妳究竟有沒有做過什麼？」

顧悅從昨晚起一直提心吊膽，今早又被人不陰不陽的問了好些話，早就嚇破膽了，但還是倔強咬著牙道：「我沒有！我什麼都沒做過！」

王氏閉了閉眼，她自然知道自己的女兒是個什麼性子。「妳還嘴硬，現在在這裡的都是自家人，妳再不說實話讓我們去替妳描補，非要等到刑部來拿人了才肯說嗎？」

顧悅又撐了一會兒，最後還是哭了出來，邊哭邊說：「……真的不是我，那晚我們吵過兩句嘴，但馬上就分開了，之後我越想越氣，就回頭想再找她辯個分明，卻不承想見到她已經滿頭血地倒在那裡了，我、我一時錯了主意，就沒叫人……」

她說這話的神情倒不像是假的，但若是實話，那她便只是見死不救，算不得殺人未遂，雖也不怎麼好聽，但到底不是那樣嚴重。

王氏卻還是憂心忡忡，一來見死不救若是傳出去了名聲也同樣不好，二來要是找不到真凶，司禮監那群人若真要把自己的女兒抓去頂罪可如何是好？

還有，惹上這種事，不管最後能不能自證清白，進宮的事八成都要黃了。想不到謀劃了這樣久，到底是竹籃打水一場空。

這樣想著，王氏更加煩躁，抬頭看見容辭時也開始遷怒，想著她一回來家裡就沒好事，莫不是真的讓那些人說中了，自己這個二兒媳婦跟顧府犯沖不成？

她本就看不上容辭，此時更是莫名添了一絲厭惡之情，心想到時候仍舊讓她在外邊住，自己也好給兒子多謀劃兩個側室，少了她這不中用的在裡邊礙眼，說不準就能成了事呢？

容辭壓根兒不在意王氏是怎麼想的，畢竟要想討好這位婆婆難度太大了，付出的代價也不是常人所能承受的，如此還不如破罐子破摔，讓出府更容易些才是賺了。

下面沒容辭什麼事了，但她還是多問了一句。「妹妹，妳可記得妳發現馮姑娘受傷是在什麼地方？」

顧悅現在也沒心情跟容辭對著幹了，懨懨的道：「含元殿西邊不遠處有個林子，林中有假山，就是在那附近……」

容辭挑了挑眉毛，昨晚路上遇見的事從腦子裡一閃而過，飛快的被她捕捉到了。

幾人剛要散去，便聽見有人來傳話，說是馮府那邊有了消息，馮小姐已經醒了，刑部和司禮監的人已經趕去了。

這人自然是王氏派出去探信的，她此時聽了這消息有喜有憂，喜的是馮氏醒了之後，女兒的罪名就有望洗刷了，擔憂的則是害怕馮芷菡為了掃除進宮的對手，胡亂攀咬，萬一反過來誣衊悅兒，那可就百口莫辯了。

她越想越害怕，恨不得立即動身去馮府一探究竟，但剛起身又硬生生的壓下來——夫君顧顯已經病了好些時候，眼看就要不好了，自己因為這事也已經有些時日沒出門交際，連昨晚元宵節大宴都告了假，若現在著急慌忙的去了，不說有藐視皇家之嫌，旁人還當是心虛呢。

王氏頭痛的想了一圈，發現大兒媳婦守寡在家，小兒子又不是自己生的，最終還是要讓許氏出面……

容辭得了吩咐，跟著顧宗霖先回了院子，準備換身衣服就出門。

她一邊整理頭髮一邊從裡間出來，顧宗霖就替她遞了件灰鼠毛披風。「馮氏不是省油的燈，妳切記慎言，小心言多必失。」

容辭將披風披上，又繫著帶子。「我自然知道，這時候想送女兒入宮的人家，有哪個是簡單的……可惜了大妹和馮小姐，經此一事，她們的盤算可能都要落空了。」

顧宗霖倒是一點也不覺得可惜。「進宮去也討不了什麼好，她和馮姑娘也算是因禍得福了。」

容辭本來正背對著他對著鏡子戴耳環，聽了這話不由一愣。

——他這已經是第二次明確表態不看好新妃入宮一事了，要說前一次，他深知自己妹妹的性格，覺得她幾乎不可能得寵，這樣說還有些道理。可是馮芷菡與顧悅不同，在眾人眼中，憑她的容貌不出意外的話怎麼也能在宮中占一席之地，就算是脾氣性情再差也一樣，何況人家性子怎麼樣，顧宗霖明顯也是不知道的。

等所有人都知道謝懷章的後宮是如此的與眾不同時，起碼還要再過兩年。此時大家的觀點普遍都是一方面覺得他不貪戀女色，另一方面是現在宮中妃嬪都是東宮舊人，看得多了就使人提不起興致。

所以才有那麼多人家想要獻女入宮，說不定就被久不見新人的皇帝看中，一舉拔得頭籌——當然之後他們就會明白這純粹是想得太多也太美。

可是……顧宗霖為什麼在此時就這樣不看好呢，這種消極的態度甚至不單是針對自己的妹妹，而是包括馮芷菡在內的所有貴女——他的意思很明確，就是認為沒有一個女子會奪得聖寵，入宮還不如在外頭找個夫婿嫁了更得益。

容辭本能的覺得有些不對，甚至懷疑他是不是和自己一樣有著前世的記憶，比別人知道些什麼。可轉念一想又覺得不像，因為他對自己的態度明顯並不比之前差，相反，有時還更體貼些，對待知琴也是一如既往，並不見心存芥蒂的樣子，若他也重生了，必然知曉知琴的心機，萬萬不可能是這般情狀。

這麼一想雖仍覺得有疑惑未解，但到底放心了一半，此時她能和顧宗霖和平共處最大的一個原因就是覺得他並沒有前世的記憶，相處起來勉強不算膈應，但若前世的顧宗霖當真也回來了……

那她就一刻也不想在這府裡多待了。

第十二章

馮府和顧府之間離得不算遠，容辭差人套了馬車坐上很快就到了，隨即送上拜帖，說是恭毅侯夫人聽說他們家小姐醒了，特地派世子夫人前來探望。

事情很順利，很快便有人來帶她進去，並不像是對待傷害自家小姐的仇家的態度。

等到了馮芷菡的院子裡，便見幾個穿著官服的人站在院中。

見容辭停步，引她過來的下人便解釋。「這是刑部來的幾位大人，因為我家小姐還在臥床，不便見外男，便都在此等候，司禮監的各位中官在房中問詢。」

說著帶著容辭進了門，讓容辭稍等便進了臥室通傳。

容辭站的地方正好是與內間相連的，她從微敞開的槅扇中間看到了幾個內監服飾的人圍在床邊，像是在詢問什麼，剛才的婆子進去向馮夫人稟報了一番，那領頭的內監便抬頭向外看了一眼，正好看到了站在槅扇外的容辭，隨即低下頭也向婆子說了什麼。

片刻後那婆子便帶著容辭來到了另一側的偏廳，隨即上茶，請她在此處稍候片刻，說完便退下了。

容辭捧著茶盞喝了幾口茶，剛嚥下去沒多久，便見剛才那領頭的內監走了進來。

「您可是恭毅侯府顧夫人？」

重。

本朝司禮監雖然權力被削弱了不少，不像前朝動輒掌握生死大權，但因為仍掌著內宮實權，又是天子近臣的緣故，依舊讓朝中文武頗為忌憚，輕易不敢得罪。此人相貌清秀雅致，相當年輕，但已經不是低階太監，而能統領眾人，想來也是身分不凡，在內監中必定舉足輕重。

容辭見只有他一人過來，十分摸不著頭腦，猶豫著答道：「是……你是？」

容辭剛剛猜測他是不是要問關於顧悅的事，還在想著該怎麼回答，就見這人單膝跪地，抱拳行了個不小的禮。「小人方同，見過夫人，請夫人萬安。」

容辭被驚得退了好幾步，然後驚訝道：「方內官，你這是做什麼？」

方同抬起頭，依舊是一臉恭敬，並沒有自己起身，而是一副等著容辭喊起的樣子。「小人的師傅是宮中的趙公公，想來夫人十分熟識。」

容辭這才有些明白過來，萬般無奈的請他快些起來。「我們是認識，可你也不必行這樣的大禮啊。」

方同站直了身子，恭恭敬敬道：「夫人言重了，這是師傅的吩咐，他叮囑我若見到您一定要多加照料，切不可失禮。」

其實這雖是趙繼達的吩咐，但以方同的聰明，自然十分清楚這話裡傳達的究竟是誰的意思。這樣一來，這位顧夫人多重要便不言而喻，他在外面是威風，可說穿了也不過就是一個內宮太監，怎麼敢有絲毫怠慢。

方同問道：「聽說您是來看望馮小姐的？」

「正是。」容辭也想打探一下消息。「我們家大小姐和馮小姐認識，這回進宮赴宴時兩人也有遇上，沒想到馮小姐會發生這種意外，聽聞馮小姐已經醒了，便過來問候一聲。」

方同是何等人物，一聽之下便知其意，立即不動聲色地賣了個好。「是的，小的明白，剛才馮小姐確實已醒，我們也問過話了，只是對於案情幫助不大，她說已經不記得昨晚的事了。」

「不記得？這是何意？」

方同耐心的解釋。「太醫說她是受了驚嚇，摔倒時頭部又被撞擊，這一激之下確實有可能忘記被襲擊前後所發生的事。」

還有這樣的事？容辭愣了一下，馬上道：「你們公務是否辦完了？我可以去跟她說兩句話嗎？」

方同忙道：「想來差不多了，夫人請便。」

說著他便領著容辭去了馮芷菡的臥房。

容辭一進入馮小姐的臥房，只見馮夫人正坐在女兒床邊拭淚，而馮芷菡本人則面色蒼白，嘴唇也毫無血色，頭上包著白紗，正病懨懨的半靠在枕頭上，可即使是這樣的姿態，也不能掩蓋她的天生麗質。

容辭走過去先與馮夫人打了招呼，再坐到床邊，關切的問道：「馮小姐，妳怎麼樣了，頭上的傷還疼嗎？」

馮芷菡睜了睜漂亮的眼睛，茫然道：「妳是？」

馮夫人將眼淚擦乾。「妳不認得她，這位是恭毅侯世子夫人。」

馮芷菡費力的想了想。「世子夫人……是王夫人？」

馮夫人一聽女兒記錯了人，剛要糾正，容辭卻也沒在意，自己先開口說了。「我娘家姓許。」

馮芷菡先一臉茫然，片刻後才突然想了起來。「許氏！妳是恭毅……顧二爺的原配夫人，顧悅的嫂子？」

這樣說話其實有些失禮，馮夫人便輕輕訓斥了一句。「這孩子，怎麼說話的。」

馮芷菡捂了捂嘴，帶了點好奇的看著容辭，馬上致歉道：「對不起，顧夫人，我之前聽說過您，所以才這麼驚訝的。」

這位馮小姐雖然長得天生麗質，也像是被嬌養長大的樣子，可說話卻意外的不招人厭，看上去比顧悅好相處多了，容辭見她傷勢未癒，又這般漂亮招人憐愛，便微笑著柔聲道：「無妨，妳不必這樣，咱們年紀差不多大，叫什麼都不礙事。」

馮芷菡點點頭，放下手，依舊好奇的一個勁兒盯著容辭看。「夫人真和氣。」

她曾從顧悅那兒聽說過顧家二爺本有一位青梅竹馬，後來不知為何婚配無望，便娶了另一位夫人，她沒見過，只知顧悅似乎對自己的二嫂沒什麼好感，老是說很快她二哥就會另納新妾了，據說這位夫人後來還離府別居，這些事聽多了，她才對容辭感到陌生又好奇。

容辭萬萬沒想到馮芷菡竟是這樣的性子，當時她在宮宴上給人的感覺十分盛氣凌人，原以為也是自恃美貌目中無人之輩，不想和想像中竟全然不同。

她心下覺得顧悅幸運，這位當事人沒有隨意攀咬的意思，已經是大幸事了。

「刑部和司禮監今晨去問了我們大小姐，我們這才知道妳出了事，她便託我來看望妳，順便解釋一下，以免引起不必要的誤會。」

馮芷菡嘆了口氣，脫口而出。「沒事，我自然知道不是她……」

容辭詫異的看著她。

馮芷菡立刻住了口，隨即遮遮掩掩道：「我們自小相熟，自是知道她不是那種人……」

可是，顧悅分明就是那種人啊！

容辭聽得一頭霧水，不知她究竟在遮掩什麼，但有她親口證實顧悅的無辜就夠了，今天的任務也算是圓滿完成，眼看再問也問不出什麼，便又寒暄了兩句後，就提出了告辭。

等容辭和司禮監的幾人都走了，馮芷菡一下子倒在床上，只覺得體虛氣弱得很。

馮夫人替她蓋了蓋被子。「沒想到妳居然還為顧家丫頭說話，妳們不是一向合不來嗎？」

「合不來也不能胡說栽贓呀，」馮芷菡一臉的萎靡。「我們鬥來鬥去又能怎麼樣，什麼好處也得不到，有什麼意思……」

馮夫人還是不甘心。「妳仔細想想昨晚的事，真的一點印象也沒有？」

印象是有，可她不敢多說，只憑自己一張嘴，旁的什麼證據也沒有，萬一打蛇不成反被咬就麻煩了，那一家子的勢力太大了，不是她惹得起的，還不如當作什麼也沒發生，否則被那人狠記一筆，未免遺禍啊。

反正現在那人的目的就是要她死了進宮的心，這回從鬼門關前走了一趟回來，她發現還是留住自己的小命最重要，其他的都沒什麼好爭的，她也不想再遇上那人了，息事寧人才是最好的選擇。

馮夫人見女兒一直提不起精神，以為她是在難過不能進宮的事，便安慰道：「憑妳的相貌，本是十拿九穩的事，就差臨門一腳了，偏又出了這事，確實是無妄之災，不過別擔心，我和妳爹再想想辦法，說不定還有轉圜……」

「千萬不要！」沒想到馮芷菡反應相當激烈，竟一口回絕了。

馮夫人驚訝道：「妳……這是怎麼了？為什麼不要？」

馮芷菡將被子蒙到頭上，悶聲道：「我、我被嚇到了還不行嗎？昨天我差點把命都丟了，現在一聽見進宮兩個字就心口疼，我不要進宮了，你們逼我也沒用！」

馮夫人氣得拍了她一下。「妳這孩子在說什麼渾話，妳爹娘這都是為了誰？當初要不是妳一心想進宮為妃，我們也不用白效力，現在反說是我們逼的了！」

與此同時，方同和容辭一起出了馮府，就吩咐其他人先回去，轉頭與容辭道：「夫人，雖然馮小姐的話裡有不少漏洞，但確實已排除了顧小姐的嫌疑，您自可放心。」說著又嘆了口氣。「只是真凶尚還沒有半分頭緒，真是顯得我等十分無能。」

容辭猶豫了一會兒，欲言又止，不過想到他是趙繼達的徒弟，看樣子與他還十分親近，自己如今的情況應該不會被誤會是凶手，她的線索應該還是可以說的，最後還是開口說道：「方內官，其實我在想，昨晚這事發生的時候，我好像正好路過那個地方。」

「哦？」方同很感興趣的追問：「可是看到了什麼？」

容辭道：「我只是先聽到好像有兩人起了爭執，但只持續了很短的時間，後來就有人離開了，天色昏暗，我分辨不清是誰，只記得看到那人的髮髻樣式，應該是個未婚的小姐而非婦人，她頭上還戴著一支頗為特殊的蟲草花樣的金步搖，你可以照著這個線索查一查，就算不是真凶，多一個目擊者也是好的。」

這也算得上難得的線索了，方同聽了也有些欣喜，跟容辭道別後就馬不停蹄的繼續查案去了。

容辭回去把事情跟王氏和顧悅說了，這才讓她們母女兩個徹底放下了心，隨後急著商議進宮的事，便打發容辭回去了。

容辭也不在意被這樣怠慢，反正見到她們反而會讓人心情不好，便也不囉嗦，逕自回了三省院。

剛到門口，便見朝英並知棋守在門外，見容辭來了便行禮道：「請二奶奶安。」

容辭詫異道：「你們怎麼在這兒？怎麼不去前邊伺候你們二爺？」

朝英小聲回答。「二爺方才一直在屋裡，說是想等您回來說說話，可能是這幾日有些累了，便在榻上睡著了，小的們不敢打攪，便退出來了。」

容辭嗯了一聲，獨自走到了屋裡，到了西次間見沒人，又走進臥室，這次就看到顧宗霖側躺在臨窗的小榻上，頭枕著迎枕，雙膝微屈，一張毯子落到地上，想來是睡得不舒服，翻身所以落下來的。

她本來不想多管，但自己獨自坐了一會兒後，總是不自覺地往那邊看，越看越不順眼，忍了好半天，終於暗嘆了一聲，還是起身走到了榻前，彎腰將毯子撿起來，沒好氣的要給他蓋在身上，卻突然聽他嘴裡發出囈語。

容辭停下手裡的動作，見顧宗霖依舊沒醒，但呼吸聲沈重，嘴裡不知在念叨著什麼東西。

她皺了皺眉，走到榻前坐下，只見顧宗霖皺緊眉頭，咬著牙關，臉上還出了大片的汗水，順著鬢角和頰側流下來。

這可不像是作了普通的惡夢，容辭見狀嚇了一跳，去探了探顧宗霖的額頭，發現那裡冰涼一片。

她連忙輕拍他的臉頰，卻見他眼皮劇烈抖動，但就是睜不開，一副被夢魘住的樣子。

容辭見叫不醒他，反而讓他掙扎得更厲害了，連忙拿了帕子想給他擦一擦流了滿臉的汗水，誰知手帕剛碰到他的臉，還沒來得及擦兩下，顧宗霖便猛地睜開了雙眼。

他一點也沒有剛醒時的迷茫，反而十分警覺，快速轉頭看向眼前的人，黑色的瞳仁中映出了容辭的影子，下一瞬便狠狠地一縮。

「怎麼是妳?!」

容辭一臉懵，不知道他為什麼會問出這種話，想著是不是睡懵了，剛要給他解釋一下，卻在看到他的眼神時一下子頓住了。

那雙眼睛緊緊地盯著她，其中蘊含著大量的負面情緒，有震驚，有憤怒，還有……深深的憎惡……

——這種眼神，這種表情，這種態度……

容辭微微眯起雙眼，緩緩收回本來正給他擦著汗的手，略微歪了歪頭，盯著他一字一頓的問道：「二爺，你這是作了什麼夢居然被嚇成這樣?你——還記得這是什麼時候、什麼地方嗎？」

顧宗霖用力閉了閉眼，像是在努力梳理著什麼思緒，再睜開時整個人已經清醒了不少。

他坐起來，搖了搖頭，重重的吐了一口濁氣。「昭文二年，我自然記得。」

容辭輕哼了一聲，將手中的帕子隨意的扔在了地上，漫不經心道：「是嗎?我還以為作的夢太真了，騙得您不知今夕是何夕了呢。」

顧宗霖沈沈的看著她，與幾個時辰之前那略帶關切的神態完全不同。「妳這又是什麼意思？妳以為我能作什麼夢？」

容辭對他現在是什麼情況已經心中有數了，她此刻對他這個人、對這個地方僅剩的一點耐心也蕩然無存，以至於滿心膈應得完全不想看到他的臉，也不想聽到他的聲音。

她無視盯在自己身上的那道緊迫的目光，起身坐到妝檯前，挑了個從鏡中也看不見顧宗霖的角度坐下來，一邊摘下耳墜一邊道：「什麼夢只有您自己清楚，我又不是您肚子裡的蛔蟲，我只知道若您已經清醒了，就應該記得，至少到現在為止，此處仍是我的屋子，您請自便吧，我就不多留了。」

顧宗霖沒有說話，只是盡力的在梳理腦子裡一段一段的記憶，他看著容辭的背影，閃過的片段讓他一時覺得她可憎，一時又覺得她可愛，那些情感像亂麻一樣糾結成一團，理也理不清楚。

其實他近一年起，腦海中就斷斷續續的浮現出了一些記憶，一開始只是零零碎碎的些許片段，直到近來又慢慢多了起來，他對這些與現實有的一致、有的不一致的記憶十分困惑，甚至有時分不清楚與現實的區別。

這些記憶中除了兄長顧宗齊的早逝與現實不同外，最大的出入就是容辭的態度，她對他實際上是非常冷淡的，這與另一段記憶中的溫柔順從截然不同。

這些也就罷了，可就在他試著探究原因，想要與妻子好生相處時，卻在剛剛，記起了那極其……特殊的一夜……

這讓他……如何能控制情緒？

現在他被腦中截然不同的兩段記憶攪得非常混亂，也完全拿捏不住該用什麼樣的態度去面對眼前的妻子，只能在人家下了逐客令之後，沈著臉一言不發的大步走了出去。

容辭在他出去之後，先是目光放空的一動不動，隨即胸口起伏越來越大，她深深地呼吸著，盡力忍住自己心中快壓抑不住的怨憤，最終還是忍不住用力將手中的耳飾摔在了桌子上。

那翡翠墜子十分嬌貴，碰到桌面的那一瞬間便被摔了個四分五裂，四散在桌上、地上。

容辭卻連看也沒看一眼。

斂青在外面見顧宗霖已經走了，便進來服侍容辭休息，沒承想一進來便見地上零零碎碎的撒了什麼東西。

她疑惑的走過來，從地上撿起一塊碎片，仔細看了看，見它只有丁點大，卻顏色濃郁、蒼翠欲滴，一下子就想起這是什麼了，心疼的惋惜道：「這好好的怎麼給摔碎了，這麼好的翡翠耳墜，太太給的嫁妝裡只有這麼一副，也太可惜了。」

她怕碎片散落在地上，萬一扎到容辭就不好了，便用手絹一點點的將碎片收拾起來。

等斂青全都拾完了，才驚覺自家姑娘這麼長時間一句話也沒說，她抬頭一看，只見容辭默不作聲的坐在一邊，手搭在妝檯上，臉上幾乎沒有任何表情，反讓人害怕。

她急了。「姑娘，您這是怎麼了，可別嚇我啊！」

容辭動動手腕，輕輕地搖了搖頭。「莫怕，我只是在想事情罷了。」

斂青鬆了口氣，將帕子展開遞給容辭看。「喏，碎成這個樣子了……」

容辭伸手接過來，看了看這價值不菲的飾品，終究嘆氣道：「是我不小心，配不上它。」

斂青觀察著她的神色，小心翼翼道：「您這是和二爺起了爭執嗎？我剛才見他出去的時候臉色也不大好看呢。」

「誰跟他起爭執。」容辭垂下眼，悶聲道：「看敬德堂的樣子，我們也待不了幾天了，等事情一了我們就回落月山，一天也不多待。」

斂青察言觀色，自然知道她現在心情不好，也不敢多問，就順著她的話說：「可不是嘛，怎麼著也得趕在圓哥兒周歲之前回去，不然該多麼遺憾呀。」

提起圓圓，容辭的臉色總算緩和了下來。「是啊，再晚幾天，他都要不認識我了……」

自從這一天之後，容辭和顧宗霖都有意避開對方，不到萬不得已的場合不見面，也給兩人都留了一些適應和平復情緒的時間。

等到了二月分顧憐出嫁的那天，他們兩個已經可以面不改色的面對對方，讓旁人看不出什麼破綻了。

經過半個月的調查，司禮監根據容辭提供的線索一路追查，又靠著地利之便，終於搶在刑部前面將馮芷菡的案子查清了。

這件事發生的時候無聲無息，後來查案的過程也十分低調，但結果卻說是震驚朝野也不為過。

因為最終結果令人意外——真凶竟然是內閣次輔杜閣老的孫女杜依青。

此女算得上是現今家世最為顯赫的貴女之一，家中雖沒有爵位，但現在勛貴之家的衰落世人都有目共睹，其祖父身為戶部尚書，入主內閣近十年，距首輔之位也僅有一步之遙，其父為正三品的副都御史，親兄長也已高中進士，現在翰林院當值，也是前途無量。

不只如此，杜依青本人也多有賢名，相貌姣好又才華出眾、性情溫婉，宮內宮外都對其頗有讚譽，覺得今上若是擇此女入宮，一個貴妃之位都嫌委屈，以她的家世品貌，便是正位中宮的不二人選。

誰知這樣一個案子竟牽連出她來，一開始朝野上下沸沸揚揚，多有質疑，都不相信這樣一個女子會做出行凶殺人的事來。何況作出結論的是司禮監那群閹人而非刑部，就更覺得另有隱情了。

於是以杜閣老為首的諸大臣便奏請聖上，要求刑部與大理寺聯合重審此案。

結果令人驚訝，人證物證俱全，杜依青受審時的口供有漏洞，隨即刑部負責審案的人就這些口供反覆審問，終於使杜依青在重重壓力之下露出了更多破綻，最後無可抵賴只得招認。

鐵證如山，這事板上釘釘，居然不是司禮監有意誣陷，而確確實實就是杜依青本人犯的案。

司禮監上下一雪前恥，個個得意洋洋，杜家卻如同晴天霹靂，滿門皆驚。

其實這件事若是發生在別處，也不過是內幃的骯髒事，多半在兩家之間私下處置，也不過禁禁足、挨家法，再彼此掩飾，交換利益也就過去了。可也不知這位杜小姐是過分自信了，還是如何昏了頭，偏偏在宮中、而且是元宵大宴那樣的場合做下此事，徹查嚴懲是必然的。

杜閣老本來馬上就能百尺竿頭更進一步，卻不承想居然因為孫女的牽連晚節不保。他也是果斷，並沒有絲毫求情的意思，反而解衣脫簪，以負荊請罪的姿態在紫宸殿外長跪不起，請陛下以國法處置杜氏女，再治自己管教不嚴之罪。

皇帝對這種事向來不上心，他本來就沒想選妃，對那各家貴女之間爭風吃醋互相算計的醜事更是一點也不關心，這件事之所以能讓他有印象，是因為方同來稟報過容辭提供的線索，知道她曾在當晚意外撞見這事，他因而擔心若遲遲沒有查出真凶，萬一當時容辭在場的消息外流，真凶恐會報復牽連到她，因此下令方同務必查出真相，不需有任何顧忌，這才使查案的人絲毫沒有顧忌杜閣老的面子，查到什麼就說什麼。

當然，這個結果也讓謝懷章有那麼一點意外，但也不至於多上心，而杜閣老的負荊請罪他不置可否，只是派人好聲好氣的把老大人勸起來，穩妥的送回家中，下午便傳了旨意，命刑部等按律法處置，杜絕犯人再犯案的機會。

刑部尚書考慮到此事並沒有真的鬧出人命，相較於殺人罪，反而是在皇宮行凶、藐視皇族的罪名更大一些，而這種罪名結果如何全看陛下的意思，可大可小，現在皇帝明顯不上心，既不想從重處置以株連全族，也不像是要不予追究的意思。

他便斟酌再三，判杜依青以不敬皇室之罪於清淨庵出家為尼，監禁終身。至於杜家管教不嚴之罪，便請聖上親自裁決。

謝懷章見這杜依青已被判監禁，今後不可能再出來害人，便折衷將杜依青之父降兩級貶為四品僉都御史以示懲戒，就算是結案了。

這事雖在朝中內幃鬧得沸沸揚揚，人人討論，但此事另一個當事者卻不甚關心——

馮芷菡本已經打定主意要息事寧人了，覺得這事查來查去也不會有結果，便也沒刻意去打聽。

打從她決定不再找門路參與選妃後，那擇一門門當戶對的親事便是當務之急，馮夫人到處打聽還有哪個青年才俊尚未結親，然後帶著女兒四處相親，忙得母女兩個腳不沾地。

馮芷菡忙暈了頭，所以突然聽到杜依青被判刑的消息還懵懵的反應不過來，好一會兒才覺得有些驚訝，宮中原來沒有停止調查這件事，還真的抓到了杜依青，她自此也可以安心了。

其實這段時間為了送女進宮，各家私底下多有勾心鬥角、互相陷害之事，每件事單獨截出來都是一場大戲。不過因發生馮杜之案模糊了焦點，這一回想送女兒入宮為妃的人家通通都沒有得償所願，人家紫宸殿穩如泰山，就跟什麼也沒看見似的，沒有做出任何反應。

此事過後，朝中官員還是不放棄，紛紛以後宮空虛、不利皇嗣綿延的理由上書，請求陛下儘快選妃。

此時謝懷章就端坐在龍椅上，不動聲色的看著他們群情激奮、越說越激動，言詞間儼然已經忘了自己是誰，開始有了逼迫的意思。

這時候謝懷章才開始發難，以迅雷不及掩耳之勢摘了為首兩人的官帽，其間不容人有任何辯解，其餘臣子不管有沒有參與此事都瞬間噤若寒蟬，在朝堂上跪了一地，戰戰兢兢地請陛下息怒。

謝懷章也並沒有表現得多麼生氣，只是不言不語的看著他們冒冷汗跪了將近一刻鐘，才若無其事的叫了起，之後便彷彿什麼也沒發生一般開始討論起了旁的政事。

經此一事，皇帝的態度表露無遺，朝中再也無人敢聚眾成勢逼迫天子納妃。

那些投機取巧想要乘機謀求利益的小人暫時消停了，但真正一心為公的老臣仍是十分擔憂皇嗣問題，但陛下已表態，到底無人敢觸其鋒芒，只得壓下隱憂，期盼著現有的後宮妃嬪有朝一日能誕育皇子，安定國本。

眼看女兒進宮一事徹底沒了指望，王氏真正開始慌了手腳，顧顯已經病入膏肓，眼看就要嚥氣了，等他一死，他所有的兒女都要守孝二十七個月，這期間是嚴禁婚嫁的，而現在她還有兩個女兒尚未出嫁，顧忻還好些，除服後她是十八歲多一點兒，雖也有點晚，但好歹不算是老姑娘。

但長女顧悅卻是真的難辦，她今年就十九歲，因為盤算著入宮的事而未曾考慮婚嫁，作為未嫁之女已經算是年紀偏大了，再守上兩年多的孝……

這件事讓王氏頗為頭痛，這樣還不如庶出的顧憐，當初不想太費心便草草給她訂親嫁了出去，倒像是壞心辦了好事一般。

她無奈之下只得盡力照顧丈夫，期盼他能多撐一段時間，好歹等女兒找到好人家成了親再說。

可是這世上的生死之事哪是可以安排的？在王氏和顧悅的日夜祈禱下，恭毅侯顧顯還是在二月中旬去世了。

這段時間容辭作為兒媳，也在顧顯床前服侍，看著這比上一世早死了三年的公公，心裡也有些複雜。

這幾年恭毅侯府的喪事辦得不少，雖然府中哭聲不絕，但內裡也算是井井有條，輕車熟路了。

這一次不同以往，容辭已經是名正言順的世子夫人，繼承人之妻，未來的宗婦。前面沒有王韻蘭頂著，她也沒法子偷懶了，只能老老實實的跟在王氏後面，一同料理公公的喪事。

一位二品侯去世，也算得上是件大事了，朝中官員、各家勛貴都來治喪，其間溫氏也跟著靖遠伯府的人來過一次，但容辭母女兩個只來得及說上幾句話，就因為雜事太多而分開了，也讓容辭有些遺憾。

不過忙也有忙的好處，容辭和顧宗霖兩個各有事做，她也不用費心去想如何才能避免跟他打交道。

好不容易辦完喪事，吏部馬上便頒佈了任命，命顧宗霖襲爵繼任恭毅侯，容辭也成了侯夫人。

二代正式掌權當家，至此，府中眾人也開始改了稱呼，尊王氏為老夫人，顧宗霖為侯爺，容辭為夫人，三爺也順勢成了三老爺，孫氏也由三奶奶改稱三太太，下人們開始還是不習慣，想來要不短的時間才能完全適應，不再叫錯。

之後兩年多的時間全家都要守喪，其中的規矩也繁瑣複雜，顧宗霖已經當家作主，就不能再推到別人身上，只能和身為主母的容辭商量。

兩人有一段日子沒說話了，彼此之間的氣氛像冰封了一般，十分僵硬，只得用最簡練的詞句將規矩定好就不再說話了。

這一日也是，該談完的事很快就談完了，容辭一直在等顧宗霖走，可是他不知為什麼就是低著頭坐在那裡，死活不動彈，既不說話也不離開，讓她什麼事也沒法做。

她只能沒事找事，明明還不渴，偏要去沏茶，想著避開這種尷尬的氣氛。

顧宗霖見她突然起身，終於有了動作。「妳要做什麼？」

容辭背對著他走到八仙桌前隨口敷衍。「給侯爺倒茶。」

她剛將茶壺端起來，就聽見顧宗霖在身後冷不防的說了一句。「妳是不是也記起了什麼？」

容辭的手略停了停，隨即繼續往茶杯裡倒茶，並沒有回話。

她自可以對他的話置之不理，但顧宗霖自己卻快要被那兩份互相交錯的記憶弄瘋了，他不能確定眼前的女人究竟是不是和他有一樣的遭遇，但她的舉止態度確確實實和另一段記憶中的她有天壤之別──或許說，只有她有變化，其他人還是一樣的。

這兩種記憶交織在他的腦海中，分不清孰前孰後、孰真孰假，就像是他都親身經歷過一樣真實。

既然它們所有的錯位分支都源於許氏，那她就一定也有不同之處，顧宗霖迫切的想知道她是否也有另一份記憶，只是猶豫那一份記憶中她的所做作為實在讓他憤怒，也不知該如何面對她，所以才一拖再拖，直到今天見容辭依舊一副若無其事的樣子，才終於忍不住出言相問。

容辭拿著茶杯走回來，低垂著眼將其中一杯放在顧宗霖跟前，正要收回手時卻突然被他按住了手背！

「告訴我，妳是不是也有另一世的記憶？」

容辭其實早就覺得瞞不了他，若顧宗霖真和她一樣是重活一世之人，那只需對照自己兩世的不同之處就可以發現端倪，她只是沒想到這人能這麼直白的問出來，他哪來的這麼大臉呢？

她二話不說先把手抽了出來。「怎麼，侯爺還看不出來嗎？何必多此一舉來問我呢？」

她的反應出乎他意料之外，顧宗霖原以為她會因曾對他使了下藥的手段而感到愧疚，如今一定更會想盡辦法遮掩，沒想到她竟然直接承認了，也是有些不敢相信。「妳倒是理直氣壯……」

容辭看他眼帶蔑視，像是自己應該捂臉羞愧才符合他的想像，幾乎要氣笑了。「您都能理直氣壯了，我為什麼不行？」

「妳！」顧宗霖氣道：「妳不知悔改，竟是這樣的人，我被妳瞞了這麼多年，還以為能與妳相安無事，也是我自己瞎了眼，妳根本不配做我的妻子！」

這話十分耳熟，分明是上一世發生書房的事之後，顧宗霖憤怒丟下的話，當時容辭曾百口莫辯，被刺得心頭滴血。可如今的狀況，如果這些話還能起到同樣的效果，那未免也太小瞧她了。

何況他明知那件事的真相還顛倒黑白，簡直欺人太甚！她之前一直以為顧宗霖只是好面子，拉不下臉來反思己過，卻沒想到他的臉皮這麼厚，把這種彼此誰對誰錯已經心知肚明的事拿出來再提一次。

容辭現在終於可以說心裡話了。「你的妻子?我求你娶我了嗎，人便是再自作多情也該有個限度吧?以為天底下所有的女人都迫不及待的嫁給你，用盡手段也要與你成其好事……侯爺，您可真有面子!」

這是容辭兩世以來頭一次在顧宗霖面前顯露出自己牙尖嘴利的一面，以至於顧宗霖猝不及防間竟被頂得說不出話來，好半天也不過憋出來一句。「不堪為人婦!」

容辭冷笑一聲。「那就和離吧!」

和離?顧宗霖驚訝地看著她，突然沒了聲音。

「妳……」顧宗霖乍一聽和離兩個字，整個人怔了一下。

容辭面對沒有前世記憶的顧宗霖尚能忍得住，也多番叮囑自己不要遷怒，可面對現在已經恢復記憶的他卻怎麼也忍不住了，即使他不知道自己也是重生之人，想到還要與這個男人糾纏一輩子，裝作什麼也不知道的天天虛與委蛇，也足夠讓她毛骨悚然、生不如死了。

再來就是她也有些怕顧宗霖像上次一樣，兩人鬧到那種地步都不肯放她離開，讓自己不想見他就誰也不能見。這一招太毒了，她也是怕了他，便想趁他現在怒火正熾，乾脆激他與自己一拍兩散，也好過再過上輩子的日子。

容辭見他像是從沒考慮過和離或是休妻的樣子，一臉的怔忡，故意出言相激。「怎麼，莫不是您心口不一，嘴上說只喜歡鄭氏一人，實際上……」

「住口！」顧宗霖果然被激怒了，神情古怪，眼神亂晃的，看來不管什麼時候鄭映梅都是他的逆鱗，輕易提不得。「若妳想走，我怎麼會留妳？妳、妳未免把自己想得太重要了……」

容辭聽罷，飛快的翻出紙筆，遞到他跟前。「那就請侯爺寫下和離書……或者休書也成，咱們一拍兩散，也省得日後糾纏不清，彼此生厭。」

顧宗霖手中被塞了一枝筆，卻彷彿有千斤重似的，怎麼也提不起來，最終還是在容辭緊迫的目光下在紙上書寫了起來。

一開始還好，後來他便越寫越慢，最後停在落款前，筆尖在宣紙上暈開了墨漬。

容辭眼看就要成功了，卻卡在最後一步，剛要說些什麼，卻見顧宗霖又抬起頭注視著她，目光有著茫然無措。「妳到底為什麼要那麼做？我們像之前那般相處不好嗎？」

容辭非常厭惡從顧宗霖嘴裡提起圓房那件事，這讓她既噁心又難堪，可偏偏他就是要不停的提起，彷彿不逼著她認罪便不安心似的，這讓她怒意漸漸高漲。

她閉了閉眼，硬生生的忍了下去，不想在這個關鍵時候再與他爭吵，早些脫身才是正事。

「侯爺，咱們不要再提那件事了，到了如今這地步，你非要我違心承認我沒做過的事有意思嗎？」

顧宗霖的眼神複雜難辨。「人證物證俱全，妳何苦要狡辯，送湯的是妳，之後在書房做了什麼……」他抿了抿嘴，最後還是把那個詞說了出來。「……下賤之事，妳自己知道，難不成還要我提醒……」

「夠了！」容辭打斷他，一下子把茶盞拂落在地，忍不住高聲怒道：「我是不屑與你爭辯，怎麼你覺得我脾氣好是不是，反倒越發來勁？你一時不辨是非也就罷了，可之後細想難道會想不到真相？」

容辭冷笑道：「你才高八斗、學貫古今，未及冠就高中榜眼，自然是聰明得緊，明明什麼都知道，卻偏要裝作不知，把所有錯都推到我頭上……」

顧宗霖也冷下神態。「我該知道什麼？明明證據確鑿……」

「到底是誰做的我們都心知肚明！」容辭真的要被他死不認帳給氣笑了。「我雖不出院門，但也不是沒長耳朵，你們弄出來的那些爭風吃醋的爛事我就是不想知道，也有人偏往我耳朵裡灌。好，你說你不知道，那你告訴我你為什麼好端端的會冷落知琴，連大哥兒也突然不待見了？你要不是查出來什麼……」

「什麼大哥兒？」顧宗霖卻越聽越糊塗。「什麼冷落？這又跟知琴有什麼關係……」

容辭的話卡在喉嚨裡，不敢相信的看著他，好半天才恢復過來。

「哈哈……」容辭面色古怪的倒退了一步，隨即略帶嘲諷的笑出了聲。「原來才記到這裡，我說呢，你怎麼還有臉跑到我這裡大放厥詞，明明自己後來連看都不敢看我一眼……」

顧宗霖皺眉道：「這話是什麼意思？」

容辭覺得如今的局面也很有趣，真像是上天安排的巧合，剛才激動之下思慮難免不周全，現在仔細一想，顧宗霖的表現確實是不知事情後續發展的樣子，他的記憶只到因被設計而圓房那件事為止，所以才會在憤怒衝動之下被她三言兩語激得寫和離書。

要知道上一世的時候，當顧宗霖從憤怒中冷靜下來，貌似知道真相之後，他便再也沒臉來見她了，更不可能像現在這樣理直氣壯質問她。

這樣也好，沒記全就沒記全，也免得他再心存糾結，滿腦子亂七八糟，也不知道又會想出什麼古怪招數，萬一不想輕易放手那才難辦。

顧宗霖拽住容辭的胳膊，緊繃著聲音追問道：「妳剛才說的到底是什麼意思？」

「沒什麼意思。」容辭回過神來，將那紙和離書重新塞到他的眼前，也不想辯白什麼冤枉不冤枉的問題了。「您說什麼就是什麼，我認了便是。」

顧宗霖直覺剛才她的話裡別有意味，其中的含義還非常重要，但此時和離書就送到了眼前，讓他完全沒心思再去思考其他事了。

還有最後幾筆，他們就徹底歸於陌路，這些年的夫妻情分一刀兩斷，再無瓜葛。

顧宗霖的手出現了幾不可察的顫抖，筆尖停在紙張上方，久久沒有移動。

容辭緊緊盯著他手中的筆，見他遲遲不動，都恨不得自己奪過來替他寫，實在等不下去了就故意刺激他。「您再這麼磨蹭下去，莫不是真的口是心非？」

顧宗霖這次卻沒反駁，而是抬頭看了她一眼，其中神情難辨，不知是什麼意思。

容辭不想在這時候放棄，便沒有絲毫退縮的與他對視，眼中的堅決也意外的強硬。

最終還是顧宗霖先移開了視線，隨後手起筆落在和離書上簽下了名字和日期。

容辭精神一振，剛要伸手去拿，卻不想顧宗霖突然將那張紙壓在手下，按得牢牢的，並沒有遞給容辭的意思。

她怔了一下，隨即疑惑的看著他。「你這是做什麼？」

顧宗霖已經飛快從剛才發生的爭執中冷靜了下來，面上絲毫瞧不出激動的痕跡，他沒看容辭，而是淡淡的說：「妳拿了它要做什麼？昭告天下嗎？」

容辭盯著他不說話。

「妳要怎麼跟靖遠伯府和妳母親交代？」

她聽了這話頓了頓，慢慢收回了手。「這我自會考慮，不勞您費心。」

「是嗎？」顧宗霖道：「可妳能想出說詞，我卻想不出——我沒法向妳家裡交代，我為什麼在妻子毫無錯處的情況下與她義絕。」

容辭忍著氣退了一步。「您隨便想個什麼罪名休妻，我認了便是。」

「真的嗎？」顧宗霖的聲音已經沈穩了下來。「休妻的話，妳確定妳母親能受得了嗎？」

容辭愣了一會兒，才探究的看向他。「你究竟是什麼意思，直說就是了，不必繞這麼多圈子。」

「妳做錯事讓我失望了就想一走了之，但我這裡卻不好交代。」顧宗霖將那紙和離書拿起來夾在手中。「我可以將它給妳，但妳依舊要做明面上的恭毅侯夫人，讓外人認為我們相安無事，不得公開和離的消息……不然的話，又要平添許多波折和猜疑，我遲早得迫於壓力再娶一次妻，比現在更麻煩。」

容辭勾了勾嘴角，嘲諷道：「您的花樣可真多，可這麼一來，和不和離又有什麼意義？」

「和離，不就是男婚女嫁，各不相干嗎？」顧宗霖臉上沒有一絲多餘的表情，整個人像個冰雕一樣。「若妳再嫁，自可以說出我們早就已經和離了的事，我絕不攔妳。」

他剛才還一副心緒難安的樣子，這麼短的時間已經把事情安排得有條有理，容辭也算是服了他。「你說得倒是好聽，我又能去哪裡再嫁，這也不過是一紙空文罷了。」

顧宗霖手指微攥，和離書瞬間就皺了起來。「妳若不需要它，那便就此作罷……」

容辭一下子握住他的手，止住了他的動作。「等一下！」

她抿著嘴想了一會兒，終於還是妥協了。「算了，我答應你……」

顧宗霖怔了怔，閉上了眼，手中力道放鬆，容辭便順勢將那張紙搶到了手裡。

「我們什麼時候去消官籍？」

顧宗霖依舊閉著眼，讓人無法從眼神中猜出他的想法。「現在還在孝期，必須等到出孝之後。」

容辭知道其實只要拿到和離書就已經算是和離了，消籍只是走個程序，只要有這張紙，什麼時候辦都一樣，便也沒再多說什麼。

今天能拿到和離書已經是再意外不過的驚喜了，管他能不能公開，有總比沒有強，至少能保證自己不必一輩子困在這深宅大院裡，連死都是以顧宗霖妻子的名義去死。

若不是正好掐在這個節骨眼上，顧宗霖恢復了一些記憶，卻又沒完全恢復，要是再往後推一點，等他記全了，再想有這樣的結果就不一定了。

況且暫時做這個明面上的侯夫人也有好處，母親那裡她還沒想好要怎麼去解釋，要是這麼過上幾年，自己一直分府別居，不到必要的時候不回來，時間長了不用自己開口，外人自然就能知道他們夫妻不和，慢慢的應該就有了鋪墊，旁人也好有心理準備，也免得乍一公開，鬧得沸沸揚揚，不得清靜。

換個角度一想，這麼安排也不算錯，既拿到了和離書，又有了緩衝，也算得上是圓滿了。

第二天容辭就去找了王氏，還沒等她開口，這位新晉的老夫人就先問她什麼時候回別院去，竟也是一副希望她離開，不要留下礙事的樣子，這下婆媳兩個總算有了一拍即合的時候，容辭表現得很識趣，馬上說當天就會走。

她們婆媳各懷鬼胎，都打著自己的算盤，王氏意思意思的留了留她，在容辭拒絕後皆大歡喜，兩人都如願以償，滿足了自己的願望。

當天下午容辭就收好了東西，迫不及待帶著自己新得的和離書回了落月山。

第十三章

算算日子，容辭已經有將近兩個月沒見到圓圓了，想念兒子的心情也是難耐得很，到了地方也不用人扶，自己就跳下了馬車，不顧身後斂青的驚叫，一路跑回了屋子。

進了屋子卻只有李嬤嬤一個人在做針線，並沒看到圓圓的身影。

「嬤嬤，孩子呢？」

「妳可算是回來了，拖的時間也太久了。」李嬤嬤看到容辭很是驚喜，見她滿心期待見孩子，就答道：「圓哥兒在園子裡……」

容辭沒聽見接下來的話，就迫不及待的出了房門，也沒注意到李嬤嬤有些糾結的神態。

這裡的後花園不大，容辭進去第一眼就見一個人正坐在涼亭裡的長凳上，懷裡坐著的正是自己朝思暮想的寶貝兒子。

容辭原本輕快的步伐緩了下來，慢慢的走了過去。

謝懷章已經聽到了容辭的腳步聲，抬起頭看到她像是一點也不意外的樣子。「啊，是阿顏回來了……」

他很從容，容辭倒是難得的有些羞赧。「二哥怎麼這時候過來了，政務不忙嗎？」

謝懷章微微一笑。「我見妳這麼長時間也沒來看看孩子，擔心他會孤單，就趁著閒暇的時間來帶帶他。」

這麼聽起來，這段時間他已經不是第一次過來了……

謝懷章是皇帝，日理萬機，還從未聽聞他有怠政的傳聞，可見每天要處理的事務也不少，就這樣都能抽出空過來，反倒是容辭這個做親娘的這麼久沒見到孩子……

容辭不太服氣，嘟囔道：「你們男人，行事總是方便些……」

謝懷章將圓圓放在地上。「妳再不回來，他都要會跑了。」

「真的嗎？」容辭驚喜極了，瞬間忘了剛才的糾結，一邊蹲下身一邊拍著手來吸引圓圓的注意。「圓圓，還記得娘親嗎？」

圓圓還不到周歲，一個多月不見母親，記憶就有些模糊了，他猶豫著有些怕生，一隻小手緊緊的攥住謝懷章的手指不敢放開。

容辭有點低落，但也知道這麼小的孩子忘性大，便接著喊圓圓的名字，讓他熟悉自己。

謝懷章也低下頭，一隻手扶住他，另一隻手點了點他的腦袋。「圓圓乖孩子，這是你母親，仔細想想記不記得她？」

圓圓已經能站穩了，他歪著頭盯著容辭看了一會兒，腦中那道已經開始模糊的面龐漸漸清晰了起來，認出了眼前這個滿臉期待的女子就是自己的母親。

想起來的一瞬間，圓圓就鬆開謝懷章的手，邁著小短腿噔噔噔的半跑半跌，摔在了容辭懷裡，口中響亮又清晰的喊了一聲：「娘！」

容辭瞬間覺得自己被滿滿的幸福和滿足所包圍，懷裡小小的身子就像是她三魂七魄裡不可少的一部分似的，硬生生分離和歸位了的感覺有天壤之別。

但還沒等她高興多久，圓圓就在她懷中嚎啕大哭了起來，一邊哭一邊拽著她的前襟，死也不鬆開。

容辭嚇了一跳，不知道他這是哪裡不舒服，抱著他站起來哄了又哄，可是圓圓就是不買帳，把小小的腦袋埋在她的肩頭，哭得撕心裂肺，怎麼也不肯停下。

這是之前從沒有過的事，容辭慌了手腳，一邊將側臉貼在圓圓頭上試他的體溫，一邊用眼神向謝懷章求助。

謝懷章走近，見圓圓半張臉死死貼住容辭的前肩，用力哭得臉都紅了，就伸出手輕輕拍著他的後背，嘴裡溫聲哄道：「圓圓，你娘已經回來了，她不走了，你睜開眼瞧瞧她。」

這樣耐心的重複了幾遍，圓圓的哭聲竟然當真緩了下來，過了一會兒，他抽抽噎噎的抬起頭來，用那雙還沾著淚水的、漆黑的大眼睛瞅著容辭，哽咽著說道：「娘不要走、娘不要走。」

容辭看著兒子的眼淚，真是心都要碎了，連忙親親他的臉蛋，安撫道：「娘是壞蛋，娘不走了，圓圓不哭了好不好？」

圓圓像是已經能準確的聽懂大人的話了，他聽了母親的承諾，抽著鼻子重重的點了點頭。「娘不走，圓圓不哭！」

容辭既心疼又心酸，抱著圓圓搖晃了好一會兒，他還太小，剛才賣力的哭了那麼長時間，也開始累了，慢慢就在母親懷裡閉上眼睛，睡著了。

謝懷章怕時間久了容辭抱不住他，就自然的從她手中接過孩子，帶著她坐到了長凳上。

他抱著孩子的姿勢已經很熟練了，圓圓也非常習慣他的懷抱，睡得很安穩。

容辭探過頭去看著圓圓的睡顏，真是心有餘悸，低聲道：「他之前從沒這樣哭過，讓我心都揪起來了……」

謝懷章也特意把聲音壓低，怕吵醒圓圓。「這孩子打從生下來就沒和妳分開這麼久過，必定很是委屈。」

「他才這樣丁點兒大，能知道這些嗎？」

「圓圓很聰明，比旁人學說話都學得快些，記性也是驚人得好，教什麼會什麼。我的兄弟子姪中也不乏人中龍鳳，可他們小時候怎麼瞧都不如咱們圓圓聰慧懂事。」

容辭作為母親，當然愛聽誇圓圓的話，她用食指輕輕地碰了碰孩子粉撲撲的臉蛋兒。「我們圓圓這麼聰明，是不是要去考個狀元回來呀？」說著開起了玩笑。「李嬤嬤為了我生圓圓順利，到現在還供著佛堂，將來這孩子若真要考科舉，怕是還要加一尊文曲星神像來拜呢。」

「若是這件事，妳求文曲星還不如求我。」

容辭詫異的抬頭。「什麼？」

謝懷章先是擺了一張嚴肅的臉任她打量，後來也忍不住笑了。「妳莫不是忘了，殿試最後的結果是要我來決定的，求我不是比求旁人更便宜些？」

容辭這才明白他的意思，謝懷章在她面前從不擺架子，甚至在身分揭穿後還更隨和些，帶圓圓比容辭這個當娘的還順手，以至於她總會在不經意間忽略他的身分，就像之前不知情時一般跟他相處，忘記要存敬畏之心。

「二哥又拿我取笑，即使我這個沒讀過幾本書的深宅女子都知道，科舉取士關乎一國命脈，以你的處事，絕不會因私情亂規矩的。」

謝懷章含笑望著她。「原來我是個這麼大公無私的人。」

他的眼睛其實長得很好看，但因為氣勢強又總是喜怒不形於色，所以沒多少人敢直視他的雙眼，也就無從讚美，但當這雙眼睛盛滿了發自內心又掩藏不住的笑意時，那種從不在別人面前顯露的溫柔真的會讓人被深深吸引，拔不開眼。

容辭看著他有一瞬間的呆愣，反應過來後突然覺得臉頰發燙，慌忙別過頭，用揶揄的口吻掩飾過去。「這只是好聽話，其實你公事公辦、不近人情的名聲也流傳甚廣。」

謝懷章看著容辭低垂的頭頸，心中也有感觸。

現在看來他確實能在朝政上不存私慾，可若將來真正觸及到他在意的人，他當真還能不存私心嗎？很久之前他覺得自己是一定能做到的，可近些日子，卻越來越不敢肯定了……

容辭彆扭了一會兒就恢復了，就在她低頭細緻的觀察著圓圓的變化時，突然覺得頭上一沈，好像什麼東西插進她的髮髻中。

容辭伸手一摸，正碰到了髮中多出來的一根簪子，她抬頭疑惑道：「這是？」

謝懷章道：「今年的生辰禮物。」

容辭有些猶豫，梳妝盒也就罷了，珠釵髮簪等卻是女子貼身之物，寓意總有那麼一點不同，他們二人之間這般相處已經有些過了，被李嬤嬤知道了還不定怎麼說她呢，此時再收這種禮物就更讓她心中不安了。

這麼想著，她便一邊伸手要抽出簪子，一邊開口婉拒道：「我不……」

話還沒說完就被謝懷章制止了，他重新替她將髮簪戴正。「收下吧，昨天是妳的生日，我本以為妳能回來，想在當天親手送給妳，卻不想等了一天也不見人影……現在好不容易送出去了，可不想再被退回來。」

他這麼一說，容辭不但不好再拒絕，反而要反思自己是不是真的在侯府留太久了，圓圓還小也就算了，謝懷章言語裡竟然也有了一點抱怨的意思。

「本來今年也不打算過這個生日的，我公公剛沒了半個月，即使……我也不想顯得太不尊重，過幾天圓圓周歲宴也不能大辦了，我想著也就擺幾件東西讓他抓抓看，也就是盡那麼個意思了。」

謝懷章聽她提起顧顯，心中一動。「雖是應有之禮，但也總是委屈了孩子。」

「這有什麼？」容辭道：「明年給他補個大的。」

謝懷章聽罷，不動聲色地問道：「家裡的事可辦好了？恭毅侯過世，妳想來也受了不少累。」

容辭輕笑道：「也沒什麼，還應付得過來，何況回去這一趟也算是有了意外之喜。」

「哦？」謝懷章的手指微動，側著頭淡淡的說道：「莫不是同什麼人和好了吧？」

容辭聽這隱含著不悅的語氣，幾乎啼笑皆非。「你這是想到哪裡去了，怎麼可能？」

謝懷章這才轉過臉來。「那是何事？」

容辭其實不太想和他提起恭毅侯府的事，和別人無所謂，但同謝懷章討論這個……就總是覺得哪裡怪怪的……

看容辭支支吾吾的不肯回答，謝懷章便道：「要是有什麼難處，我應該能幫上忙。」

容辭一聽忙道：「不用不用！」

剛和他提起這些事都覺得怪，更別說讓他幫忙做些什麼了，那幾乎能讓她無地自容。

這天下所有的事他自然都能幫上忙，但若是他真的出了手，那性質就截然不同了，她也並不希望他們之間摻和上那一堆爛攤子。

容辭看著他執著的眼神，終於還是說了。「我們……應該算是已經和離了……」

謝懷章的神情有一瞬間出現了震驚，然後立即消失了，他壓住自己想要上揚的唇角，用儘量平緩的語氣道：「這又是怎麼回事？」

「這件事很複雜……」容辭也不知道該怎麼解釋，斷斷續續道：「我和……我們兩個都不是自願結這門親的，現在總算可以……但其實也不能說完全分開了。」

她將顧宗霖提的條件大致說了一遍。「我後來覺得這樣也好，對我們雙方都有好處。」

謝懷章卻若有所思，低語。「真的不會再生枝節嗎？」

「什麼？」容辭沒聽清楚。

「沒什麼……」謝懷章回過神來，微笑道：「這樣也可以。」

——若是真出了什麼意外，自己自然也可以替她彌補，算不了什麼難事。

他們又天南地北的說了一會兒話，接著天色就有些擦黑，懷裡的圓圓也睡飽了，小手揉了揉眼睛，慢慢的醒了過來。

平常孩子剛清醒時總是有些不高興，可他一睜眼就見到了容辭和謝懷章的臉，一點兒也沒有什麼起床氣，反而「咯咯」的笑了起來。

兩人停下話頭，低頭一看，見圓圓躺在謝懷章懷裡，烏溜溜的眼睛一會兒看看這個，一會兒看看那個，正衝著兩人笑呢。

謝懷章見狀將他立起來抱著，讓他的臉能對著他母親。「他生日那天我再過來，看著他抓週。」

容辭道：「你要是忙就算了，哪有聖駕成天往城外跑的道理。」

「時間總是能擠出來的，這來回也費不了多少工夫，況且現在還有寒氣，我泡溫泉也不算耽誤……」

兩人認識這麼久了，容辭也早就不信他那套說詞了，聞言輕笑了一聲。「是嗎？那你去年夏天來這兒的時候，想來也是嫌棄京城那曬死人的太陽還不夠熱嘍？」

正說笑著，容辭便遠遠看見趙繼達往這邊走。「行了，叫你的人來了。」

她想把圓圓抱過來，謝懷章便說：「他沈了不少，我抱他回去吧。」

圓圓雖然想母親，但也很習慣謝懷章抱著他了，也沒有掙扎，只是大眼睛眨也不眨的盯著容辭看，像是怕她跑了似的。

趙繼達其實在外邊等了許久了，見謝懷章正跟容辭說得高興，就一直沒敢打擾，可現在眼瞧著就要天黑了，再耽擱就又要等明天，可明日一早有三天一度的朝會，要是遲了可不好，不得已就只能硬著頭皮來催。

到了兩人跟前，他先見了禮，還沒等開口，就聽人家夫人說話。「二哥，時候也不早了，走夜路我也不放心，還是早些動身吧。」

謝懷章點了點頭，抱著圓圓站起來。「那天你們可先別急，等我過來再抓週。」

「我記住了還不成嘛。」

趙繼達見謝懷章手裡抱了個娃娃，跟容辭相視一笑，也是溫馨且難得的畫面，不由得在心中感慨，不管這溫夫人……顧夫人是什麼身分，能讓陛下放鬆一刻，就是天大的貴人了。

這時他突然感覺有道視線向自己望過來，抬眼就看到那小小的孩兒坐在自己主子金貴的懷裡，一臉嚴肅的抿著嘴往這邊瞧。

謝懷章帶著圓圓的時候不喜歡有人近距離盯著，是以趙繼達雖也常見這孩子，但從不曾親近過，都是遠遠地看一眼，或者在近處看個趴在謝懷章肩上的後腦勺什麼的。

現在在咫尺間乍一看見圓圓的正臉，立即就覺得他的小鼻子小嘴、模樣神態都很眼熟。他絞盡腦汁的想了一下，這才想起來他像誰，驚訝道：「陛下，這小少爺是不是見您見得多了，怎麼跟您越長越像啊？」

這句不是恭維勝似恭維的話一下子說到了謝懷章的心裡，他難得也對趙繼達露了個笑臉，隨即將圓圓轉過來仔細看了看。

他往日只覺得跟這孩子親近，卻沒比對過自己和他的長相，現在一看，兩人的共同之處確實是出乎意料得多。

圓圓還小，眼睛還是圓溜溜的，但也能在眼角眉梢處尋到謝懷章的影子，鼻子也跟他一樣是個筆直的高鼻梁。

容辭自己的嘴唇不算厚，但中間輪廓極美，曲線分明，唇角天然微彎，有著恰到好處的弧度，冷著臉的時候也像是在淺笑。可圓圓的嘴長得卻跟她一點兒都不像，反而跟謝懷章一樣長了一張薄唇，唇角平直，抿著嘴看人的時候自帶威儀，天然的嚴肅使人不由自主的畏懼。

總之，除了謝懷章的臉型稜角分明，而圓圓臉上還帶著嬰兒肥，是個胖嘟嘟的圓臉以外，五官竟都能找到與謝懷章的相似之處。

謝懷章心中莫名的高興，卻也沒往別處想，只是對容辭說：「莫不是孩子見誰多些就長得像誰？妳要是再動不動丟下孩子幾個月不回來，他就要長得和妳一點也不像了。」

容辭從圓圓五官還皺成一團的時候起，寸步不離的把他看到這麼大，只覺得他和剛出生時變化不大，實在是瞧不出他長得像誰，聞言哭笑不得。「你就是來得再勤也不過就那麼幾次，照這麼說的話，他該越長越像李嬤嬤才是。」

趙繼達也覺得這孩子未免跟自家主子太有緣了些，便湊趣道：「小少爺是男孩子，自然跟著男人長，咱們主子也是個美男子，小少爺也不算虧了。」

容辭笑出了聲。「行了，我生的孩子自然像我，你們在這裡說個什麼勁兒。」

圓圓生日當天，謝懷章果然硬是擠出空過來了，正好趕上了抓週禮。

圓圓也沒有辜負他這一番心意，在眾人給他準備的抓週禮物裡，忽略了一眾的筆墨紙硯、木弓木劍，一把就抓住了謝懷章添上的七彩石印章，這印章上刻的正是謝懷章給他取名時用的典故「元亨利貞」四字。

這也不算意外，畢竟其他的東西顏色都灰撲撲的，唯有這印章也不知是什麼做的，似石非石，似玉非玉，卻通體五彩斑斕，顏色十分扎眼，也不怪圓圓更能看上眼。

過了這一天，這孩子就已經滿了周歲，天氣也一天暖似一天，眨眼間又是幾個月過去，時間快得彷彿有人在催促追趕似的。

這天上午，李嬤嬤帶著人正在將冬季用的衣服棉被疊起來收好，將更輕薄的一套取出，該放在衣櫃裡的就放進去，該鋪在床上的就鋪起來。

容辭則是將首飾盒中不適合這季節戴的抹額、絨飾挑出來單獨放，又從箱子裡取了些玉石類的首飾添進去。

她將首飾一個一個的分類放進紫檀木的妝匣中，剛打開盛著珠釵髮簪的幾個小抽屜，就看見最裡邊的一個抽屜單獨放了一支金簪。

容辭愣了愣，伸手將它拿了出來。

這正是謝懷章當作生辰禮送給她的簪子，主體被做成了鳳凰翎尾的形狀，通體純金，做工極為精細，翎頭即簪頭，上面鑲嵌著碩大的明珠，周圍是一圈米珠點綴，簪身則被做成了細而長的翎管，簪尾十分尖銳，也可做女子防身之物。

這金簪既貴重又華美，每個女子見它第一眼都會被迷住，容辭自然也不例外。

鎖朱正巧從後面走過，也看到了容辭手中的東西，讚嘆道：「呀！這個真好看，姑娘，怎麼平日裡沒見妳戴過啊？」

李嬤嬤探過頭來，一眼就看出這金簪的用料做工都不是平常人家能得的，不由眉頭微微皺起。

容辭摩挲著細長的簪身，最終還是把它放回了原處。「它太尖銳了，容易傷到人，還是等圓圓大一些再用吧……緩一緩再說……」

她正出著神，不想忽然聽到門外傳來一陣嘈雜聲，還沒等她問是怎麼回事，房門就被打開了，斂青睜大了眼睛跑得氣喘吁吁，話都說不索利了。「姑、姑娘，您快準備一下，太太、太太帶著七姑娘來了！」

容辭「唰」的一聲站起來。「妳說誰來了？」

「太太，您母親！」斂青緩過氣來。「剛才下了馬車，想來現在已經進了大門了……」

也就是一會兒的工夫，溫氏便拉著許容盼的手，在溫平、宋三娘等人的簇擁下進了屋。

溫氏一進來眼神先掃了一圈，一下子就看到了容辭，還沒來得及說話眼圈就先紅了。

容辭忙走上來扶住她。「娘——」

溫氏忍住淚意，將女兒上上下下的打量了一番，見她不但沒有憔悴，反而面色紅潤、肌膚細膩，雖瘦了一些，但看得出來是因為長高，褪去了嬰兒肥所致，並不像是受了什麼委屈。

容辭笑著任她打量，又低下頭捏了捏許容盼的臉蛋。「盼盼也長大了好些呢，想不想姐姐？」

許容盼許久沒見她了，多少有點認生，可此時見容辭面目精緻，眼角含笑的注視著自己，就跟自己印象中的姐姐一般親切，不由得放開了許多，有點羞怯的點了點頭。「想姐姐了！」

說著就害羞的躲到了溫氏身後。

容辭忍不住笑了一下，又向溫氏問道：「娘怎麼不打個招呼就過來了，也不讓我準備準備。」

之後帶著她坐到了羅漢床上，她自己把許容盼攬在了懷裡。

容辭道：「您是怎麼來的，老太太管得那麼嚴，怎麼肯答應您來看我？」

「妳還不知道吧？」溫氏壓低聲音，正色道：「昨兒永安宮太上皇龍馭賓天了！」

容辭瞪大了眼睛，聽到「太上皇」三個字，她的第一反應不是已經禪位了的皇帝，而是……謝懷章的父親……

他的父親昨天去世了……

「他老人家駕崩，在京所有官員命婦都要去哭喪弔唁，你們侯府因為閉門守孝，倒是省了事，但咱們家裡已經為這事忙成一鍋粥了，老太太有了年紀，可是也不能免禮，我就趁這個機會去求了求，她現在沒空搭理我，很輕易就同意了。」

溫氏說了好長一段，卻見容辭眼神放空，像是不知想什麼而出了神。「顏顏，妳在想什麼呢？」

容辭回過神道：「喔，我想著妳們好不容易來這麼一次，就多住些時日，也好讓我多陪陪您，盡盡孝心。」

「那是自然。」溫氏眉眼舒展，很是愜意的樣子。「我出來一趟不容易，可是一旦出來了，他們一時半會兒也想不起我們來，自然能待多久就待多久。」說著伸手過去摸摸容辭細膩的側頰。「其實我剛剛看妳第一眼就已經放心了，要是過得不好，也不會是這個情景。」

容辭一邊攬著妹妹一邊乘機鋪墊。「娘，您別看我現在一個人，過得可比在侯府裡好多了，想做什麼都成，也不必看人臉色。」

溫氏道：「妳是我的女兒，妳是什麼性子我自然清楚，在親近的人跟前就很放得開，也活潑一些，在外人面前就是一副溫柔順從又很客氣的樣子，受了什麼委屈也從不敢和人家起衝突，之前在娘家還有個自家的小院子，關起門來隨妳胡鬧，也能鬆快一陣子。可一旦嫁了人，要是和夫君說不到一處去，就只能一輩子憋憋屈屈的過，我寧願妳像在我跟前一樣鬧騰一些，也不想妳委曲求全一輩子。這女人呀，生來就比男人堅韌，什麼都不怕，就怕把什麼都悶在心裡，這樣的人，十個有九個都活不長……」

她看著容辭健康又有活力的臉龐。「我從聽說了恭毅侯府幹的那些好事，就不求妳能跟那位做什麼恩愛夫妻了，只求妳過得舒心就好，在哪裡住不是一樣呢？」

這番話讓容辭眼中發熱，更加感激母親的體諒。

母女三人親熱了一會兒，容辭就吩咐斂青收拾屋子，這院子小，沒有什麼正經的客房，只能暫時將東次間整理一下，讓溫氏和許容盼先住下。

斂青應了一聲，還沒等轉身，臥房裡就傳出了孩子的哭聲。

容辭渾身都僵了一下，還沒想好怎麼說呢，許容盼就耳尖的聽見了聲音，好奇道：「是有小寶寶在哭嗎？」

溫氏也不解的看過去。

容辭無奈，便讓斂青將圓圓抱過來，又轉頭對溫氏道：「母親，我抱養了一個孩子，一直沒跟您說……」

溫氏吃驚的睜大了眼。「這是什麼時候的事？姑爺知道嗎？」

「不是記在族譜上的那種收養，不干他的事，是之前外祖父那邊的遠房親戚帶過來的，說是這孩子沒有父母，親戚又養不起，想求我給找個好人家，我想我這裡一直沒孩子，又跟他投緣，就將他留下了。」

「溫家的？那我應該認識啊。」

容辭糊弄她。「不知道隔了幾房的親戚了，我也是偶然才遇上的，您肯定不知道。」

溫氏還想再問，就見斂青抱了個一歲多的胖娃娃出來，便驚道：「這麼小的孩子？」然後伸手將圓圓抱在懷裡，她這個年紀的女人就沒幾個不稀罕小孩子的，圓圓又長得格外好，溫氏仔細打量，越看越愛。

那邊容辭見母親看得久了，便覺得十分心虛，生怕她看出點什麼來，不由慌亂的說了一句。「這孩子像不像我親生的？」

剛說出口她就後悔了，因為這句話明顯是此地無銀三百兩，頗有點不打自招的意思。

卻不想溫氏完全沒聽出來，反而噗哧一聲笑了。「想得倒美，可妳能生出這模樣的來嗎？這孩子從頭到腳沒有一處像你，怎麼可能是妳生的。」

容辭的臉微微抽動了一下——雖然一直擔心母親看出什麼來，還想了各種說詞敷衍，但當溫氏真的完全沒有懷疑的時候，她怎麼好像也不是很高興……

溫氏看著也很喜歡圓圓，抱著好長時間才撒手。

之後，溫氏就張羅著收拾屋子，將行李等物拿進來，放到該放的地方。

容辭幫不上忙，就在大廳裡等著，聽著溫氏來來回回指揮的聲音，一會兒囑咐鎖朱手腳輕些，一會兒教育盼盼做事要有條理。「仔細收好，妳可不要學妳姐姐笨手笨腳、丟三落四的毛病——妳的銀鈴呢？香囊呢？玉墜呢？都帶來了嗎？」

容辭在這久違的嘮叨聲裡放鬆了下來，轉念又想到了太上皇駕崩的事，也不知道謝懷章現在是什麼心情，他跟太上皇十分不親近是肯定的，但到底是親生父親，想來心裡也必定不是滋味。

容辭心中掛念謝懷章，但也明白他現在有正事，不是五天十天就能忙完的，何況母親、妹妹終於能來看望自己，也是久違的樂事，便也讓自己暫且放下那一分隱憂，專心陪伴溫氏，以盡孝心。

再有就是圓圓也漸漸長大了，越來越會表達自己的需求，相比於其他人，明顯更依賴容辭這個生母，見到她就格外好說話，一時不見就容易鬧彆扭，他雖不喜歡哭鬧，但已經無師自通的學會了如何用表情和言語表達自己的情緒。

比方說容辭有時帶著妹妹出去玩，留下李嬤嬤和溫氏帶他。他見不到母親就會板起一張小臉，怎麼逗也不笑，餵他吃東西的時候還會伸手推拒，一副拒絕的架勢，要是旁人再問他想要什麼，他才會回過頭來正視人家，紆尊降貴的回答一句。「要娘親！」

若這個願望得不到滿足，那他就會拒絕再開口，直到容辭回來，他才又是一副乖寶寶的樣子，愛笑愛說話，有時話多得跟個小話癆似的，以至於在容辭心目中他一直是天底下最活潑體貼的好孩子。

溫氏雖不知道這個漂亮娃娃就是自己的親孫子，但不知是否是血緣天性所致，相處了幾天就覺得親近，就連他在容辭和旁人面前的兩種態度，都被她解讀成是天生聰明、孝順母親等等。

祖孫兩個一個依賴母親，一個疼愛女兒，一拍即合，倒相處得越來越融洽。

容辭深覺這就是前世夢裡也不敢想像的天倫之樂的情景，美中不足的就是心裡深處還在擔心某個一直沒有消息的人。

直到入夏，隔壁才從死寂恢復了過來，迎接它的主人。

容辭自然也接到了消息，之前都是謝懷章主動來看望她和圓圓，但這一次溫氏和許容盼都在，一大家子人擠在一處，來了客人也不方便，於是思前想後，到底還是自己去了謝園。

剛進大門，趙繼達就迫不及待的迎了出來。「您可算是來了，要是再不過來我就要去請了。」

容辭一邊走一邊道：「他怎麼了？」

趙繼達眼底也有愁緒。「您想來也聽到了消息。上皇沒了，這些時日主子一直在忙活這件事，表面上那是一點變化也沒有，照常起臥照常處理政事，可就是這樣才不對啊……說句不好聽的，常人沒了親爹，不管是悲傷還是……咳、高興，總得有個反應吧？」

「他在屋裡嗎？」

「沒有。」趙繼達愁眉苦臉。「來了就去湖邊坐著了，到現在動都沒動一下。」

容辭點點頭，跟著他一同去了湖邊，趙繼達遠遠地就停下了腳步，容辭自己慢慢走了過去。

謝懷章此時正席地坐在湖邊的一塊大石上，一隻腿曲起來，手肘支在上面，目光遠望著湖面，不知在想些什麼。

單看這畫面倒是一派閒適自在的情景，可謝懷章自幼習禮，最狼狽的時候都是矩步方行，從不失禮，向來是坐有坐相、站有站相，容辭認識他將近兩年了，從沒有見過他這樣放肆不羈的姿態。

她走到那塊石頭邊上，謝懷章沒有看過來，只是向她伸出了一隻手。「阿顏也來坐吧。」

容辭沒有動作，開口問：「如何知道是我的？」

謝懷章仰起頭看她，眼中一片深晦的情緒。「我自能聽出妳的腳步聲。」

容辭猶豫了片刻，見他那隻手一直固執的伸在那裡，不曾收回，她還是暗嘆一聲，將自己的手搭上去，壓著裙邊坐在他身旁。

「本想去找妳的，但聽說妳家人來了，怕妳覺得不方便，便來此處坐著。」謝懷章的語氣很平淡。「我一直在猜想妳什麼時候來找我……或者究竟會不會主動過來。」

容辭納悶的看著他。「我有那麼沒心肝嗎？」

「自然有。」他眼底總算帶了點笑，食指輕柔的點了點她的臉頰。「妳是天底下最沒心肝的女子。」

容辭哼了一聲，別過臉去。

謝懷章輕聲道：「可妳到底是來了……」

容辭有點不好意思，但想著他此刻心情必定不好，便還是小心翼翼的想要安慰他。「我聽說……」

「啊，上皇崩逝了。」

他這樣輕描淡寫的一句話，反倒讓容辭不知所措，沈默了半天也沒想好怎麼開口接話。

謝懷章靜靜地望著遠處。「我和他也沒什麼好說的，便是他不死，我們也已經是老死不相往來了。」

「你是在難過嗎？」

謝懷章轉頭看著她。「我知道妳是怎麼想的，可能所有人都認為我就算不難過，也總該心情複雜，我也儘量在別人面前做出一副這樣的姿態。但在妳這裡我不想說謊——沒有，我沒有一絲一毫的難過，也不覺得心情複雜，上皇那個人，不配做我母親的丈夫，更不配做我的父親，我與他——形同陌路。」

見容辭驚訝的瞪大了眼睛，謝懷章反倒笑了。「別吃驚，我就是這樣一個人，心硬得很，連生父也可以毫不在意。」

不知道為什麼，容辭越是見他這樣，就越是替他感到難過。「你別這樣說……」

謝懷章憐愛的看著容辭有些泛紅的雙眼，繼續說道：「不知妳有沒有聽過上皇與我母親之間所謂無比深情的故事——我母親是衛國公府的嫡女，也是太宗孝淑皇后的親姪女，雖少年喪父，但從小被孝淑娘娘親自教養，也是有名的閨秀。上皇當時只是一個普通的庶出皇子，不占嫡不占長也不占賢，他對母親一見鍾情，很是費了些力氣才贏得芳心，向她許諾一生一世一雙人，永不生異腹之子。

「母親被他打動了，兩人成親之後一年沒有子嗣，母親十分愧疚，上皇卻並未納側妃，反而對她百般安慰，孝淑皇后也由此相信了他的真心，將他收為養子，使他以中宮之子的身分坐上了太子之位。沒兩年，太宗皇帝和皇后雙雙去世，上皇與母親便繼任皇帝皇后，就在這時，母親發現自己懷了身孕，她高興壞了……」

聽到這裡，容辭已經大致猜到怎麼回事了——上皇分明有後宮佳麗三千，皇子、公主加起來有二十來個人，其中大皇子還要比謝懷章大上幾個月。他若真的能守住當初的諾言，又怎會如此呢？

謝懷章之母孝成皇后頗有賢名，為人端莊雅正，對宮娥太監都很寬和，是母儀天下的表率。這樣一個女子，在年輕時也曾與夫君琴瑟和鳴，相誓白首。那段時間應該是她與丈夫最為恩愛的時光，那樣的歲月靜好，讓容辭幾乎不忍心聽下面那慘烈的後續。

謝懷章卻已經對這段往事沒什麼特殊的感覺了，他接著道：「但沒來得及高興太久，繼承了衛國公爵位的叔父和嬸娘就將已經有孕八個月的堂妹帶到了母親面前，跪求她行好，賞這委曲求全的女孩一個名分……」

容辭閉上眼，聽都聽不下去了，她握住謝懷章冰涼的手，哽咽道：「別說了……求你別說了……」

謝懷章用手擦過她眼角的濕痕。「好，阿顏不願聽這些髒事，我就不說了。」

容辭用力的搖搖頭。「我們說些高興的吧，說些你喜歡的事好不好？」

謝懷章專注的看了她半晌，突然張開手臂將她攬在懷裡。

這動作明顯已經是逾越了禮數，容辭剛剛還在為孝成皇后的事情難過，現在已經嚇得呆住了，一反應過來就想推開他，卻不料聽他在耳邊低聲說道：「這就是我唯一喜歡的了……」

這句話讓容辭的心亂成一團，抵在他胸前的手緩緩握了起來，沒有一點力氣。

謝懷章能感覺到懷中人心中的掙扎，卻依舊將人摟得更緊。「上皇死的時候，我都不知道要做什麼表情才好，跪在梓宮前哭也哭不出來，笑也笑不出來，旁人見了，有人覺得我是悲痛得不知該如何表達，有人覺得我是大仇得報十分歡喜——妳猜，我在那人靈前究竟在想什麼？」

容辭雙手虛虛的攥住他胸前的衣服，用力又放鬆，放鬆又用力，糾結了好長時間，最終還是輕輕地放下手，整個人在他懷裡放鬆了下來。「你說過，你並不難過。」

謝懷章察覺到她的放鬆，不由聲音都帶上了愉悅的意味。「是啊，我真不孝，不但不難過，還滿腦子都在想——他死了，阿顏若在這裡，肯定會心疼我的……」

這句話像是金絲線一般鑽進了容辭的心中，將她的心臟一圈一圈的纏得緊緊地，她靠在謝懷章的懷裡，聽著他胸腔中傳來的心跳聲，腦中像是纏了一團亂麻，幾乎讓她不能思考。

他蹭了蹭容辭的髮頂，將她的身子扶正，看著她慢慢的問道：「阿顏，妳一直很聰明……能明白我的心思嗎？」

容辭不想裝傻，也不能裝傻，她緊抿的嘴唇顫抖著，好半天才開口。「這太難了……我……」

謝懷章掩住她的嘴唇。「一點都不難，其他問題對我來說都只需要略微籌劃，唯有確定妳的心意，才是世上最難的事。」

容辭閉上眼。「你讓我想想，給我點時間……」

謝懷章知道只有現在是她態度最軟化的時候，再多些時間夜長夢多，說不定她的理智回來，就再也不肯答應了。

「好，我給妳時間想，但務必記住，無論有什麼外界的障礙，都不是妳拒絕的理由——只有一條，那就是妳不喜歡我，不想見到我。只有這個，我才能接受。」

容辭唰的一下睜開眼睛，帶了點薄怒的看著他。「話都讓你說盡了，我還怎麼說？」

這話像是在發怒，但謝懷章瞬間明白了她話外的含義，立即忍不住嘴角的笑意。「妳這是答應了？」

容辭摘下手指上的戒指，惱羞成怒的丟在他身上。「誰答應了！」

謝懷章的心被久違的狂喜所浸染，半點沒在意容辭的口是心非，再次將她圈在懷裡，不住地說：「謝謝妳……我很高興，從沒這麼高興過……」

容辭靠在他的肩膀上，臉上也不由自主的帶了笑容，可不知怎的，心中除了甜意，卻始終也有憂慮伴隨左右……

兩人的事情這就算是攤開講了，之後關係也更近了一步，謝懷章得償所願，更加想與心愛之人為伴，可偏偏政務纏身，每每最多待兩天就要回去，讓他惱火得恨不得把大明宮搬到這裡來。

但他也知道那是不可能的事，沉且現在就要開始為將來打算了，他既然將容辭放在心裡，就絕不可能讓她這樣無名無分的見不得光。

他想娶她，做他名正言順的妻子和皇后，就必須做好準備，鋪墊許久才能將此事拿到檯面上，也要想好理由一一說服心存疑慮的老臣，更要想辦法震懾別有用心和被觸及利益的人，等這些事安排好了，他才能真正鬆一口氣。

一邊在宮裡想辦法，另一邊一有空閒就來陪愛人，鞏固感情，這來回兩頭跑，每次一個多時辰的路程，他竟一點也不覺得累。

容辭那邊則在絞盡腦汁的想怎麼把這事跟李嬤嬤坦白，溫氏那邊就不用想了，她連和離的事都不知道，若聽說女兒這麼快就找了其他人，還是當今聖上，怕是得嚇得厥過去。

這天天氣比較涼爽，微風習習，謝懷章又忙裡偷閒過來了，約容辭在山下相見。

幾日不見，容辭心裡自然也很想念他，不想推脫，便只能硬著頭皮在李嬤嬤狐疑的目光中抱了圓圓就出去了。

落月山景致其實一般，唯有山腳下的一處草坪還看得過眼，但俗話說有情飲水飽，這平平無奇的風景在有心人眼中也勝過廣廈百間、美景萬里。

謝懷章見容辭帶著孩子一起出來了，就連忙把圓圓抱過來，笑道：「沈不沈？」

「還好，你也快放下吧，這小子已經能走得穩穩當當了，要人抱也只是撒嬌而已。」

謝懷章卻捨不得放下，抱著圓圓拋了幾下，讓他一邊驚叫一邊笑，看著十分高興。

等把他放在地上了，圓圓就拉著他的衣服邊繞著他走了一圈，抬頭看了看，然後冷不防的叫了一聲：「爹爹！」

容辭蹲下糾正道：「是叔叔，不要再叫錯了。」

圓圓被弄糊塗了，在母親和謝懷章之間來來回回的看。「……叔叔？爹爹！」

容辭皺眉看著謝懷章微微勾起的唇角，狐疑道：「也沒人教他怎麼喊爹呀，為什麼怎麼改也改不過來？」

謝懷章忍住笑意，正色道：「男孩子嘛，想要父親陪伴是天生的，說不定就無師自通了呢？」

將圓圓攔腰提起來，容辭道：「才不信你的鬼話呢。」

兩人找了塊平坦的草地，將孩子放上去，隨他滿地亂跑，到處撲騰。

這時遠處緩緩駛來一輛馬車，這地方不怎麼來生人，一見之下，暗處的侍衛都繃緊了皮，警戒起來。

謝懷章看了眼馬車上的標記，對來人是誰心中也有了數，並不擔心。

容辭本有些驚訝，但見謝懷章臉色如常，便也定下心來，眼瞧著那馬車停在了離兩人不遠的地方，車夫將車門打開，扶著一位女子緩緩走了下來。

那女人長相十分豔麗張揚，穿著暗紅色的窄袖衣服，頭髮結實的盤在髮頂，僅用一根木簪固定，看上去很俐落，但年紀卻不好猜測，說她三十歲也行，四十歲好像也不違和，總之是位不算年輕卻英姿颯爽的美婦人。

那女子下車看到謝懷章，剛要開口，就見圓圓從他的腿後面探出頭來，扯著他的衣角好奇的往這邊看——

她的目光瞬間凝固，無意識張了張嘴像是在說什麼，卻連一點聲音都沒發出來……

那女子直勾勾的盯著圓圓，神情十分奇怪，不只容辭覺得不對勁，連謝懷章都皺起了眉。「姑母？」

謝璿用力眨了眨眼，接著潦草的行了個禮，眼睛卻還在圓圓身上拔不下來。

容辭作為母親，即使能感覺到這女子沒有惡意，還是有些不安，連忙將圓圓拉回自己身邊抱了起來，對著謝懷章道：「二哥，我先回去了……」

謝懷章捨不得她走，但看到她滿臉不自在，手臂把圓圓抱得緊緊的，就知道留不住，只得道：「回去慢一點，別摔著妳和孩子。」

容辭點點頭，最後看了眼那個奇怪的女子，卻發現她的目光還是盯在圓圓身上，連一旁的謝懷章都不能分走絲毫注意。

等容辭回去了，謝懷章微微皺眉道：「姑母，您這是做什麼？把人都嚇跑了。」

謝璿回過頭，她雖看著年輕、但實際上已經是四十多快五十的人了，此時眼中帶著濃濃的怒意，看上去比謝懷章還要不滿幾十倍。「我做什麼？我還要問你做什麼呢，陛下，你已經不是幾歲的孩童了，怎麼還這麼不知輕重？有了孩子不快些昭告天下，反而要藏到這犄角旮旯，你難道不知道皇嗣的重要之處嗎？」

謝懷章這才知道她誤會了，淡淡的解釋道：「您誤會了，這孩子的母親確實是……朕也確實視若己出，但他卻並非朕親生的。」

「你當我眼瞎嗎？那孩子長得和你那般相像，不是你的是誰的？」

謝懷章早知道圓圓長得和自己有些相似之處，以為謝璿也因此產生了誤會，不好跟她在此處爭辯，便帶著她回了謝園。

一路上謝璿的臉色都不好看，剛進門就撞見趙繼達見鬼似的眼神，更是沒好氣。

趙繼達萬萬沒想到這位姑奶奶就這樣招呼也不打一聲就來了這兒，忙行禮：「請福安大長公主安——」

謝璿滿肚子火正愁沒處發，聞言不耐煩地斥道：「滾一邊去！」

趙繼達等的就是這句話，立馬麻溜的想滾，可還沒走幾步，就又被謝璿叫住了。「等等，你且站住，本宮還有話問。」

趙繼達滿臉苦相，轉過頭來跪在地上。「殿下，您有什麼吩咐？」

其實趙繼達作為當今天子最得用的貼身內侍，本不該這樣怕一個大長公主，但謝璿與孝成皇后是表姐妹，與她自幼一起長大，感情甚篤。她去世後謝懷章也多虧這位性情火爆的姑姑時時照拂才能平安長大，五、六歲時貼身太監有意怠慢，導致他生過一場重病，當時攝六宮事的貴妃別有用心，輕輕發落一番就算完事，還是福安大長公主脾氣上來，一通發作處死了那內侍，才替他討回了公道。

而趙繼達就是謝璿那時候親自從小太監堆裡挑出來伺候謝懷章的，要是沒她，趙繼達現在還不知在宮裡哪個角落掃地呢。

謝璿瞥了謝懷章一眼，冷哼道：「主子錯了主意，你們這些當下人的也不知道勸著些，竟由著他的性子來，可見是一群阿諛諂媚之臣，要麼就是廢物！」

趙繼達尚不知哪裡得罪了這位祖宗，上來就劈頭蓋臉的挨了一頓罵，真是一腔委屈沒處訴，卻又不敢反駁，只得用眼神向謝懷章求助。

謝懷章道：「姑母，當真不是您想的那樣。」

謝璿仍是不信，問趙繼達道：「你老實說，陛下身邊帶著的那個一、兩歲的小男孩是誰？」

趙繼達道：「什麼小男孩……哦！您說的是隔壁的溫小少爺啊……」

謝璿不可置信。「竟然還跟著別人姓？」

這話沒頭沒尾，但趙繼達聯繫前因後果，竟然聽明白了，隨即跟謝懷章一樣無奈。「殿下，這是您想岔了，那孩子不是皇子。」

謝璿更加認定他們主僕合起夥來撒謊，忍著將要爆發的怒火對謝懷章說：「陛下，你還叫我一聲姑姑，想來也記得當初的事，應該明白我是無論如何也不會害你的，怎麼這樣的大事反倒一意瞞著我，這是不信任我的意思嗎？」

她重重的喘息了幾聲。「我這次來本只是想要探望你，看看你在這犄角旮旯的溫泉山莊休養得如何，身上是不是好些了，要不是臨時起意……你是要瞞我瞞到什麼時候?!」

謝懷章卻覺得說不清楚。「圓圓只是碰巧跟朕有些像處，不過說是朕的孩子也沒錯，他便不是親生的……」

謝璿急道：「這是僅僅叫『有些像處』？分明跟你是一個模子刻出來的！」

趙繼達不解道：「殿下，奴婢瞧著沒這樣玄乎啊……」

謝璿沒好氣道：「陛下早就成年了，那孩子才丁點大，這麼看當然看不出來，可他小的時候就是這般模樣，和那孩子幾乎一模一樣，我還沒老到不記事的地步！」

謝懷章本來只覺得謝璿是太盼著自己有子嗣所以想偏了，因此沒當回事，此時聽到她的話才突然覺得不對——

「姑母，您當真記得這麼清嗎？」

謝璿見謝懷章的表情不像做戲，心裡也犯起了嘀咕，想著莫不是那女子生了皇子卻瞞著他吧？於是認真思考過之後，斬釘截鐵的答道：「絕對不可能記錯，從你出生起，我幾乎每日都要進宮陪伴你母親，你小時候長什麼樣子我記得清清楚楚。」

謝懷章心裡咯噔一聲，本能的感覺這中間有問題，又下意識提出了別的假設來反駁。

「有沒有可能是……皇室的其他人……」

謝璿看他帶著少見的失魂落魄，便也信了他不知情的事，頓時又氣又憐憫。「不可能，你長得和你父母都有像處，你母親又單像你外祖母，她老人家只有表姐一條血脈，這樣傳承下來，皇室中哪個孩子也不可能與你相似到那樣的程度。」

謝懷章閉上了眼。「可我自從被廢去太子之位後，再也沒有親近過……」

這事倒真的出乎意料，謝璿試探道：「真的一次也沒有嗎？是不是喝醉了或者……你忘了呢？」

他慢慢睜開眼，忽然想起兩年前為了逼宮一事趕回京，在途中發生的事。

那幾天三皇子陳王鑽了空子，把先帝軟禁宮內，一方面與大皇子，也就是當時的太子謝懷麒對立，另一方面派人去燕北暗殺他，但謝懷章卻早就得到消息，也意識到這是千載難逢的機會，便當機立斷秘密帶人趕赴京城，又加緊聯繫京城早就備好的部署和皇城守衛。

雖已經精簡隨從了，可是北地軍隊調動，外鬆內緊，隨時準備裡應外合，多少露出了一點風聲，加上燕北暗殺失敗，陳王自然會察覺不對，等他接近京城時，最難纏的大皇子也得到了他將要進京的消息，不想落入前門拒狼後門迎虎的境地，再加上與他宿怨深重，出手更是狠辣。

過程很複雜，那幾日京城中各方混戰，城外也是天羅地網，他在激鬥中不慎被人在上腹捅了一刀，勉強脫險找藏身之地時又偏遇暴雨，在萬安山中與屬下失散。

一開始他以為自己是重傷失血才會渾身發熱，可之後就能明顯感覺到身體不太對勁，在雨中驚疑不定，因為還受了傷，只能盡力保持理智，想在昏迷之前找到安全的藏身之處，那天他最後的意識就是在此處斷的。

第二天，他是在疼痛中清醒，當他醒來，只發現自己衣衫不整，正狼狽的倒在一處可以遮雨的山壁裡，身上的傷幸運的勉強止住了血，這才沒有在睡夢中就因為失血過多死去。

這些還罷了，重點是他是個成年男人，即使失去了意識，但清醒後多少也能知道自己做過什麼事，他吃了一驚，但山洞中除了他卻並沒有第二個人在，連殘存的衣物也沒有，他搜尋了許久，才在地上見到了一塊不屬於自己的玉珮。

謝懷章大致能猜到自己與這玉珮的主人之間發生了什麼，但當時的形勢仍是千鈞一髮，容不得他多想，只能先與部下會合，趕往大明宮，之後又是一番腥風血雨，其中驚險危急自不必多說，總之最後是他技高一籌，親手誅殺了數位兄弟，逼迫先帝退位，這才登上了皇位，成了大梁當之無愧的主人。

等一切安頓下來，該殺的殺該賞的賞，一番雷霆動作震得朝野上下不敢違逆，這才騰出手來查那天發生的事。

可是事情發生那天下的是瓢潑暴雨，就算有千人軍隊路過都不一定能留下痕跡，更何況區區一個女子。萬安山臨近皇城，周圍不是達官顯貴閒暇遊玩的住處，就是他們收成用的莊子，各家貴女也有，農女也有，甚至賣藝的女伎也常出沒，這一找就是大海撈針。

謝懷章撿到的玉珮上刻了字，這種貼身之物上頭一般留的都是主人的名字，可是派出去的人明察暗訪，當日前後曾在萬安山附近居住或者路過的女子，竟然沒一個符合的。

這樣的情況，暗探即使有通天之能也無濟於事，何況涉及女子名節，怎麼也不可能大張旗鼓的詢問，萬一使不相干的人牽涉進來，再遭受什麼不白之冤就鬧大了。

於是這件事最終也沒查出什麼結果，只能不了了之。

謝懷章能想到的事，趙繼達同樣有印象，他哆哆嗦嗦的提醒道：「陛下……那日萬安山……」

謝懷章怎麼也不能相信事情會這麼巧，況且他自己身上有什麼毛病自己知道，是不可能有子嗣的。

謝璿見他一味地斂著眉眼，卻不說話，不由更加急了。「究竟是怎麼回事，你這悶葫蘆，倒是說話啊！」

謝懷章看著眼前待自己如同親兒子的女人，卻不知該如何開口告知她似仙遙一事……

他一時想不出說詞來，只能盡力先敷衍過去，承諾等查明一切定將據實以告，這才把大長公主暫時先安撫了下來。

第十四章

到了傍晚，容辭照舊來謝園與他相聚，謝懷章看著圓圓的臉卻心不在焉，總是時不時的出神。

容辭有些奇怪，端起一碗溫熱的羊奶一點點餵孩子喝，然後疑惑的問道：「你這是怎麼了，為何心神不寧的？還有，今天上午那位夫人又是何人？」

謝懷章儘量想讓自己不要胡思亂想，白日作夢，但腦海中一直迴響著謝璿那句「他跟你是一個模子刻出來的！」怎麼也不能停下……

容辭的話讓他多少冷靜了下來，解釋說：「那是我的姑母，福安大長公主。」

這位公主殿下，容辭也是早有耳聞。「是那位孝淑皇后唯一的嫡出血脈嗎？那跟孝成娘娘就是表姐妹了，想來對你不錯。」

謝懷章點點頭。「我自小母親走得早，多虧福安姑母時常照拂，這才得以平安長大。」

一想到他在只比圓圓大一點的時候就失去母親，一個人在深宮之中煢煢孤立，周圍盡是些虎視眈眈的仇人，容辭就有些心疼。

「孩子年幼便喪母，確實是十分孤苦的事，公主殿下是個好人……今天我都沒跟殿下行禮問安就走了，實在太失禮了。」

謝懷章走到容辭身後，彎下腰來，下頷抵在她的肩頭，與其側臉相貼，將她和孩子一起圈在懷中。「妳放心，圓圓會比我幸運得多。」

容辭蹭了蹭他的臉頰，不由自主的勾起一抹柔軟的笑意，嘴上卻有些不好意思。「行了，還不起來，讓孩子看見像什麼樣子？」

謝懷章聽話的直起身，卻將雙手搭在她的肩膀上，看著她繼續將食物餵給圓圓吃，而那小小的孩童也睜著烏黑的眼睛，聽話的乖乖吃飯，一點兒也不搗亂。

這樣的情景實在太美好了，美好到他心裡那一點點希望的苗頭不由自主的發了芽，促使他沒經過思考就脫口而出。「阿顏，妳知道圓圓的生父……」

——啪！

溫馨的氣氛瞬間打碎，容辭手中的瓷碗沒有拿穩，一下子摔碎在地上，碗中的食物也將她和圓圓的衣服弄髒了一些。

謝懷章連忙想去替她擦拭，卻被握住了手臂。

容辭的眼神不像是很生氣，卻帶著複雜的意味。「二哥，我們不是早就說好了嗎？不要提圓圓父親的事。」

謝懷章猛然驚醒，意識到自己方才說了什麼。

「你應該能猜到，那是我的恥辱，或者說，是所有女人都會視之為奇恥大辱的事……我實在不想再去回憶了。」容辭緊咬著嘴唇，盡力平復著開始急促的呼吸，艱難道：「二哥，不要再探究了，若你實在介意，無法接受的話，我們……」

「沒有！」謝懷章打斷她，將她緊緊抱住。「我並非介懷，只是……我不該問這事的，是我食言了，妳別生氣。」

容辭其實不是生氣，是因為謝懷章是她的心上人，與他談論「那件事」，會讓她覺得羞辱且難堪。

她在他懷裡微微嘆氣。「別再提了，就當圓圓是我一個人生的好不好？他是我心愛的孩子，我不希望我對他的疼愛中夾雜不好的東西……」

謝懷章低下頭，看著圓圓仰著臉歪著腦袋好奇的向他們看過來，心中的那一丁點念頭卻不知該如何在複雜的情緒中立足。

這一場對話實在不算愉快，兩人當晚都沒有睡好。

謝懷章心中被謝璿斬釘截鐵的結論勾起了心中一點點期待的苗頭，但與容辭談完後卻又心生恐懼。

這種混亂的情緒十分複雜，他一方面對自己的身體狀況十分清楚，親生的子嗣幾乎不可能存在，而這件事在他心中經歷了憤怒、期望、絕望之後，已經在與容辭相識相愛的過程中逐漸想開了。

他想著世上本沒有十全十美的人生，他現在身登九五，權勢威儀無可比擬，本來就是活該一輩子稱孤道寡的命。能有一位一生相知相伴的愛人已經是上天額外賜予他的驚喜了，若這一切的代價就是子嗣斷絕，那就是他合該承受的，並不算過分。

眼見謝璿那篤定的態度，儘管謝懷章一再的告誡自己不要抱什麼不切實際的幻想，不可能有這麼巧合的事情，可圓圓相貌上的巧合、對自己和阿顏能有合二為一血脈延續的隱隱期待，又使他控制不住的期望那萬分之一的可能。

這才使他忘記與容辭的約定，忍不住出言試探，沒想到容辭的反應是出乎意料的敏感，她表面上還算平和，也沒有發火，但他瞭解她，知道她心中是非常激動才會如此，這又使他莫名恐慌，也不知道自己對圓圓的身世抱有的是期待還是擔憂了。

容辭的想法則要簡單得多，那就是她不想再提起那件事，想在今後的歲月中慢慢淡忘它帶來的陰影，上一世的十幾年裡她都是這麼做的，之後也想繼續如此，就像她跟謝懷章說的那樣，那件事是她的恥辱，她想忘記，也不想讓自己的孩子與這樣的記憶相聯繫。

謝懷章不想惹容辭傷心，問又不好問，查也不好查，心中五味雜陳，等回宮的第二天就犯了頭痛，偏巧趕上朝會，只得強打起精神先應付完了一眾唇槍舌戰的大臣，回紫宸殿又召了內閣的官員討論完政事，才在趙繼達的勸說下請了御醫。

等李院使給他把脈時，謝懷章垂著眼皮盯了他半晌，突然問了一句。「若孩子生在年初三月，醫者可否推算出坐胎的日子？」

李院使懵了一懵，有些摸不著頭腦，但還是盡心解答。「敢問陛下，具體是哪天生的呢？」

這個謝懷章連想都不用想。「三月初三。」

李院使掐著指頭算了算。「稟陛下，具體哪日是算不出來的，但要是足月生產，期間又無閏月，那坐胎必定在上一年的六月中旬，確切來說，是六月十二日前後半個月左右，這都是正常的。」

謝懷章繃著臉，喉頭卻幾不可察的上下滾動了一下，他表現得十分克制，但一旁的趙繼達已經忍不住有些激動了，想說什麼，又強忍著閉緊了嘴。

揮手讓李院使下去，謝懷章沈默了許久，在趙繼達忍不住要提醒他的時候，終於開了口。「那塊玉珮……」

「奴婢收著呢！」趙繼達等的就是這句話，忙不迭地將玉珮找出來，交到主子手上。

謝懷章摩挲著手中的玉，看著上面的圖案，想起了去年正月十六燈會上，容辭拿著那只兔子花燈愛不釋手的模樣，那種預感更深了一層，讓他心中戰慄又惶恐，他定了定神。「備馬，去落月山。」

等一行人微服趕至落月山腳下，還沒等謝懷章想好下一步要作何動作，就先瞧見容辭的宅邸門口停了幾輛馬車，又有幾個下人往上面搬行李。他關心則亂，又加上之前的事，腦海中首先想到的就是壞事，立即驅馬趕到門前，看到一個十來歲還梳著雙丫髻的小姑娘正扶著馬車尾踢毽子。

這孩子衣著上看來就不是平民之女，想來應該就是容辭曾提過的幼妹。

他向跟來的謝宏看了一眼，謝宏馬上會意，下馬走到許容盼面前，彎下腰禮貌的問道：「小姑娘，你們是要搬家嗎？」

許容盼還是孩子心性，她正踢得起勁，怕毽子落地，便連頭也不抬，不經心的答了一句。「不是，是家裡有事，我和母親要回家去，正收拾東西呢。」

謝懷章聽了，剛放下心來，眼神又突然定住了——

許容盼的毽子到底是落了地，她懊惱的彎腰去撿，衣襟中的一件掛飾隨之滑落出來，她正要隨手塞進衣服裡，卻見一個身材高大的男子快步走到自己身前，語氣急促的問道：「妳的玉珮是如何得來的？」

這男子長得很高，微低著頭便將陽光遮住，長相雖俊朗，但表情卻十分不親和，薄唇緊抿，烏黑的眼睛中此時滿是似冰又似火的緊迫，逼得人不敢與其對視。

許容盼年紀小，從沒見過這樣令人害怕的男人，立即被他嚇到了，哆哆嗦嗦的打了個嗝，竟直接抽噎了起來……

謝懷章心中焦急，表情和語氣都沒控制住，一時不慎，沒問到想要問的事情還把阿顏的妹妹給嚇哭了，一邊懊惱一邊心裡發急，趁著許容盼還在忍耐，並沒哭出聲招來旁人，飛快的跟謝宏交代了幾句。

謝宏便笑咪咪的蹲下身來，給許容盼遞了塊手絹，和藹道：「小妹妹，妳先別哭，剛剛的哥哥不是故意嚇妳的……」

許容盼又打了個嗝，下意識抽抽搭搭的想告狀。「我、我要去告、告訴我姐姐！」

謝宏抽了抽嘴角，嚥下一口口水，忙不迭地說盡好話來安撫她，好不容易把她哄得不哭了，這才道：「小妹妹，剛才的哥哥是見妳的掛墜好看，也想去買一個，才那樣著急的，妳別怪他。」

許容盼揉揉眼睛，打量了一下幾人，見他們騎著高頭大馬，穿得很是光鮮，眼前的大哥哥也很親切，不像是母親說過的人販子。自己就在自家門口，幾步遠就能見到裡頭的看門人，應該也不會被搶劫的樣子，於是猶豫的伸手將脖子上的玉珮抽出，但她並沒有摘下來，就這樣繫著繩子給謝宏看了看。

「哥哥說的是它嗎？」

謝宏抬頭看了看謝懷章，見他直直的盯著那玉珮相當長的時間，終於閉了閉眼，點了一下頭。

謝宏便接著道：「這是哪裡買的？」

「不是買的，是用娘親的玉石交給玉匠特別打的，沒有一樣的了。」這個年紀的孩子總是以戴著旁人買不到的飾品為榮，許容盼語氣中也帶了一點驕傲。

「哦？是嗎……」謝宏眼珠子一轉。「我剛才聽妳說妳有姐姐，看來妳娘親偏疼妳，單給了妳玉珮，卻落下了妳姐姐。」

「才不是呢！我娘誰都疼！」許容盼氣鼓了臉。「這玉石是被分成了兩塊的，我姐姐小時候用了一塊，我的是之後才打的。」

謝宏問道：「這上面刻的是瑞猴摘桃，妳姐姐的也是嗎？」

「你真笨！」許容盼得意洋洋道：「刻了猴子是因為我屬猴啊，我姐姐又不屬猴，她的是玉兔搗藥。」

聽到這裡謝懷章實在忍不下去了，也蹲下身子，強壓著氣勢，學著謝宏的模樣勉強裝出了一副還算和氣的表情，指著玉珮角落上的字問道：「為什麼刻了『詩』字？這是妳的名字嗎？」

許容盼還是有些怕他，忍不住後退了幾步，又看了眼謝宏，才解釋道：「不是，是姐姐那一塊本來想刻名字，卻被玉匠聽錯了，刻成了別的字，我娘說乾脆將錯就錯，連我的也湊成一對，這樣人家見了才知道是親姐妹。所謂『詩詞歌賦』，我的是詩，姐姐的自然是……」

謝懷章極其鎮定的接道：「——詞。」

許容盼點點頭。「對，就是這個字出了錯，本來應該是……」

「——楚辭的辭。」

許容盼這下停住了，疑惑的問道：「你怎麼知道？」

謝懷章沒有回答，面上也沒有任何情緒，他相當平靜的直起身子，甚至不忘鄭重地向小姑娘道了謝，這才帶著人走了。

留下許容盼好奇的望著他們的背影，不過她玩心重，不一會兒就把這段插曲拋在了腦後，繼續踢起了毽子。

謝懷章回了謝園將馬鞭扔給趙繼達，步伐越來越快，也越來越急，他沒回正房，直接獨自去了谷餘的住處。谷餘夫婦剛巧也在謝園，不過不在屋裡，而是在園子裡賞花，他立即叫人把他們請回來。

謝懷章一邊等著他們回來，一邊從懷裡將山洞中尋得的那塊玉珮拿出來仔細查看。

這玉有孩童手掌那麼大，底座是方形的，上面用陽刻的手法雕刻了一隻突起的栩栩如生的玉兔，做出正在搗藥的姿態，憨態可掬，手法細膩，玉兔通體雪白，不染絲毫瑕疵，但底座上卻多了幾抹藍紫色的痕跡，看上去很是獨特。

這些都跟剛才在許容盼手中的那枚如出一轍，只要稍懂的人就能看出兩枚玉珮不僅是出自同一塊玉胚，它們的大小、顏色、底座形狀甚至雕刻手法都一模一樣，還有……

那令他們怎麼也找不到相符名字的刻字。

謝懷章緊緊將玉攥在手中。

谷餘來了。

「這麼心急火燎的把我們拽回來，您這是又有哪裡不舒服嗎？」

謝懷章直接問道：「中了似仙遙真的不能傳承子嗣嗎？」

谷餘愣了一下。「您不是已經不再糾結這事兒了嗎？怎麼又……」

「能，還是不能？」

谷餘趨利避害的眼光很準，馬上察覺出了謝懷章貌似鎮定的外表下那幾乎要澎湃而出的心緒，就也不敢多廢話，直接答道：「不能，絕對不能！」

謝懷章繼續問：「若有例外該怎麼說？」

谷餘想了想。「那也絕不可能是藥性解了，只能是成孕的女子體質特殊……就是我跟你提到的那種，她們體質與眾不同，格外容易受孕，即使與中了似仙遙的男子結合，也有一定的機會產子。」

謝懷章的喉結微微動了一下，慢慢道：「阿顏……有沒有可能就是那樣的體質。」

謝懷章在此處與容辭來往了將近兩年，谷餘自然知道他說的是誰，同時也能察覺到這位皇帝陛下動了凡心，近來也應該與隔壁的夫人關係非同尋常了。

但谷餘就是思維再發散也不可能想到圓圓竟然是謝懷章的兒子，便只以為他這是找了媳婦兒還不知足，又得隴望蜀想要孩子了。

谷餘嘲笑道：「陛下呀，您記得我當初是怎麼說的嗎？您就算厚著臉皮從民間納妃，納上那麼幾千一萬個，都不一定能找出一個來，誰會有這麼好的運氣，在街上隨便遇上一個女人就是自己未來的妻子，然後她還恰巧就是那萬分之一——這不是白日作夢嘛……」

還沒等他多說兩句，谷夫人就端著茶杯來給客人上茶，谷餘立馬就把自己的二郎腿放下來，坐得規規矩矩，再不敢說什麼怪話了。

偏巧谷夫人已經聽見他說的後半句話了，一邊給謝懷章上茶，一邊好奇的問谷餘。「誰是未來的妻子？白日夢又是怎麼說？」

谷餘當然不敢透露似仙遙的事，就只衝著謝懷章呶呶嘴，示意這是他的事，跟自己無關。

本來谷夫人是不會多嘴說什麼的，但她這幾年在這兒住的時間長了些，免不了與隔壁打交道，一來二去就跟容辭相處得熟了，又曾經替她接生過，自然又多了一分親近。

這時候忍不住笑著對他說了一句。「還沒恭喜您呢，將來若與溫夫人結成連理，可別忘了我們夫婦的一杯酒水。」

縱使謝懷章此時百感交集，心思千迴百轉，聽了這種祝福也不禁有些愉悅，這時卻見谷夫人面上似是稍有猶豫，然後才接著說道：「不過有件事……按理說我這外人不該多嘴，但眼見你們二位都是明白人，就容我這老婆子以老賣老提醒您……」

谷餘雖然日常嘴賤，總也忍不住去捋虎鬚，但卻十分不想自己的愛妻也牽扯進來，生怕她在不知情的情況下得罪了謝懷章，就想出言制止她，但還沒等他開口，謝懷章已經面帶鄭重的問道：「您老見多識廣，若有什麼事但說無妨。」

谷餘心中焦急，卻也只能閉嘴，再聽自己夫人的語氣並不凝重，而是帶了點揶揄。「你們成親後可要稍微……咳、節制一點，多子多孫是好事，但過猶不及，女人再好的身子也禁不起連番生產……」

謝懷章一愣。

谷餘身為大夫精通醫理，又瞭解自己的夫人，知道她不是無的放矢的人，此時自然而然的想到了她曾為溫夫人接生的事。也就是說，溫夫人的身體情況，沒人比她更加瞭解，偏又在此時說出這番話……

「娘子，妳這話可有確實的依據？」

女人那方面的情況屬於十分私密的事情，谷夫人當然不會說得太明白，只是委婉道：「溫夫人……嗯……她可能比較容易產育……」

剛剛才提過這個問題，謝懷章無比敏感，猛地抬起頭看向谷餘。

谷餘張口結舌，比謝懷章還不敢相信居然有這樣巧的事，要是別人說給他聽，他必定不信，但說話的人是他自己的妻子……

他著急的拉住谷夫人的手臂。「娘子，這件事事關緊要，妳再仔細說說。」

谷夫人對謝懷章的事情都是毫不知情的，聞言嚇了一跳，但見謝懷章和谷餘都目光灼灼的盯著自己，也隱約感覺到自己可能說了什麼重要的事，於是道：「就是公爹留下的那本書裡記載的那種極易受孕的女子，我與你周遊天下這麼多年，也不過碰上過那麼兩、三例，無一例外都子女眾多，我當時給溫夫人接生時就發現了，但想著這是人家的私事，便也沒有與你提起……」

謝懷章緊緊咬著牙關聽完了這番話，之後深深的呼出了一口氣，什麼話也沒說就站起來，眨眼間就走得不見人影。

留下谷餘呆呆的鬆開自己娘子的手臂，不可置信的吶吶道：「還、還真有人有這樣的運氣啊……」

謝懷章憑著一時的激動就想去見容辭，可剛出門沒幾步就遠遠的看著她正抱著孩子站在門口，像是在送母親和妹妹上車。

謝懷章停下腳步，看著她滿臉不捨的與母親和妹妹道別，明明傷心卻還要強顏歡笑的樣子，讓他的心像被劃了一刀，驟然清醒了過來。

他就這樣怔怔的看了許久，一會兒看圓圓緊緊地抱著母親的樣子，一會兒將視線移到容辭臉上，直到她送別了母親又嘆了口氣，謝懷章才在她注意到自己之前退了回去。

他獨自在書房裡待了許久，從白天直到夜晚，就這樣一動不動的坐著。

直到趙繼達不放心，進來替他掌燈，這才發現自己主子剛回來時什麼姿勢，現在還是什麼姿勢，幾個時辰下來竟沒有絲毫變化，他有些害怕又不敢打擾，只能輕手輕腳的將蠟燭一一點燃。

謝懷章半垂著頭，一手扶著額角作為支撐，這樣的姿勢使他的臉被燭光映得半明半暗，也看不清絲毫表情。

他心中像是有一團火焰燃燒，這在一開始讓他興奮得不敢相信，後來激動又喜不自勝，但還沒等這團火燃燒壯大，使他的外在也能看見這樣的狂喜，另一種焦慮和憂愁又像是一層堅冰，嚴嚴實實的將那喜悅之火牢牢地禁錮了起來。

他真的有了孩子……

謝懷章本來就喜歡圓圓，從他出生起一點點看到這麼大，又深愛孩子的母親，兩者相加真的跟親生的也不差什麼了，可是他在午夜夢迴時，也曾有過這樣的妄想，想的是若圓圓是他跟阿顏親生的骨血，那他這輩子就真的圓滿無缺，沒有一點遺憾了。

現在這只有在夢裡才能想想的朦朧念頭就這樣猝不及防的成真了，一切就像是上天特意安排的巧合，就以這樣的方式將他們母子送到了自己面前，他高興，高興得甚至手足無措，不知該如何表達。

但越是高興，那罩在火焰上的冰層就越明顯也越堅固，到了後來，火都快將他的心燒化了，那層冰依舊罩在上面，沒有半分融化的跡象，更容不得他有絲毫忽視。

他自然知道這是為什麼，卻想不出任何方法可以解決。

趙繼達在一旁尷尬的守了許久，卻突然發現謝懷章看似一動不動，實際一隻手緊緊攥了起來，用力之大，連青筋都浮現了，短短的指甲嵌在肉中，這麼長時間已經使掌中流出了血，而謝懷章卻恍然未覺。

趙繼達頓時顧不上害怕了，驚呼一聲上前要給謝懷章處理傷口，卻被他伸手拂開了。

趙繼達愣愣的看見他的主子終於站了起來，一步步的走了出去。

溫氏母女住在這裡有幾個月了，但容辭還是想多留她們幾天，奈何伯府中有事，到底是派了人來喊她們回去了。

今天本是李嬤嬤守夜，但等到過了戌正，容辭將圓圓哄睡了，便說今天用不著守夜，催促李嬤嬤快去休息。

等她出去，容辭便悄悄地從衣櫃裡拿出針線和一件縫製了一半的男式衣服來，剛回頭就見李嬤嬤居然去而復返，正站在槅扇旁挑著眉看著自己，嚇得她手忙腳亂的想將東西重新塞回衣櫃。

李嬤嬤在身後淡淡的說：「別藏了，我天天給妳收拾臥室，眼見著妳從床頭藏到床尾，從床尾又藏到衣櫃裡，妳不累，我都替妳累。」

容辭抱著衣服，訕訕的回過頭來。「您什麼時候知道的……」

李嬤嬤將容辭拉到床上坐下，沒好氣的說：「妳說呢？妳有什麼變化，能瞞得過我三天嗎？」

容辭眼神飄忽。「我不是有意瞞著的，主要是怕您反對……」

李嬤嬤看著她這段時間一天比一天有精神，像是一朵本來含苞待放的花朵正徐徐開放似的，慢慢的展現出與以往完全不同的風情，這還有什麼猜不出來的。

「這種事我見得多了，若是一切還沒成，反對也就反對了，但你們都說開了，別人說什麼也都不管用了，我自然知道這個時候若有人想棒打鴛鴦，本來就算只是小情小愛也能變成生死相隨。」

容辭不禁笑了。

李嬤嬤卻又正色道：「姑娘，反正和離書都到手了，既然事已至此，妳總得為今後打算啊。」

容辭的笑容消失了，她倒在李嬤嬤懷裡，喃喃道：「說實話，我也不知道之後怎麼辦，這些日子跟他在一起的時候，感覺就像是躺在雲端上，一見他我就高興，就忍不住想笑，情愛原來真的能使人忘記一切憂愁，我之前從沒有這樣過……您知道嗎？就像被迷暈了心腸一般，什麼也不想去想……可是，等他一走我又馬上清醒過來，覺得這樣的日子，美則美矣，但就像腳踩不到地一樣，怎麼也不踏實……」

「那他呢？就打算這樣不明不白的繼續下去嗎？」

「不是的，我看得出來，他比我要堅定得多。」容辭輕聲道：「他想要名正言順，也一直都在暗處使勁，每走一步都比我認真。我確實是喜歡他的，可是卻寧願時光停留在這裡，停留在這一刻，不敢去想什麼以後的事。」

她仰著頭無焦距的看著李嬤嬤。「今朝有酒今朝醉——嬤嬤，我之前從不知道自己是這樣軟弱的人……」

李嬤嬤嘆了口氣。「什麼情愛使人忘記憂愁，明明是讓人處處憂愁。」

容辭傷感了一陣也就過去了，畢竟現在怎麼為以後擔心都是杞人憂天，沒有根據。

她將李嬤嬤勸了回去，繼續拿起針線對著燭光縫製那件衣服。

過了一會兒，她覺得眼睛有些酸，就不敢繼續了，起身想去將窗戶關上，卻突然聽到有人敲門的聲音。

她有些驚疑，因為丫鬟們進屋都是在門外出聲稟報的，從沒有人敲過門。

容辭披著一件外衫輕手輕腳的走到門邊，問道：「是誰？」

回答的聲音很低沈，正是她無比熟悉的。「是我，阿顏開門。」

容辭一怔，立即將門打開，將謝懷章拽進來，又飛快的將門關上，這才驚道：「你怎麼這個時候過來了？還有，為什麼門房沒有通報？」

謝懷章低頭看著她。「我沒從大門進來。」

沒從大門……那就是翻牆進來的……

容辭更加驚訝。「是有什麼急事嗎？」要知道兩家相隔的圍牆確實不高，但除了容辭生產那次，謝懷章從沒做過類似於翻牆這樣的事。

謝懷章伸手摸了摸她的臉，還沒開口就被她握住了手。「這麼熱的天，你的手為什麼這麼涼？」

謝懷章搖搖頭。「不要緊。」

容辭摩挲著他冰涼的手掌，想要替他捂熱一些，也忘記問究竟出了什麼事。

謝懷章問道：「圓圓呢？睡了嗎？」

容辭點點頭，將他帶到裡屋的搖床旁，圓圓躺在裡面，咬著手指睡得正香呢。

謝懷章深深地看著自己的孩子，過了許久才給他整理了一下薄被，又輕輕拍了拍他的小肚子。

容辭含笑看著這一幕，突然想起什麼來，將那件還沒做好的長袍拿了過來，在謝懷章身上比了比。「看看大小合不合適，料子有些厚，我做得慢些，等秋天穿正好。」

謝懷章看著這件針腳細密的深青色長袍，輕輕問道：「是給我做的嗎？」

「是啊，」容辭有些不好意思。「你可別嫌棄，我的女紅不是很好，跟宮裡的司制肯定沒法比，你的龍袍冕服什麼的輪不著我做，我就想反正閒著也沒事，就給你做一件在外面穿的衣服，挑的也是舒適的布料。」

謝懷章像是想要掩飾什麼似的仰了仰頭，之後微笑著說：「我高興還來不及，如何會嫌棄？」

容辭聽了也覺得歡喜，就重新仔細地比了比。「腰身像是做得有些大了，等回頭我再改改。」

說著想將衣服放回去，卻被謝懷章拉住，從身後環抱了起來。「先別走……」

容辭輕笑了一聲。「二哥這是在撒嬌嗎？」

謝懷章的聲音悶悶的。「嗯。」

容辭這時候覺出不對來了，她想將他環在身前的手臂打開，沒想到試了半天卻紋絲不動，她無奈之下只能在他雙臂間費力的轉過身，看著他近在咫尺的臉又有點不好意思，本能的向後仰了仰。

「究竟是出了什麼事？我怎麼感覺你不太高興啊。」

謝懷章的手臂更加收緊，將她牢牢地抱了起來，在她耳邊低聲道：「阿顏，別離開我……」

他的聲音低沈悅耳，帶著一點點沙啞，就這麼貼在耳邊說著情話，讓容辭覺得半邊身子都在發麻，心也軟了大半。「你怎麼比圓圓還會撒嬌啊？」

謝懷章閉上眼，用心感覺懷裡這柔軟瘦弱的身軀，怎麼也捨不得放開。

容辭好笑道：「你先放開，好歹讓我把衣服收起來。」

她說完就感覺到禁錮著自己的力量減輕了，剛要後退一步，突然感覺謝懷章的手移到了自己的頭側，稍一使力，她的腦袋就微微一偏，隨即嘴唇就碰上了另一個柔軟的東西。

這是一個一觸即分的吻，短得還沒等容辭反應過來就結束了，等她意識到剛才發生了什麼後，臉頰轟的一下就變得通紅。

「你、你……」

他們兩人認識了這麼久，做過最親密的動作也就是擁抱了，這次猝不及防被親了一下，讓容辭羞得話都說不出來，還沒等她想好要做出什麼反應，就又見謝懷章低下頭湊近了過來。

容辭想後退，對方的手卻牢牢地按住了她的後腦，容不得她逃脫一步，謝懷章與她近得彷彿就隔了一層紙，傾吐的氣息都彼此交融。「能再來一次嗎？」

他這樣低垂著眼看著她，烏黑如墨玉般的眼珠被細而纖長的睫毛半遮半掩，眸光光彩瀲灩，肌膚白淨光滑，挺直的鼻梁湊近了，與她的親密的蹭在一起，這樣的容貌加上這樣的聲音，讓她幾乎喪失了思考的能力。

容辭的嘴唇微微動了動，到底沒有吐出任何一個表示拒絕的字眼，而他們兩個都知道，在這個時候，不拒絕……就是默許了。

那張薄唇輕柔的貼上來，不帶有絲毫攻擊性，像是微風拂面一般與她親吻了起來，容辭一開始沒有及時制止，此時就像是失去了拒絕的權利一般，被他牢牢的掌握在手中，絲毫動彈不得。

那件未完成的衣服落在了地上，容辭卻也沒有心思去撿了，因為她漸漸地感覺到身前的人開始不滿足於這樣單純的口唇相貼——他想要更多了。

兩人都不是很熟練，謝懷章漸漸地失去了開始時的遊刃有餘，在磕絆中深深的吻著她，容辭慢慢有些招架不住，她被他逼得向後退了幾步，還是沒有停下來，就在她忍不住想要推拒的時候，忽然感覺到臉上落了一點濕意。

容辭愣住了，她微微睜開眼，看見謝懷章近在毫釐的眼睫上沾染了一片濕意……

她倏地一驚，用力的與他分開，踮著腳捧起他的臉急道：「你怎麼了，為什麼流淚？」

謝懷章將她摟在懷裡，許久之後才低聲道：「阿顏，我有話與妳說……」

容辭臉上還帶著紅暈，不解的問道：「什麼事？」

將她放開，謝懷章已經恢復了平時的樣子，只是眼中的血絲甚多，讓容辭看著有些心疼。「你最近是不是沒睡好？眼睛發紅呢。」

他搖頭，將她拉到桌前坐下，自己也坐在她對面，幾次想開口，卻不知從何說起。

容辭對他鄭重其事的樣子有不解，更多的卻是相當深重的不好的預感，連剛剛才親吻過的羞澀都一掃而盡。「二哥，是有什麼不好的消息嗎？」

謝懷章的手指顫了顫，從懷裡拿出一件東西放在桌子上。「妳可認得這個？」

容辭狐疑的看了他一眼，低頭將那東西拿了起來，細看之下馬上就認了出來，她驚訝道：「這、這不是我從小戴的那枚玉珮嗎？怎麼在你這裡？」

謝懷章的聲音很輕。「妳還記得是何時丟的嗎？」

「應該有許久了，自從我進了恭毅侯府就再也沒見到，想來在那之前就丟了。」容辭愛惜的摩挲著玉珮，又問道：「你是從哪裡得到的？」

謝懷章抿了抿唇，終於道：「昌平末年六月中旬……妳去了哪裡？」

「六月中……」容辭開始還有些茫然，但馬上就想起了正是那段時間自己從府裡被趕了出去，而六月中旬就是發生「那件事」的時間，她的臉色驟然沈了下去，反問道：「你問這個幹什麼？」

看著她的臉色，謝懷章心中想要逃避，幾乎不想再說下去，但事已至此，若是隱瞞反而更傷人心。「妳的玉珮是落在了萬安山上……」

「別說了！」容辭對「萬安山」這三個字極其敏感，幾乎下意識就想制止。

從另一方面又以為謝懷章提這個地方是因為他查到了當時的事情，他們兩個已經事先說好永不查探此事，讓它永遠沈寂下去，可現在謝懷章的違約就像是故意掀開她的疤痕一樣讓她難以忍受。

她覺得很恥辱，急促的站起來。「你說過不查這件事的……」

謝懷章伸手拉住她，將她按回座位中。「阿顏，妳先冷靜下來，這些並不是我派人查的。」

容辭看著他。「那你為何會知道……」

即使事先已經組織好了千百種坦白的話語，但真到此時才發現一切都是徒勞，謝懷章難以啟齒，也不知道從何處說起才能讓容辭更容易原諒他……或許，怎麼說都不容易。

他斟酌了一下，還是想把前因後果說出來。「妳在閨中應該也有所耳聞，那年五月末的時候先帝身體不適，陳王乘機將他軟禁於宮內，想要逼迫其改立他為太子……」

這話說來很長，一開始容辭還是帶著疑惑在聽，直到他說自己在回京途中，在萬安山被砍傷時，容辭才開始有所領悟。

她的手指微微顫抖了起來，將手裡的玉珮攥得緊緊的，接著低著頭一言不發的聽謝懷章說他是怎樣在雨中與屬下失散，怎樣察覺到身體不對，怎樣失去意識，又是怎樣……在清醒之後撿到了她的玉珮。

容辭顫抖得越來越厲害，到最後全身都在發冷，像是與外界隔絕了一般再也看不見任何事物，也聽不見任何聲音，直到謝懷章握住她的肩膀，在對著她說什麼的時候，她才勉強看清楚眼前的人。

容辭手指微鬆，玉珮落在桌子上，她強笑了一下。「二哥，我沒聽錯吧？你的意思是……那天的那個人……是你？」

謝懷章無可辯解，只有承認。

她漸漸冷下臉。「這件事不是玩笑，你想好了再認！」

終於到了這一步，容辭此時的反應是他先前設想中最壞的一種，方才的柔情密意陡然消失得一乾二淨，她剛剛泛著桃粉色的面頰已經轉為蒼白，整個人就像是冰做的一般堅硬冰冷，充斥著冷漠抗拒的味道。

謝懷章知道現在再怎麼解釋都顯得蒼白無力，但還是想盡力辯解，意圖安撫她。「當時刀上抹的毒藥與我體內的另一種藥結合，雖中和了毒性不再致命，卻也意外的有了……虎狼之藥的作用，使人意亂生慾，才會讓我失去控制，若我清醒，無論如何都會想辦法控制自己，可我當時真的毫無意識……」

「哦，是嗎，那可真是不巧——你指望我說什麼呢？」容辭盯著他，幾乎沒法面對這張不過幾刻鐘之前還讓她神魂顛倒的容顏，她喉中像是有什麼東西堵著，如鯁在喉，讓她嚥不下去又吐不出來，牽連得整個腦袋都在劇痛，耳邊也在嗡嗡作響。

「難道要我說這不是你的錯，我原諒你嗎？」

謝懷章搖頭，神情有愧疚也有憂愁。「我是請求妳，請求妳原諒我……」

蠟燭在這寂靜的夜晚發出「噼啪」的聲響，但屋內的兩人誰都沒注意，容辭看著他充滿血絲的雙眼，終究還是轉過身去。「你走吧……我做不到，真的做不到……」

這個時候謝懷章怎麼敢輕易離開，他上前一步拉住她的胳膊，將她摟在懷裡。「阿顏，我們不是在一起了嗎？怎麼可以這樣就放手？妳說要我做什麼都可以……怎麼做才能讓妳放下這件事？」

容辭眼裡浮現出水光，卻用力將他推開，忍不住激動起來。「我本來已經要放下了，差一點就可以忘記了！」

她的聲音不可抑制的帶上了哽咽。「為什麼是你？為什麼偏偏是你！你告訴我，這讓我如何忘記，如何放下?!」

謝懷章重新拉住她，啞著嗓音道：「妳別這樣，冷靜一點……」

將他的手臂甩開，容辭忍下哭腔，語氣生硬。「你在這裡我冷靜不了！要是沒有你，本來一切都好——我自然會冷靜！」

她的話比刀鋒還要銳利，幾乎是在否認兩人之間這麼長時間的感情，謝懷章終於知道母親所說過的，心臟好像被撕裂一樣的痛苦是什麼滋味，原來什麼刀傷劍傷、被貶北地、永絕子嗣都不能與這時候相提並論。

但謝懷章經歷的事情多了，到底比生母更加堅韌，他生生的忍住這種痛，仍在試圖轉圜。「妳想想圓圓，看在孩子的分上……」

「別跟我提孩子！」不提圓圓還好，一提他容辭整個人都本能的進入了一種防備的狀態，立即高聲呵斥。

圓圓的小床離這裡不過幾步遠，他睡得熟，卻在此時被母親驟然放高的聲音猛地驚醒，嚇得抽泣了起來，一邊哭一邊呼喚母親。

孩子的哭聲讓容辭有一瞬間的動容，她的身體微動，可卻硬生生的忍住沒做出任何反應，就這樣在圓圓的哭聲中執拗的與他對峙。

謝懷章看了一眼圓圓的方向，低嘆道：「他是我們的孩子……」

「怎麼？你還指望我能愛屋及烏嗎？」容辭睜大了雙眼拚命不讓淚水溢出來，說出了此生最殘忍的一句話。「我說過不想讓我對圓圓的愛變質，所以……你不要提他了，你可知，這世上不只有愛屋及烏，也有恨屋及烏！」

這話中冷漠又不祥的意味讓謝懷章如遭雷擊，他不敢置信的看著眼前決絕的女子。

「妳……」

容辭並沒有半分退縮，說出這句話時與他對視的神態沒有絲毫改變，只有抑制不住滑落下來的一滴眼淚隱約能透露她的真實心情。

「我說到做到，你現在就走！」

圓圓長久等不到母親的安撫，已經從抽泣變為了撕心裂肺的嚎啕大哭，那聲音不要說父母，就是陌生人聽了都會心生不忍，容辭卻無動於衷，只是逼視著謝懷章，讓他不得不後退。

謝懷章還想說什麼，但最終也在兒子那足以讓人心碎的哭聲中敗下陣來，他又望了容辭一眼，最後只得帶著滿心的低落退出門去。

容辭站在原地，眼看著他走出去，淚水終於忍不住奪眶而出，還來不及擦拭就飛快的跑到圓圓床前把他抱起來。

她的眼淚啪嗒啪嗒滴下來，怎麼也止不住，一邊拍一邊哽咽著聲音哄圓圓。「……圓圓不哭了，是娘的錯，不哭了……」

圓圓哭得臉都花了才終於等到了母親，慢慢抽抽搭搭的停下來。「圓圓害怕，娘親抱抱……」

「娘親抱著呢。」容辭手忙腳亂的想將孩子臉上的淚擦去，卻發現怎麼也擦不乾淨，這才發現這源源不斷的淚水不是圓圓的，而是從自己的眼中流出滴落在孩子臉上的。

她怔怔停下手，看著圓圓仰著小腦袋，手也往上掙，最終輕拍在母親臉上，笨拙的給她拭淚。「娘親也不哭，圓圓抱抱！」

容辭心酸得無以復加，緊緊地抱住孩子，哭得泣不成聲——

——恨屋及烏？

若是上一世，甚至剛剛重生時她都能做到。可是這十幾年的孤苦後悔，十個月的辛苦孕育，將近兩年的日夜哺育，這孩子已經是她血肉相連的一部分，她怎麼還能狠得下心腸恨屋及烏？

這又與生挖她的血肉心肝有何區別？

這一晚容辭一夜沒睡，為了怕影響圓圓睡覺，她連哭都不敢哭出聲，就這樣倚在床邊怔怔的坐了一整晚。

一開始她還能流淚，到後來眼淚就像是流乾似的再也不往外淌了。

她也不清楚自己在想什麼，腦中前世今生的記憶錯雜，一會兒是在靜本院中苟延殘喘，一會兒是在落月山與眾人嬉鬧；一會兒回憶起顧宗霖那冰冷的眼神，一會兒又想著圓圓清脆的喚母親的聲音。

但不管想什麼，她總在下意識的避開一個人，甚至寧願強迫自己回憶上輩子最孤苦淒慘的日子，也不願想起任何與謝懷章有關的記憶，但難的是，他們真正在一起相處的日子雖不算多，卻次次讓她印象深刻，思維不經意間就會不聽使喚的拐到他身上去。

容辭就在這樣胡思亂想中過了數個時辰，直到清晨天開始透亮時才回過神來，驚覺竟已經過去了一整夜，她不想讓身邊的人察覺出不對，也實在受不了要解釋發生了什麼事，於是只能忍著頭暈，磕磕絆絆的換上寢衣，裝出若無其事的姿態閉著眼睛躺在床上等著人來。

她本以為自己不會睡著的，但奇怪的是過沒一會兒眼前一黑就失去了意識，就像是睡了過去似的。

第十五章

渾渾噩噩的不知過去了多久，容辭一恢復清醒就被嘴裡苦澀無比的藥汁給嗆到了，她無力的咳嗽了兩聲才看清眼前的世界。

只見李嬤嬤眼下一片青黑，手裡還端了個藥碗，想來自己嘴裡的苦藥正是從這個碗裡出來的，她身後是幾個丫頭，鎖朱也守在床前，斂青抱著哭得正響的圓圓手忙腳亂的哄。

李嬤嬤見容辭睜開眼，頓時驚喜道：「姑娘，妳可算是醒了！」說著連忙去給她擦拭嘴邊流出的藥漬。「要不怎麼說是神醫呢，谷大夫確實神，這第二服藥還沒下去人就醒了！」

容辭張嘴想說話，第一下卻沒發出任何聲音，這才發現自己的嗓子好像鎖住了一般，她用力咳了咳，這才發出了聲音。「嬤嬤……咳咳、我這是怎麼了？」

鎖朱搶著道：「姑娘，您已經睡了一天兩夜了！」

竟然……這麼久了……

容辭眯著眼看向窗外，發現現在太陽都沒出來，明白鎖朱說的時間應該是從前天晚上開始算的，自己其實是昨天早上才躺下的，這樣一來，說是睡了一天一夜才合適。

李嬤嬤道：「什麼睡，分明是昏迷了，怎麼叫也叫不醒，可把我們嚇壞了。」

容辭覺得渾身無力，但還是掙扎著坐起來，斂青忙給她身後塞了個枕頭好讓她能靠著。

她坐正後，別的不管，先對斂青說：「把圓圓抱過來。」

斂青剛才抱著他怎麼哄都不奏效，圓圓還是哭得震天響，現在聽了容辭的話真的就像是見到了救星，簡直如釋重負，連忙將他送過去。

眼見著他看到母親就立即止住哭聲，擦了擦汗道：「圓哥兒未免也太聰明了，他一開始要娘的時候，把他放在您身邊還能糊弄過去，時間長了，這麼小的孩子居然也能發現不對，見您一直不醒就一個勁兒的哭，哭累了就睡一會兒，醒了看您還是閉著眼，就接著哭……真是像是什麼都懂似的。」

容辭方才也察覺到這孩子的嗓子都有些哭啞了，疼惜的親了親他的臉，把心裡的酸楚壓下去。

李嬤嬤對著兩個丫頭道：「姑娘醒了，妳們守了這麼久也累了，先回去休息休息，打起精神再來正房伺候。」

兩個丫頭都聽命退下了。

李嬤嬤這才看著容辭的表情道：「到底是怎麼了，明明那天晚上我走的時候還好好的。」

容辭垂著眼搖了搖頭。「您別問了……」

李嬤嬤欲言又止，終於還是沒多問，只是說：「昨天謝二爺來過，說是京裡有事，臨走前想再見見妳。」

容辭頭也沒抬。「您怎麼說的？」

「妳那時候昏睡不醒，我們還當是貪睡的緣故，我能怎麼說？只能說妳要休息不見客，請他先回去。」

容辭沈默了片刻，終是道：「這樣說就行，以後他再來就都這樣說吧。」

李嬷嬷不知前情，沒想到這不過過了一晚上，事情竟然發生了這麼大的轉變，真是百思不解。但看到容辭現在明顯情緒低落，提不起精神，她也不好多問，只能先將這一天一夜間發生的事說了。

「昨兒早上我到屋裡來叫妳起來，卻發現怎麼也叫不醒，就以為妳是夜裡照顧圓哥兒太辛苦，有些貪睡，就沒打擾。到了晌午用午飯的時候妳竟然還是醒不過來，這才發現壞了事，我先給妳開了藥灌下去，沒想到到了晚上還是一點效果也沒有。」

容辭想起自己剛醒來時她說的話。「妳們去隔壁請人了？」

「可不是嘛，我沒了法子，謝園那邊可是還有位神醫，他出手果然不同凡響，兩劑藥下去妳就醒了……不管怎麼樣，這大半夜的把人請來，都要好好謝謝人家。」

容辭按了按額角，忍不住想，既然驚動了谷餘，那現在謝懷章那邊應該也收到消息了……

謝懷章確實知道了，前一天因為有緊急的政事要與內閣商議，這才回了宮，好不容易解決了那事，今天一早安排在落月山的人就傳了消息過來，說是夫人昏迷不醒，昨晚已經請了谷大夫去。

他心中著急，立即就要趕回去，可還沒等動身，那邊就又說容辭已經醒了，現在已無大礙。

謝懷章知道谷餘的醫術，多少放了心，但他同時也能猜到容辭這病是怎麼來的，又怕自己過去只會觸動她的心事，讓她病上加病，便特意延了兩天，給她時間冷靜後才又上門。

可容辭的心結並不是冷靜兩天就能緩解的，她現在不想見他，態度很堅決，沒有一點轉圜的餘地。

她這種態度讓謝懷章更加焦急，他不能硬闖，可現在連人也見不到，指望容辭自己想開也無異於天方夜譚，加上這段時間公事頗多，他又這樣宮裡外頭兩頭跑，吃不下也睡不著，再長的蠟燭也禁不起兩頭燒，過沒幾天，容辭的病好些了，他反而累病了。

趙繼達跟在謝懷章身邊，自是知道實情的。

他一開始為聖上居然真的有了皇子的事激動不已，每每想起圓圓那與自家主子如出一轍的臉，都要興奮得睡不著覺，還開始幻想著把皇子接回宮之後，自己怎麼親手替他佈置房間、怎麼替他教導下人，連等圓圓開蒙後怎麼給他準備筆墨都想好了，可一等再等，許夫人那邊始終毫無消息，他這才驚覺事情好像不太對。

萬安山的事趙繼達是知道的，可本想著女人都心軟，說不定許夫人沒幾天就會被陛下的誠意打動，不再計較那件事，歡歡喜喜的帶著皇子進宮當娘娘了，但直到謝懷章生了病，那邊還是紋絲不動沒有任何反應時，他才第一次見識到當一個柔弱的女人下定決心時，心能有多冷多硬。

眼瞧著皇帝每日帶病處理政事，一天比一天瘦，他也是坐不住了，想要親自去勸勸許夫人，但多動了一個心眼，知道自己去，八成和主子一樣都要吃閉門羹，乾脆就拉上谷餘，以給容辭看診的名義跟著過去。

谷餘上次幫了大忙，他親自上門，享受的就是上賓待遇，容辭也不能怠慢，終於現身。她進門一看到趙繼達其實就知道他打的是什麼主意，但礙於谷餘在，她也不好當場拂袖而去。

谷餘自然也知道今天自己只是個幌子，等給她診完了脈，只說讓她放寬心思，身子就能大好，隨即就識趣的告辭離去了。

容辭淡漠道：「趙公公可還有事？」

趙繼達好不容易才見到她，想要開口，又不知從何說起，踟躕了半天才道：「夫人，奴才的來意想來您也能猜到，就不繞圈子了。」

說著就將謝懷章這段時間的難處一一說明，之後才說：「陛下近日來飯都吃不了幾口，總是徹夜難眠，身子也日漸消瘦，旁人見了都以為他這是為國事憂心所致，可奴婢看得真真的，他這病大半是因您而起，昨天起身起猛了竟致昏厥，驚得闔宮上下驟起波瀾，可他醒了第一件事還是想來看您……」

容辭手指抖了一下，卻又強行壓住，硬著心腸道：「我不敢擔這罪名，陛下情深義重，可再深的情意也有消散的一天，何況還有後宮諸位娘娘可以給他慰藉，想來過不了多久就會好的。」

趙繼達沒想到容辭竟然這般堅決，話已經說到這裡，還沒有絲毫心軟，不禁急道：「夫人，陛下九五之尊，一舉一動都關係著天下蒼生，您就不能放下心結，就當是為了大梁……」

「我不知道我什麼時候這麼重要了。」容辭冷笑道：「難道跟陛下有關的人，生來就必須要違背自己的心意，為了天下大事犧牲嗎？」

趙繼達還真就是這麼想的，可這時候他也不敢說實話火上澆油。「那皇子殿下總是皇室血脈，他進宮的事……」

他心急則亂，終於說了最不該說的一句話，提讓圓圓進宮的事像是在捅馬蜂窩，瞬間讓容辭更加堅定。

「沒有什麼皇子！」她斷然否決。「圓圓是我生的，就是我一個人的孩子——怎麼，你們還要硬搶嗎？」

趙繼達勸說不成反幫了倒忙，心裡急得跟什麼似的，一時之間也不敢再多說什麼了，只得草草告退逃走。

而容辭心裡更亂，她無論如何也不能說服自己對那件事釋懷，可內心深處對謝懷章的感情也並沒有消失，愛恨交織，恨沒有抹去愛意，但愛也不能讓她不恨，兩者彼此交融，難捨難分，那種糾結矛盾折磨得她頭痛欲裂，成天什麼也不想做，整個人都消沈著，狀況也並不比謝懷章好到哪裡去。

這天她好不容易打起一點精神，抱著圓圓教他學認圖畫，就見門房來通報，說是門外有人求見。

容辭呼出一口氣，撐著頭忍耐道：「若是隔壁來的就請他回去，我不見。」

「不是隔壁，是個從沒見過的婦人，說是京城來的。」

來人是福安大長公主。

完全不需要她自我介紹，謝璿就是那種只要見過一面就絕不會被忘記的那種人，她一進屋，那種與年齡無關的活力，豔光四射，真的能使蓬蓽生輝。

容辭當即抱著圓圓向她屈膝行禮，不論她現在與謝懷章的關係怎樣僵持，她對這位保護過謝懷章的公主殿下始終抱有濃濃的感激與敬畏之心。

謝璿察覺到容辭那恭敬不帶一點勉強的態度，又見她雖強撐著精神，但形容消瘦也不下於自己的姪子，心下就是一定。她將她虛扶起來時，眼睛還不由自主的往圓圓身上瞟，但又在容辭站直身子看過來時飛快的移開了視線。

容辭請她上座，自己坐在下首的椅子上，又吩咐鎖朱上茶來。

她其實已經察覺到了謝璿那戀戀不捨的目光，便不動聲色的把孩子抱緊了一些。

「殿下光臨寒舍，請恕招待不周之罪。」

謝璿溫和一笑。「妳這裡不錯，雖不豪奢，但也另有一種使人流連忘返的好處。」

容辭聽了這一語雙關的話，反而拿捏不準她是什麼態度，不知道她是因為她與謝懷章之間的事前來問罪的，還是因為圓圓來勸和的，就只能保持沈默。

謝璿其實不是愛繞圈子的人，耐著性子寒暄了幾句，便問道：「我能直接叫妳的名字嗎？」

容辭道：「全憑您的心意。」

謝璿斟酌了一下，沒有隨著謝懷章叫，而是喊了她的大名。「容辭，我……知道妳和陛下的事。」

容辭顫了一下，手下用的力道過大了，捏痛了圓圓，惹得他疑惑的喊了一聲。「娘親？」

她慌忙鬆手，然後抬頭時便看見謝璿那一臉比她這個當娘的還要心痛的表情，看到容辭的目光又飛快的掩飾。

容辭這下相信這位大長公主至少是知道圓圓的事了，說不定其他不該知道的也知道了。

謝璿咳了一聲，拉住容辭的手，儘量用她這輩子最溫柔的聲音說：「妳別怨陛下，不是他說的，是我見他現在這個情況實在不像話，逼著趙繼達說的實話。」

當然趙繼達敢說也是有謝懷章的默許，這個謝璿就省略過去了。

她是最開始篤定圓圓是皇室血脈的人，後續謝懷章說會查卻一直沒下文，她在京城都等得坐不住了，之後她敏銳的察覺這事情可能不像自己想的那樣簡單，這才忍不住去問的。

得知此事時，謝璿當時大吃一驚，本以為只是金屋藏嬌，生了皇子不知該如何處置，完全沒想到事情會這樣離奇曲折，比自己一開始想的複雜得多，同時也麻煩得多。

她也是個女人，當然知道這事對女人來說有多麼難以接受。同時，她還是個脾氣暴躁、寧為玉碎不為瓦全的女人，要是這事發生在她身上，也就不會有後續的這些事了，因為她八成會趁那人昏迷，當場就要了他的命，說不定還要碎屍萬段以解心頭之恨，而容辭沒這樣做，不光是因為性格原因，還是因為她當時年幼無知又慌了手腳，一有機會自然只想著逃，全然沒想到還能報復。

雖然事實如此，但現在朝野內外對皇位無人可繼的事已有頗多非議，謝璿沒法只站在一個普通女人的角度考慮問題，她身為當今天子的姑姑、一國的大長公主，無論如何也不能對皇家子嗣坐視不理。

「我知道妳現在不好受——換了誰都不可能好受……本宮也不想為陛下說什麼好話，咱們女人的苦楚自家知道，若我說那不是他的錯，讓妳站在他的角度想一想，那未免太殘忍，也太強人所難了。」

容辭眼底有些發酸，但不敢在謝璿面前把這種軟弱表現出來，只能把淚意強往下嚥。

謝璿細細的觀察著她的表情，見她沒表現出反感，就知道剛才那話她是可以接受的，就進一步試探道：「這孩子是叫圓圓嗎？我能抱抱他嗎？」

容辭抽了抽鼻子，猶豫了片刻，還是把圓圓交到了謝璿懷裡。

謝璿忍下欣喜的表情，小心翼翼的把姪孫抱在自己懷裡，圓圓在母親身邊的時候相當乖巧，一雙眼睛望著容辭，也不哭鬧。

謝璿頗為稀罕的看著他，越看越喜歡，她有意避開雷區，不提謝懷章。「這孩子的額頭眉眼長得真像表姐。」

「您說的……是孝成娘娘？」

「是啊。」謝璿提到孝成皇后時眼神都變得溫柔起來。「表姐是這世上最善良溫婉也最通情達理的女子，她若是還在，一定也會喜歡這孩子的。」

孝成皇后的事容辭聽謝懷章提起過，令人唏噓不已，當時也沒想到自己的兒子竟然會是她的親孫子。

謝璿逗圓圓說話。「圓圓會不會說話？我是姑祖母啊，叫姑祖母……」

圓圓盯著她看了幾眼，又轉過頭去看容辭。

雖然在趙繼達面前毫不猶豫的否定了圓圓身上的另一半血統，死咬著不肯承認他是皇室之子，但在謝璿這個長輩面前，容辭卻實在沒辦法說什麼，只能默認。

可圓圓是第一次見謝璿，並不買她的帳，緊閉著小嘴不肯叫人，沒辦法，謝璿只得也看向容辭。

容辭動了動嘴唇，還是道：「圓圓，這是……公主殿下，你會說嗎？」

圓圓這次倒是很痛快，當即字正腔圓的喊了一句。「公……主殿下。」

謝璿對這稱呼略有失望，可也知道這事急不來，也不多糾纏，繼續和圓圓玩了一會兒，直到他覺得睏了，打了好幾個哈欠，才依依不捨地還給容辭，讓她將孩子抱到裡間去睡。

容辭回來後，謝璿道：「圓圓又聰明又聽話，是個好孩子，可惜我既沒嫁人也沒孩子，要不然，也會盼著孩子能像他一樣招人疼愛。」

謝璿是太宗唯一的嫡出血脈，從小備受寵愛，她不愛好女紅針黹，而是喜歡騎馬打獵，當時沒人敢多說什麼，直至到了要嫁人的年紀，她便說要是找不到看得上眼的絕不肯屈就，太宗竟也同意了，還特意下了一道聖旨，准其婚姻自主。後來太宗駕崩，昌平帝登基，也曾想強迫這位難纏的嫡妹嫁人，可先帝早有旨意，繼任的皇帝也不能違背，便只能不了了之，讓謝璿就這麼單身逍遙自在了大半輩子。

容辭淺淺露出一笑。「不嫁人生子就少了許多煩惱，我們在閨中說起您時，都頗是羨慕呢。」

「那倒也是。」謝璿倒也自豪。「雖有時也羨慕人家有夫有子，但再一看那夫那子能耽誤多少事，我就還是喜歡像現在這樣自由自在，無債一身輕。」

容辭剛點頭，就聽見謝璿話鋒一轉。「不過，我可以這樣放縱自己，有些人卻不可以……」

她認真的看向容辭。「妳沒有生在皇室，也不曾參與過朝政，不明白皇嗣代表著什麼，也不知道若一國之君長久無子，朝堂能為此掀起多大的風波。」

容辭渾身一震，明白謝璿來此的主要目的就是她接下來的一番話了。

「容辭，妳可知道陛下為何年近而立，卻至今只有圓圓一子嗎？」

這個問題容辭也曾想過，但因為上一世謝懷章就沒有孩子，當時眾臣一直認為是他子嗣緣淺薄，要麼就是身體出了問題，長久以來她都是這麼聽說的，也便見怪不怪了。

可萬安山的事是謝懷章……自己為何能懷上圓圓，容辭之前卻從未細想過。

「妳聽說過似仙遙這種藥嗎？」

容辭搖頭。「從未聽過。」

關於謝懷章中毒之事，謝璿之前也一直被蒙在鼓裡，直到前幾天趙繼達才連容辭的事一起和盤托出。若說她對容辭和圓圓母子倆的事是驚，那似仙遙一事就讓她震怒不已，要不是接皇子進宮的事更重要，她能把罪魁禍首給活剮了。

她壓下怒意，儘量心平氣和的解釋了似仙遙究竟是什麼藥，又跟容辭說了她的特殊體質。「這一重重的巧合下才有了圓圓這個孩子，雖然這樣說對妳不公平，但是──他的出生確實解了皇室的燃眉之急，若妳願意配合，甚至就能平息將來可能發生的一場無可避免的禍事。」

容辭不可置信。「可、可是要中這樣的毒也不是那麼容易的事，需要整整三年不間斷的服藥，誰能做到這一點？二哥……陛下當時可是東宮皇太子啊！」

謝璿冷笑道：「若下藥的不是別人，正是陛下的髮妻，當時東宮的太子正妃呢？」

容辭驚呆了。「太子妃……郭娘娘？可是，她是孝成皇后的親姪女……」

廢妃郭氏早已被幽禁冷宮，容辭在和謝懷章互通心意之後，也曾想過他這麼對待髮妻的原因，但又由於對他的人品格外信任，便猜測郭氏可能牽扯到奪嫡一事中，做了什麼不可原諒之事，這才落得這樣的下場，可沒想到真相竟然更加不可思議。

「她是表姐的姪女不錯，可也是小郭氏的親姪女……」

小郭氏，即孝成皇后堂妹，大皇子謝懷麒的生母，先帝的繼皇后。

謝璿提到小郭氏就覺得不悅。「當年衛國公兄弟三個之中，表姐的生父和我母后是一母同胞的原配嫡出，小郭氏之父、即繼任的衛國公是繼室之子，而廢妃之父只是庶出。當時我就說太子這樁婚事不算相配，但先帝執意如此，我又想著大舅生前對這位庶出的弟弟很是欣賞，處處提拔，連臨終前都不忘提點親信和友人多加關照，他才能順風順水的一路升官，直到禮部侍郎，還差一點就入了內閣，顯見兩房關係極好，也就沒有繼續反對。誰知那賤人不知什麼時候居然被繼后籠絡了去……枉費大舅如此幫他們一家。」

容辭被這皇室秘辛驚住了，可她還是不明白廢妃郭氏有什麼必要這樣做，若是為了利益，明明謝懷章順利登基，她就是母儀天下的皇后，她何須另尋靠山，捨近求遠？

她看著謝璿那恨得咬牙切齒的模樣，猜測道：「難道是因為嫉妒，才致怨恨嗎？」

「什麼嫉妒！」謝璿道：「現在後宮裡的妃子一大半都是她主動要納的，陛下要是不願意，就說他不體諒她想早為他延續子嗣的好心……裝得好一副賢良淑德的樣子，真是令人作嘔！她的算盤打得真夠精的，要是東宮只有她一個女人，那令太子無嗣的罪名就要扣在這個太子妃的頭上了，當然要一開始就納上幾個側室，方能證明不能生育的是太子而非太子妃……」

又忍不住罵了幾句，謝璿這才發覺自己一提起廢妃就忍不住怒氣沖沖，已經使話題偏離了，又馬上強行轉回來。「這事是直到遇上谷大夫才弄清了真相，我也才明白當年連陛下的結髮妻子都背叛了他，他的處境何其不容易，現在自然也有他的難處。」

她見容辭果然因郭氏的事面露不忍，就知她對自己姪子的感情應該也不全然是憤恨，至少她聽到自己這些話沒覺得事不關己，反而還會心疼他。

她打鐵趁熱，握住容辭的手道：「滿朝上下都在議論皇嗣一事，陛下承受的壓力非常大，妳……」

「他不會因為這個就被難倒的。」

一旦離開有關三位郭氏娘娘的話題，容辭就從那種心軟的狀態中脫離了出來，再度變得冷靜，她經歷過前世，知道雖然無嗣的事一度鬧得很大，但謝懷章的皇位也不是從天上掉下來的，他有手段也有心機，雖然有一些爭議，但皇位依舊穩如泰山，並不是沒有孩子就會因此被動搖。

容辭冷靜道：「陛下無比堅韌，是不會被這種事壓垮的。」

她對他幼年和少年時的遭遇是心疼，但不至於被沖昏了頭，誤以為他能一步步走到今天靠的全是運氣，他前世同樣一個孩子都沒有，但是照樣能壓得滿朝文武喘不過氣來，人人都得讚他一句不世明君。

謝璿張了張嘴，沒想到容辭不吃裝可憐這一套，腦子飛快轉動，又想到另一番說詞，而這些，容辭絕不會充耳不聞。

「陛下是心思深沈，手腕高絕，但他能扛過去的事，圓圓也可以嗎？」

容辭一愣。「殿下這是何意？」

謝璿看著她。「妳知道這孩子和陛下長得很像吧？」

「……是有一點……」

「不是一點兒，他與陛下小時候幾乎一模一樣，現在倒也就罷了，可萬一他們越長越像呢？將來一大一小，明眼人一看便知是父子，妳讓孩子如何自處？」

她不動聲色的用言語一步步進逼。「妳總不能一輩子把孩子關在院子裡吧？這大梁的官員十成有九成半都是進士或者同進士出身，個個都曾在殿試時面見過聖顏，妳能保證圓圓一輩子都見不到他們，不使人家生疑嗎？」

容辭啞口無言。

謝璿緩下語氣。「我能理解妳的心情，要是換了旁人，什麼平民之家，甚至是普通的高門大戶，這事我也絕不會摻和，反要讚妳一句有骨氣。可是這孩子不同，不是妳想留在身邊就能留的，無論如何，咱們大梁不能絕嗣，若不是圓圓，就只能從宗室中過繼，將來那些過繼來的宗室子弟，不但不是中宮之子，甚至也並非陛下親生的孩子，由此引發的爭端妳能想像到嗎？」

容辭心下發顫，前世直到她死，事情也只發展到皇帝擇宗室子弟入宮的程度，而這確實也只是奪嫡之爭的開端而已，之後會發生什麼，其實從歷朝歷代的先例中就可以猜度一二，那些還都是皇帝的親生子，因為生母不同身分也就有異，真鬥起來要分出個高下還算容易。但要是過繼之子，起碼都會是正妃嫡出，背後都是各家王府連同王妃的娘家勢力，為了爭奪太子之位，釀成的腥風血雨想來也不比真正的皇子之爭小。

謝璿打鐵趁熱，繼續連嚇帶勸。「妳仔細想想，陛下愛慕妳，是不捨得從妳手裡搶孩子，但他能克制自己不來看親生骨肉嗎？他如何對待圓圓的，妳心裡也有數，不知是親生的時候就多有掛念，更別說現在了，何況圓圓可能會是他唯一的孩子，他不可能對親生兒子不聞不問，這一來二去的，世上沒有不透風的牆，事關皇位，某些人會比聞到血腥味的餓狼還敏感，圓圓的身世必定會被懷疑；而那些入嗣宮中的嗣皇子們，也不會眼睜睜的看著一個血統上遠比他們親近的皇子存活於世……」

容辭咬緊了牙，別過頭去。「您要說什麼就直說吧。」

謝璿抿了抿嘴唇，覺得喉嚨發乾。「妳作為女人，自然有資格怨恨，但作為母親，也得考慮自己孩子的安全，憑圓圓的長相，單單憑妳自己要護住他難如登天，甚至加上陛下也不一定能絕那些人的貪婪之念，只有……」

「只有定下名分……」容辭失魂落魄地喃喃道。

「對，」謝璿狠下心來說：「只有他的名分定下來，成了名正言順的皇子——乃至皇太子，他會得到該有的保護，傷害皇子和傷害區區一個平民之子是截然不同的。」

她走到容辭面前，直直的看著她。「妳可以不原諒陛下，不願入宮留在這裡也不是難事，但圓圓必須認祖歸宗，否則妳執意將他留在身邊，也只會害了他的性命！」

容辭被她的話攪得心亂如麻，的確，她最近一直糾結於自己和謝懷章之間的恩怨，對於圓圓，也只是單純的不想跟孩子分開，卻還沒來得及像福安大長公主一樣往深遠處想，也沒想過自己的決定會給孩子帶來什麼後果。

謝璿見容辭全身繃得緊緊的，但低垂的眼卻不斷地顫動，就知道自己的話她已聽進去，並且內心正在掙扎，正處在左右搖擺的階段，她毫不猶豫的又添了一把火。

謝璿不顧身分尊卑，雙膝著地跪在容辭面前。「孩子，看在孝成皇后的分上……」

容辭猛然驚醒，也顧不得再糾結什麼，想先把大長公主扶起，可是謝璿自幼習武，遠比她的力氣大，她就這樣堅定的注視著她，怎麼也不肯起來。

無奈之下，容辭只得也跪下來與謝璿面對面。「殿下，您別這樣……」

謝璿的眼睛有些泛紅，但還是言詞懇切地說道：「陛下是我自小看著長大的，孝成皇后只留下他這一點骨血，我不強求妳能諒解他、和他在一起，但是請求妳為孝成皇后的親孫子想一想，不要讓他在沒有任何保護的情況下，就這樣暴露在血淋淋的奪嫡之爭裡。」

容辭深深地吸了一口氣，閉上了眼睛。

謝璿說完了自己想說的話，也沒多耽擱就回京了，留下容辭一個人看著圓圓的睡顏發呆。

這孩子是她經過了一世的掙扎才決定留下來的，一開始只是想要他陪著自己度過這漫長無邊無際的歲月，可真的經過了兩天兩夜的痛楚、冒著生命危險將他生下來，又養到這麼大，她很清楚，他不是前世那幻想中的一個影子，而是有思想、會成長、還喜歡撒嬌的真真正正的孩子，他不是給予母親慰藉的工具，而是和自己血肉相連的寶貝。

就像福安大長公主說的，什麼憤恨怨念在兒子的未來和安全面前都只是小事，她不可能為了留下兒子而當真忽略那些潛在的危險，她有自知之明，以她一己之力妄想抵禦權力鬥爭中層出不窮的明槍暗箭，無異於螳臂擋車，若要確保圓圓的安全，只有讓他名正言順得到皇權的庇護才行。

這些道理謝璿已經講得明明白白的了，容辭也能懂她說的都是真的，可是……

想清楚是一回事，真要下定決心卻不是那麼簡單的，想到兒子要離開自己身邊，就像要她半條命一般痛苦……

李嬤嬤一進房就看見自己姑娘正一動不動地趴在圓哥兒的搖床邊，她一愣，立即跑上前去。「姑娘！姑娘！」

容辭慢慢睜開眼直起腰來。

李嬤嬤這才鬆了一口氣。「妳要是睏了就去床上休息，在這裡趴著一動不動的可要嚇死人了。」

容辭淡淡一笑。「有什麼好怕的，我怎麼著也不可能輕生吧……」

李嬤嬤覺得她的話怪怪的，仔細一瞧，發現容辭面色慘白，連平時朱紅的嘴唇都失去了血色，但偏偏強撐著一副正常的神情，讓人看著就覺得怪異。

李嬤嬤真的有些怕了。「姑娘，妳別嚇我，剛才來的人說什麼了？妳的臉色未免也太難看了。」

容辭微微抽動了一下嘴角，想做出微笑的表情，但明顯力不從心，只得道：「沒什麼大事，您不必擔心……」

她站起來想往床邊走，沒想到剛起身就頭暈得受不了，整個人晃了一晃，把李嬤嬤嚇得忙不迭去扶她，然後攙扶著她坐到床上。

容辭慢慢緩過勁來。「我沒事，只是起猛了。」

剛說完就見李嬤嬤擺起了嚴肅的神情。「妳要是一心想把我這老婆子急死，就繼續瞞著吧，這段時間天天都像是霜打的茄子，又悶著什麼也不肯說，早晚把身子拖垮了，看我們一群人為妳著急才高興嗎？」

容辭咬著正哆嗦的嘴唇，已經維持不住那一副若無其事的表情了，她用力的搖了搖頭，忍著喉中的哽咽道：「沒有用，誰都幫不了我，誰也幫不了我！」

李嬤嬤嘆道：「莫不是又與謝二爺有關？不過是一個男人，合則聚，不合則散，又不是沒了情愛那檔子事就不成了。」

容辭苦笑著搖頭，眼中漸漸起了霧氣，強忍了半天的淚水終於忍不住流了出來。「這不是什麼情愛的問題了……」

她趴在李嬤嬤懷裡，淚水瞬間便滲透了她的衣衫。「嬤嬤啊——我怕是留不住圓圓了……」

事關圓圓，容辭沒有再猶豫，沒等到第二天，當天就去了謝園，謝懷章果然已經在那裡了。

謝懷章其實不太信任自家姑母的能力，因為她性子急坐不住，勸和打圓場的事一般都做不來，但謝璿信誓旦旦的承諾絕對沒問題，一定把人給勸出來，又讓他忍不住抱有一絲期待，便早早地到謝園等著。

出乎意料，這次姑母竟然真的派上了用場，當他聽到下人傳來夫人前來的消息時，幾乎不敢相信，容辭已經好久不肯見他了，姑母才離開幾個時辰，竟然效果這麼快嗎？

謝懷章本來很是欣喜，但看到容辭進來時那難看的臉色，又覺得那喜悅之情也消散了大半。

容辭到謝園算是輕車熟路了，連通報都不需要，這裡的下人們都已將她當作女主人，也沒多事的跟著一起，只是讓她自己進屋，想給她和自家主子留一點單獨相處的空間。

正廳裡沒人，容辭頓了頓，徑直穿過次間到了臥室，見謝懷章正穿著寢衣，蓋著被子，長髮半束，也沒戴髮冠，只穿著半舊的家常衣服斜倚在床上，比上一次見面的時候消瘦了不少。

謝懷章注視著她。「阿顏，妳瘦了好些。」

容辭怔了一怔，發現他們兩個此時想的竟跟彼此一樣，她側坐在謝懷章床前，覺得他們似乎已經許久不曾見過了，一時不知該說什麼好，只得道：「這麼早就休息了嗎？我來得不巧。」

謝懷章一眨不眨的看著她的臉，細細的用目光描繪著她的五官，聞言輕描淡寫。「不過略病了兩天，谷大夫囑咐要多休息，我也睡不著，只能在床上坐坐罷了。」

容辭聽了心裡一頓，趙繼達之前就說他病了，沒想到到現在還沒有好全。

她猶豫著還是沒忍住，問了一句。「病得嚴重嗎？」

謝懷章含笑道：「不嚴重，只是底下的人喜歡誇大罷了，妳能來看我，我就好了。」

容辭低下頭，裝作沒聽見這話，半晌才又開口道：「福安殿下來找過我了。」

謝懷章被被子遮掩的一隻手驟然收緊，但面上還是不露聲色。「是嗎？她說了什麼？」

容辭看了他一眼，輕哼了一聲。「你會不知道嗎？」

謝懷章也不慌張，鎮定道：「總歸是勸和的話，她是我的親姑母，總是知道我的心事的。」

容辭語氣淡淡的。「她沒有一味的為你說話，也沒指責我不知好歹，我很是感激她。」

謝懷章道：「姑母性子灑脫，跟皇室其他女眷的驕矜截然不同，我很久以前就覺得她會喜歡妳，妳們也一定合得來。」

他暗地裡摩挲著手指，還是遲疑的提了一句道：「這事是錯在我，她定不會幫親不幫理的。」

容辭一點也不想跟他討論他的「錯」，便直接說：「殿下提點了我一些圓圓的事，雖然不想承認，但她說得確實在理，也比我想得深遠。」

謝懷章眼神微凝。「圓圓……的事？」

容辭本以為他是揣著明白裝糊塗，實際上對她與大長公主的對話知道得一清二楚，可見他現在的神情，倒有些不太確定了。

她點點頭。「她說得句句是理，我沒辦法反駁，所以便過來見你了。」

謝懷章微微蹙眉——容辭這態度很奇怪，跟自己預先想的完全不同。

他之前想著，要是姑母的勸說沒用，那容辭就會照舊不搭理他，若是主動上門，那便是要原諒他的意思。

可是現在……似乎兩者都不是的樣子……

「你想要認回圓圓是不是？」

謝懷章一愣，隨即猶豫地開口。「……那是自然……可是……」

容辭低嘆道：「我也不是個合格的母親，先前只顧著自己的心意，還要大長公主來提點我，才能想明白圓圓不適合留在這裡。」

「確是如此。」謝懷章有些明白姑母是從哪裡入手勸說的了，便是他也不得不承認這確實是最能打動容辭的角度。「為了孩子的安全，也必須讓他有相襯的地位，這絕非危言聳聽，我是過來人——圍繞著太子之位的爭鬥遠比妳想像的更加殘酷。」

他試探著去碰容辭的手，在容辭顫抖著想要躲開時強硬的抓住了她。「阿顏，妳可以恨我，但不要讓孩子捲到我們的恩怨中……」

容辭沈默了許久，感覺那雙握著自己的手掌炙熱有力，帶著不容抗拒的堅定，絲毫不給她逃脫的餘地。

她抬頭看著他。「你會對他好嗎？」

謝懷章一心只想挽回她，一時之間忽略了那話裡暗藏的意思，想也沒想便道：「我是圓圓的父親，就如同妳是母親一樣，妳難道會對他不好嗎？」

容辭得到了自己想要的答案，心中反而空落落的，但還是低聲道：「你將他接走吧……」

謝懷章驚疑不定的看著她。「妳這又是何意？難道妳以為我做了這麼多，就只是想要孩子嗎？」

容辭趁他失神，將手用力從他手中抽出來。「我並沒有那樣輕看你。」

「那又為什麼要說這種話！」

「你不懂嗎，若要讓圓圓名正言順，我怎麼能繼續做他的母親？」容辭低聲道：「退一萬步講，我放下了……那件事，原諒了你，我們就能理直氣壯的在一起嗎？」

謝懷章抿著嘴。「為什麼不能？太祖的繼皇后是再嫁之身，甚至還與前夫育有一子二女，太祖皇帝也從不曾在意過，甚至還將她的兩個女兒封為縣主，令她們安享榮華，繼任的太宗皇帝也一樣尊敬這個繼母，未曾有半分輕視……」

「可圓圓不是我前夫之子。」容辭抬起頭，眼中含淚的看著他。「他要真是顧家的兒子，或者說，就是我收養的孩子也都還好說，可是一旦他成了皇嗣，要如何解釋他的年齡？」

「你要別人私下議論你的獨子是個私生子，或者……」容辭咬了咬牙。「或者奸生子嗎？」

她的眼中表現出來的是為了保護孩子產生的強烈又堅定的意志。「我是已經和離了，但是沒有人是傻的，我就是剛成親第一天就和離，也不該生出這麼大的孩子。」

謝懷章的語速不知不覺間變得急促。「妳可以改名……」

「改名換姓嗎？」容辭道：「這怕是不夠，我得改頭換面才行……我前些日子才跟顧宗霖以夫妻的身分參加了上元宮宴，那麼多人認識我的臉，也有那麼多人記得我直到那一天還是顧宗霖的妻子——你要怎麼解釋圓圓遠在那之前就已經出生了？」

她就這麼靜靜地看著他。「二哥，你要是為圓圓好，就讓他不帶一絲污點的留在你身邊吧。」

謝懷章全身繃緊，一字一頓的說道：「妳是他的母親，不是他的污點！」

容辭之前也為此難過，但在李嬤嬤懷裡哭了一場，又一心以孩子的安全為重，反倒多少有些放下了，她搖搖頭。「你何苦如此呢？明知道我說的是對的……」

若說再嫁之女入宮為妃為后，雖也要費一番周折，但還不算是難如登天，但圓圓的年齡無法掩飾，若是容辭和孩子一起入宮，這事就無論如何也說不通，要想公佈孩子的身分，首先就不能承認母親。

「父母之愛子，則為之計深遠，二哥，你是圓圓的父親，能不能先不想別的，只為他『計深遠』？」

這是容辭有史以來第一次不加隱晦的承認謝懷章與圓圓的血緣關係，承認他們兩個分別是圓圓的爹娘，謝懷章本應該欣喜若狂——若不是還有前面那番話的話。

他薄唇緊抿，就是不肯鬆口。

容辭知道他心裡是明白的，只是暫時不肯妥協，便也不再勸了，站起來道：「你好好休息吧，我將圓圓的東西……算了，估計以後也用不上。」

她回過頭想要走，卻猛地被謝懷章拉住了胳膊，沒有防備就被拽坐了下來，直接坐到了他的腿上，兩人相隔不到半臂。

她驚疑之下剛要強行起身，便聽謝懷章道：「妳要讓圓圓認別人做母親嗎？」

容辭霍然抬頭，撞進了謝懷章那褪去溫和而顯得格外富有攻擊性的雙眼，他目光銳利的盯著她。「妳希望今後由誰撫養他長大，讓他喊誰母親——德妃？呂妃？……還是別的什麼人？」

容辭渾身不由自主的顫抖，但依舊咬著牙沒有退縮。「這你自然會裁奪。」

謝懷章看了她好長時間。「我不會裁奪，妳知道我有多久沒見過後宮那些女子了嗎？她們是什麼品行什麼性格我也不清楚，妳只是聽了姑母的一番話，怎麼就能這樣狠心將咱們的親生兒子交到那些與圓圓不相干的女人手中？」

容辭被他的話逼急了，連呼吸都斷斷續續。「那你來說我該怎麼辦？難道我願意離開圓圓嗎？他才那麼點兒大，要從我身邊把他帶走，也不比挖走我的心容易多少……你教教我，跟我說我該怎麼辦？」

看著她激動中又難掩傷心的樣子，謝懷章壓下心底的不忍，他輕輕撫摸著她的臉頰，聲音重新柔和了下來。「我有辦法……」

他捧著容辭的臉看著她的眼睛，在她驚懼的目光中於她的唇畔印下一個吻，隨即在她還沒來得及掙扎的時候馬上鬆開了手。

「咱們誰也不用，給他杜撰一個母親就好，我來親自帶他好不好？」

他剛剛還在抗拒，現在又突然就同意並且退了一步，容辭一時有些弄不明白，便連那個親吻都顧不上追究了，只能遲疑著點了點頭。

謝懷章心裡也不知是怎麼想的，面上一副淡然又若無其事的模樣，嘴裡卻冷不防的問了一句。「妳說退一萬步，我們可以理直氣壯在一起，妳就能原諒我的話……還作數嗎？」

容辭睜大了眼，不知這話是怎麼說的。「你……」

「妳不必現在就回答，顧顯的孝期還沒過，說什麼都嫌太早，我們先把圓圓的事辦好，再來慢慢打算……」

容辭本能的察覺他的「慢慢打算」別有意味，這一時半刻卻也參悟不透。

容辭一走，謝懷章就掀開被子下了床，立時將趙繼達叫了過來。

趙繼達一邊替他換衣服一邊擔憂道：「您要不要再躺一會兒？剛到沒多久就又要往回趕，不利於休養啊。」

謝懷章淡淡道：「我的病是不是到了要臥床的地步，你還不清楚嗎？」

趙繼達訕訕的轉移了話題。「您急著趕回去，是有什麼事嗎？好不容易殿下把夫人勸出來了，您怎麼不多陪陪？」

謝懷章嫌他手腳不夠快，自己將衣帶迅速繫好，又抬手示意他捧來髮冠。「她那一通勸真是……不提也罷！回宮之後，立即召趙王入宮，不得耽誤。」

趙繼達的手一哆嗦，險些把謝懷章的頭髮扯痛，他忙定下心來，手上更加謹慎，但心思卻不由自主的亂飛……

——趙王是現如今皇室輩分最高的長輩，也是太祖皇帝最為年幼的弟弟，現在已經是七、八十歲老態龍鍾的人了，最重要的是為了表示對這位長輩的尊重，先帝時就已經命他任宗人府的宗人令，昭文年間也沒有變動，他現在仍然是掌管皇室子弟牒譜爵祿等事務的長官。

陛下久無子嗣，這幾年宗人府只處理其他王府中事，已經許久不見趙王入宮了，跟先帝時的狀況完全不同。

現在這冷不防的怎麼突然要見他呢……

趙繼達猛地一個激靈——莫不是許夫人終於鬆了口，他們宮裡……終於要有皇子了?!

趙王自己也很納悶。

自從這位曾姪孫登基，後宮一個皇子、公主都沒生，他連在皇帝跟前露臉的機會都沒有，這倒也罷了，畢竟他一把老骨頭，想來也沒多長時間可活了，什麼名利權位、聖恩聖心的也都看淡了，況且兒孫自有兒孫福，他掙了再多，底下那群小的不成器也全是白搭。

所以趙王主要也不是擔心自己的地位，而是真正出於一個宗室元老的考慮，害怕再這樣下去，沒有皇嗣，國本不穩，將來後患無窮，不利於謝氏皇族的傳承。

可皇帝沒孩子，也不是他們這些老人急就能急得出來的，聖上對女色方面明顯淡漠，登基了這樣久，竟一個新寵都沒有，原來有幾個妃子，現在還是幾個。要知道，先帝在登基前可就孝成皇后一個，但登基後沒兩年大大小小的宮殿就填得差不多了。

要說皇帝是對哪個妃嬪格外鍾情，執意獨寵也就算了，可也明顯不是，瞧瞧後宮的稱呼吧，除了位列「貴、淑、賢、德」四妃之一的德妃有個特定封號——這封號還是本來就自帶的，其他的妃子都是怎麼封的——什麼呂昭儀，什麼戴嬪、鄭嬪，這是封號嗎？分明就是姓氏，其中敷衍之意一看便知。司禮監負責擬妃嬪封號的內官都要發霉了，也沒見哪個娘娘能用得上他們。

趙王日日夜夜擔心皇帝的身體是不是……出了問題，倒也擔心得習慣了，可冷不防的聽說皇帝要召見他，還很是吃了一驚。

他慌忙整理了衣冠，就急忙前往紫宸殿。

皇帝於正殿接見了他，也算是表示尊重的意思，可是趙王還是有些戰戰兢兢，渾身不自在，叩頭行禮之後便一直垂著頭，不敢有絲毫造次。

雖然他是長輩，而且年紀大了皇帝不少，但是對著他的時候還是覺得犯怵。

其實謝懷章小時候趙王常見到，畢竟那時他就已經在宗人府當差了，後宮隔三差五就要生個皇子公主，然後又不斷地有皇嗣夭折，這些都需要皇后處置，趙王便經常在立政殿見到這個金尊玉貴的嫡出太子。

那時候孝成皇后還在世，孝成皇后雖不溺愛孩子，但也把這位小太子照料得妥妥貼貼，養得白白胖胖，長了一雙黑汪汪水靈靈的大眼睛，見到他還會奶聲奶氣的喊他「太叔祖」，一看就是個聰明知禮的好孩子。

後來孝成皇后去世，小郭氏先是被封為貴妃，沒幾年就冊立為皇后，開始統御六宮，又有皇長子傍身，氣勢如日中天，後宮的風向天翻地覆，皇太子一夜之間失去母后，隨即在這話還說不索利的年紀被遷往東宮，由於昌平帝的態度又曖昧不明，以至於底下的宮人太監也紛紛動了心思，讓這皇太子的處境一時極其艱難。

趙王也知深宮的殘酷之處，本以為這個孩子八成是撐不過了，誰知他竟也這麼磕磕絆絆的漸漸長大了，趙王再見他的時候，謝懷章已經是七歲要進學的年紀了。

他的臉上還殘留著嬰孩時期的影子，但臉型已經漸漸有了稜角，氣質也與之前有了很大的變化，那雙眼睛不再清澈見底，而是黝黑深沈，望著人就能給人一種捉摸不透的感覺，這孩子還是照樣很懂禮貌，一舉一動都是一國儲君的典範，但趙王已經再也不敢像幾年前那樣親暱的抱著他玩耍，也不敢當他是個無知的孩子了。

他年紀還小，但到底已經長大了……

人老了，一想就容易想多，連謝懷章叫他，趙王都險些沒有反應過來，幸虧他經驗豐富，沒愣神太久，立即應了。

謝懷章倒沒像他那樣有如此多的感慨，直接道：「太叔祖，朕近來一直為一事煩惱，唯有您可解憂。」

趙王頗是不解，但也知道對皇帝的這種話只有一種答法。「陛下這話何意？老臣是陛下臣子，無論何事都當盡心竭力。」

謝懷章點點頭。「太叔祖當知，朕與廢妃郭氏在去燕北前便已恩斷義絕，從此一直未曾立妃立后。」

趙王忍不住驚訝道：「是，您是想……」

「其實這中間有隱情。」謝懷章打斷他。「在燕北時，朕與一女子定下了白首之盟，已經算是成親了。」

「什麼？」趙王不敢相信原來謝懷章竟也有這樣的風流韻事，隨即問道：「那敢問陛下，此女現在何處？」

「她不慕榮華又畏懼深宮，在朕登基時便已決定與朕分別，朕苦留不住，不過知道她那時已有孕在身，想著她生下孩子便會回心轉意，也就暫且放手，並派人暗中保護著。不承想她竟沒禁得住生產之苦，替朕生下了孩子便過世了，朕後悔莫及……」

趙王原以為自己會聽上一腦子的愛情傳奇，可卻越聽越震驚，驚得他都合不攏嘴，就這麼猝不及防的被這無比重要的消息砸了個頭昏腦脹，但他再頭昏也能抓住重點，也沒顧上失禮不失禮，直接打斷了皇帝的懺悔之詞。「陛下，您剛剛說那位夫人怎麼了?!」

謝懷章知道他想問的是什麼，也省略了細枝末節，只重複了最重要的一句話。「她為朕生下了孩子。」

趙王深呼了一口氣，以儘量平靜、符合他身為宗人令職責的口氣確認道：「男孩兒？」

「男孩兒。」謝懷章肯定道。

趙王腳軟得站不住，乾脆也不站了，他撲通一聲跪在地上，顫著聲音問道：「並非老臣多疑，而是此事事關重大，請恕老臣無禮，您——確定那是皇子嗎？」

謝懷章斬釘截鐵道：「十分確定，太叔祖，您若見了他，也必定不會再有疑慮。」

趙王也知道謝懷章不可能拿這樣的事開玩笑，一定是確定清楚了才跟他說的，剛才不過出於謹慎才多問了一句。

他心中既驚且喜，又不免有些害怕——這件事一旦公開，引起軒然大波是一定的，怪不得皇帝要先知會他一聲，不過只要皇子上了謝氏的牒譜，有宗人府的承認，外面鬧得再大也只是一時的，過不了多久就都得認命。

無論如何都不能把陛下唯一的子嗣拒之門外，這是這麼多年以來皇帝這一支唯一的血脈，誰知道之後還能不能再有其他？

俗話說物以稀為貴，像是先帝子嗣眾多，就算夭折上十個八個，趙王都不帶眨眼的，可眼看著現在良田萬頃就這一根獨苗……

趙王很快冷靜了下來，沒有半分猶豫就決定幫著皇帝描補此事，他問道：「請問陛下，那位過世了的……燕王妃，姓甚名誰，何方人士？」

聽趙王稱呼孩子的生母為燕王妃，謝懷章便知道他明白自己要的是什麼了，不由感嘆這位太叔祖的決斷和識趣。

他眼神堅定，一字一頓道：「夫人溫氏，名顏，燕北人士。」

第十六章

趁著謝懷章那邊在為接孩子進宮的事鋪墊，容辭這幾天就忙著給兒子收拾用慣了的玩具和衣服，雖然嘴上說宮裡什麼東西都不缺，但還是怕圓圓不習慣，想讓他儘快適應變化了的環境。

圓圓現在一歲半多一點兒，已經能說得清話，他赤著腳在榻上走來走去，一會兒碰碰茶杯，一會兒碰碰花瓶，自己和自己玩得正開心，渾然沒察覺到母親的煩惱。

容辭將圓圓平時最喜歡的一個虎頭玩具收好，一回頭就看到他盤著小腿坐在自己身後，正好奇的用手去摳她衣服上的繡紋。

容辭將兒子抱到自己腿上，用指腹摸了摸他的臉，輕聲問道：「圓圓喜歡謝叔叔嗎？」

「謝叔叔？」他現在漸漸長大，記憶力也越來越好，謝懷章與他不過月餘沒見，給他的印象還很深刻，當即不假思索道：「喜歡、爹爹！」

聽了他這總也改不過來的稱呼，容辭下意識的想要像以前一樣糾正他，可話還沒出口，就反應過來……

好像也不用改了。

容辭心中滋味難辨，看著圓圓提起謝懷章十分興奮，似乎還很想念的樣子，繼續問：

「以後讓……爹爹陪你玩好不好？」

圓圓咧開小嘴，毫不猶豫的說：「好！」

摩挲著圓圓頭上軟軟的頭髮，容辭覺得又放心又心酸，沒想到下一刻圓圓便摟著她的脖子撒嬌道：「娘也一起……」

她愣了一下，隨即苦笑著嘆了口氣。「哪裡能兩全其美呢？」

這句話超出了圓圓的理解範圍，但他能敏銳的感覺到容辭情緒低落，並不開心，便湊上去啵的一聲親了一下她的臉頰，然後馬上要求。「娘也親親我！」

容辭再多的難過也被這個開心果驅散了，她依言也用力親了親圓圓，逗得他咯咯直笑。

下午，容辭正帶著圓圓在園裡玩耍，突然間圓圓驚喜的大叫了一聲，向她身後撲了過去。

容辭轉身看去，只見謝懷章正蹲下身子，將撲過去的圓圓接了個正著。

容辭見到他反而有些慌張，喃喃道：「這麼快嗎？」

他抱著孩子站起來，也很高興圓圓還能記得他，便將他拋在半空中顛了顛，嚇得圓圓又驚又笑。

「圓圓認得我嗎？」

「爹爹、爹爹！」

謝懷章下意識的往容辭那邊看，但這次她卻低著頭沒有制止。

謝懷章熟練地將兒子放在自己的手臂上，向容辭走近。「這孩子沈了不少呢。」

「他比一歲前長得略慢些了。」容辭伸手道：「沈嗎？我來抱吧。」

謝懷章搖頭。「對我來說不沈，可妳一個女子，卻不免覺得吃力。」

其實自從有了圓圓，容辭自覺自己的力氣也長了不少，要知道之前她幾乎沒拿過比梳妝盒更重的東西，可現在抱著二十幾斤的孩子，卻能一口氣走好長時間的路，也不覺得辛苦。

謝懷章拒絕了，容辭便放下手，心中卻仍舊緊張，怕他下一句就會開口說要接孩子走。

看到容辭一直默不作聲，謝懷章心知想要和之前一樣毫無隔閡的相處還需要時間，急也急不來，就也不強求她與自己閒聊，而是提起了她現在最掛心的事。

「我已和宗人令趙王知會過圓圓的事了。」

「……莫不是這麼快就安排妥了吧？」容辭緊張道。

謝懷章略微遲疑的點了點頭，但看她瞬間低落的情緒，又忍不住道：「妳若捨不得孩子，多留他住幾個月也使得……」

容辭果然心動得很。「可以這樣嗎？」可是轉念一想又有些擔憂。「還是算了吧，要是已經有人知情，圓圓留在我這裡也不安全。」

「這倒不用擔心，牒譜的事已經辦完了，這是趙王自己處置的，還沒有旁人知道，他為人謹慎至極，話進了他的肚子裡，任是大羅神仙也難掏出來，盡可以放心。」謝懷章安慰道：「趙王可信，再有就是眼看要入冬了，這裡比京城暖和，進宮的事過了年再提也不遲，況且孩子母親的身分也需要再細細推敲一番，要派人到燕北另行安排，多少要費點時間。」
容辭鬆了口氣，接著問道：「你是說要宣稱新皇子的生母是燕北人嗎？」
「不錯，既然迫不得已要杜撰一個人，那麼就乾脆把謊撒到底，讓孩子的身分更明朗，也更名正言順些。」
他說這話其實還有旁的打算，但容辭只以為他是想把那女子的身分安排得天衣無縫，不露破綻，這也是容辭自己的想法，便沒有多想。
她想到不用立即離開兒子，心裡便放鬆了許多，整個人都精神了起來。
趁著她高興，謝懷章就問：「阿顏，妳之後還打算繼續住在這裡嗎？」
容辭不明白他的意思。「怎麼說？」
「將來圓圓住在宮裡，妳在城外，若想時不時的見他一面，這來回快馬一個多時辰的路大人受得了，小孩子卻不一定。」
容辭當初下定決心放手的時候，就沒指望之後能常見圓圓，畢竟一開始都做好了在宮裡給他找個母妃的打算，到時候他有了養母，與她疏遠些對圓圓來說也較好。
不過現在不用考慮養母的問題了，容辭也不敢說讓謝懷章常帶他出來的話，一方面是擔心孩子的安全，另一方面這個男人為他們母子做得夠多了，若是之前……還好，可現在兩人僵成這個樣子，她若再要求更多，總覺得是在得寸進尺。
「他出宮若是不方便……」

「我出來方便，他自然也可以……但是這麼小的孩子，不能騎馬，駕馬車又費時，妳若想常見他，就不宜再住在這裡了，再有，溫泉山莊雖好，但看今年就知道，夏天時不免潮熱不適。」

熱不熱的倒在其次，能常見到孩子就已經是意外之喜了，容辭也信他的能力，但是要回京城……

容辭自言自語道：「難不成要回恭毅侯府……」

「不可！」謝懷章一口否決，然後緩下聲音，慢慢勸道：「侯府人多眼雜，並不合適……我那裡有離宮城不遠的宅子，是之前我母親年輕時置辦的產業，妳去暫住再合適不過。」

聽到這裡，容辭覺得有哪裡不對。「你……已經準備好了嗎？」

謝懷章眸光微動。「並沒有，剛剛提起來才想到的，那邊也荒廢了不少時日，還需時間打理，再添上些可靠的下人才能住人。」

他雖否認，容辭卻也不是傻子，剛剛他那脫口而出的樣子也不像是才想到的，可是京城裡的房子難得，現在已經是一個蘿蔔一個坑，不是有錢就能買到的，得恰好有人騰出來才行，溫氏娘家也不是什麼大族，容辭手頭倒真沒合適的。

可哪怕謝懷章是早有預謀，從根本上來說，也是為她和孩子考慮，她不是不識好歹的人，抿了抿唇，低聲說了一句。「多謝你費心了……」

謝懷章先前還怕這樣處心積慮會惹她反感，現在好不容易得了一聲謝，忍不住露出了一個笑。「妳要是領情，就不算費心了。」

容辭心中五味雜陳，真是什麼滋味都有。

雖然推遲了許久，但再推遲也有到頭的時候，到了隔年的二月分，燕北的人已經把一切安排得妥妥當當，連帶那女子的身世，父母姓甚名誰、家住哪裡，都安排得一絲不差，絕沒有絲毫破綻。

謝懷章親自看過他們偽造的身分和文書，上面一切清清楚楚，將那所謂的燕王妃身分寫得明明白白。

他們所偽造的溫顏，出身邊境地帶的書香耕讀之家，也不算富貴，又因地處偏僻，所以知道這戶人家的人不多，她是家中唯一的女孩兒，十二、三歲時父母早亡，家境漸漸敗落，之後外族犯邊，燕王出兵北擊靺狄，恰好救下了流離於戰火中的溫顏，兩人一見鍾情，遂許終身。

之後便拜了天地成了親，但由於戰事未了，也沒聲張此事，只有幾個親近的下屬知情，只想著等平定了靺狄之後再來公佈，誰知戰火才平息，又發生了陳王逼宮一事……

圓得還算完整，這事就此定下，接下來要處理的事就是接燕王妃生的皇子進宮了。

容辭多偷了一段時間能與兒子相處，雖仍是不捨——即使再過幾年也不可能捨得，可也知道不能再拖，就不再糾結，在謝懷章來接人的時候表現得也很乾脆。

李嬤嬤也早就知道這些事的前因後果了，她當時的想法是怒是悲暫且不表，現在當務之急就是安撫容辭的情緒，但沒想到她這時候居然也沒怎麼表現出傷心的樣子，而是每天開開心心一心一意的陪著孩子，每一刻都不想耽誤在傷心上。

李嬤嬤年紀大了，心腸也越來越軟，見眼下的情景不免心疼，也在心裡暗嘆——當初容辭因為謝懷章坦白的那事有多麼傷心、多麼糾結還歷歷在目，現在事關孩子，有了更重要的事讓她忙活，那些情情愛愛、難不難過的反而要靠後站了。

謝懷章來的時候容辭已經做好心理準備了，她將哄睡著了的孩子抱給他的時候，只說了一句話。「二哥，你照顧好他。」

謝懷章鄭重的應了，克制住想碰碰她的臉的衝動，溫聲道：「妳別擔心，京城那邊也收拾得差不多了，等圓圓安頓下來，妳就搬回京城，到時候馬上就能再見他。」

容辭抽了抽鼻子忍下淚意，然後低頭在圓圓臉上親吻了一下，再對著謝懷章點了點頭，示意他們這就可以走了。

還是沒忍住摸了摸她的頭髮，謝懷章抱著圓圓就上了馬車，容辭就這樣站在原地看著馬車漸漸走遠。

不知道是不是母子之間的心靈感應，圓圓似乎能感覺到娘親的情緒波動，容辭之前特意將他哄得熟睡了才抱出來，謝懷章的馬車又是特製的，並不算顛簸，他此時應該睡得正香才是，可是馬車駛了沒幾步，圓圓的睫毛就開始劇烈抖動，過沒一會兒竟然就醒了。

映入眼簾的是極為陌生的車廂，身邊又沒有母親在，即使此刻抱著他的是一向親近的謝懷章也不管用了，他發現自己四處看不到娘親之後，馬上「哇」的一聲哭起來。

「娘親！娘——」

謝懷章手忙腳亂的哄他，可是卻怎麼也不好使，離開容辭的圓圓傷心極了，豆大的淚珠從眼睛裡落下來，哭得撕心裂肺，小小的身子都在發抖。

沒有其他法子了，現在要是回返，再要帶他走只會更加困難，謝懷章只能抱著他，試圖跟這才兩歲的孩子講道理。「圓圓聽話，不哭了好不好，你娘是不是說過要你陪爹爹出去玩幾天……你怎麼不聽娘的話了？」

容辭知道他進宮之後醒了見不到自己，肯定要哭鬧，因此從前幾天開始就一遍遍的對圓圓說，他過幾天要跟著爹爹去其他地方玩，讓他乖乖聽話。

當時圓圓很輕易地就答應了，可是他人小，從沒去過落月山以外的地方，也不知道「其他地方」是什麼意思，現在一看這地方居然連娘親都沒有，就忍不住了。

也幸好他對謝懷章還算是親近，被他連哄帶騙的安撫了好一會兒，總算哭得不是那麼急了，但還是忍不住掉金豆子，小手自己胡亂的抹抹眼淚，哽咽著說：「我、我要娘親——」

不只母子連心，父子也差不到哪兒去，謝懷章見兒子傷心，心裡也不好受，他將圓圓的手拿開，用帕子把他的臉擦乾淨，握著他的手認真的說：「你娘過一段時間就來看你，圓圓是個乖孩子，別讓她擔心好不好？」

圓圓把「很快就能見到娘親」這個意思聽進去了，好歹一邊打著嗝一邊勉強止了淚，懨懨的趴在謝懷章懷裡不說話了。

謝懷章抱著這好不容易才得的寶貝兒子，開始感覺到獨自帶孩子有多麼不容易，他嘆息了一下，心疼地用手輕輕點了點這小子的頭，低聲道：「小魔星，你以為只有你一個人想她嗎……」

紫宸殿是大明宮三大正殿中最靠近後庭的一座，分為前殿與後殿，前殿為天子日常處理政務，召見朝臣的地方，後面則是起居之寢殿，是整個宮廷中前朝與後庭的分水嶺。

在圓圓來之前，謝懷章就吩咐宮人將後邊的側殿整理出來，孩子能用到的衣服玩具書籍，甚至筆墨紙硯都應有盡有，保證他直到七、八歲都什麼也不會缺。

可等房間收拾出來，謝懷章又嫌棄這裡離他的寢殿遠了，又讓趙繼達在寢殿內單獨隔出了一間小屋子，裡面擺了張搖床，將圓圓近來會用到的玩意兒都挪進去，想讓他在還沒適應這裡的時候離自己近一點。

紫宸殿中的宮女太監都是千挑萬選出來的，不是從小跟著謝懷章的老人，就是從燕北戰火堆裡摸爬滾打出來的，這些人嘴嚴實得像是被縫住了一般，輕易不會透露紫宸殿中的任何一件事，哪怕再小也一樣——除非是謝懷章本人示意他們說的。

這樣的一群人，本該對任何消息都視若平常、不為所動的，可是這一次謝懷章下的命令卻真的將他們那幾乎一點不剩的好奇心激起來了，雖不讓往外傳消息，可是殿內眾人彼此之間卻多少會閒聊幾句，之前還會儘量避開談論皇帝的事，以免犯忌諱，可這次卻實在忍不住了——

陛下居然要他們收拾出一間幼童要住的房間！

這個消息一下來，殿中表面上看還是波瀾不驚，平靜如初，宮人們都低眉順眼的應是，彷彿一點兒好奇心都沒有，但要是能將他們內心裡的激動文字化，怕整個大殿都盛不下。

這天下午，謝懷章帶著圓圓回來了，滿殿的人眼睜睜的看著陛下親手抱著一個兩歲大的小男孩進來，驚得眼珠子都掉出來了。

其中班永年是僅次於趙繼達的大太監，也是謝懷章的心腹，但他一般管理宮內的事，不似趙繼達一樣常跟謝懷章在外走動，以至於有些事就不如趙繼達知道得多，這也讓他頗為懊惱，此時一見圓圓的樣子，他的身分也就能猜得八九不離十了。

這樣重要的事他竟然只是模糊的知道個影子，不可謂不鬱悶，便表現得格外殷勤，最先上前搶了侍茶宮女的活兒，趁著給皇帝倒茶的工夫，用一種驚喜又不顯得聒噪的語氣開了口。

「陛下，這位小公子莫非是……可得讓奴婢們有個稱呼啊……」

圓圓聽見陌生人的聲音，只是抬了抬眼皮，隨即又沒精打采的埋在謝懷章懷裡了。

謝懷章安撫的摸了摸圓圓的腦袋，也沒再繼續賣關子，他毫不避諱的道：「這是朕的孩子。」

殿中莫名的寂靜了一瞬，隨即其他人還是一副忙忙碌碌的姿態，沏茶的沏茶，倒水的倒水，只有班永年嚥了一下口水，儘量讓自己顯得不那麼激動。「原、原來是皇子殿下……」

謝懷章現在也顧不上別人是怎麼想的了，他問圓圓道：「圓圓睏不睏？」

圓圓懨懨的搖了搖頭。「這是哪裡？」

「這是爹爹的家，圓圓看好不好看？」

宮裡自然比小小的民宅富麗堂皇，但現在就是把圓圓放在天宮裡他也不會喜歡的，他板著臉。「不好看，要娘親！」

謝懷章嘆息了一下，吩咐趙繼達將事先挑好的兩個奶娘帶過來。

其實圓圓早就斷奶了，這兩個人也不過是當個貼身嬤嬤用罷了，謝懷章已經篩過了好幾遍，她們的祖宗八代都翻了個頂朝天，確定沒有問題了才敢留在圓圓身邊。

至於其他的人，也沒有從外邊挑，而是直接從伺候謝懷章的宮人中撥了二十個細心的，預備之後專門伺候小皇子，不過現在圓圓和謝懷章一起住，暫時還用不上。

與以往不同，這次萬事俱備，謝懷章不再遮遮掩掩，大大方方的抱著孩子從宮裡走過，不過小半天的工夫，陛下親自接了一個小男孩進宮的事，不管前朝還是後宮就都知道得差不多了。

德妃是最早知道的，她一向謹慎，一直在猶豫，但架不住一邊有個呂昭儀不停的煽風點火，又是攛掇又是挑事，把德妃也說得心神不寧，最後還是沒忍住，帶著一眾大小妃嬪前往紫宸殿問個究竟。

其實她們也不過是想碰個運氣，畢竟之前幾年除了偶爾德妃能進去稟報一下後宮的要事，其他人連紫宸殿的邊都沒碰到過，可這次竟然出乎意料的沒有吃閉門羹，陛下竟然當真接見了她們。

殿中鴉雀不聞，相當寂靜，宮人們走動時就像是鞋底踩著棉花，一步一步的落在堅硬的瓷磚上，竟一點聲音也沒有，安靜得有些令人發毛。

妃子們戰戰兢兢地進了殿門，又一起行了禮，聽謝懷章冷冷清清的叫了「起」後，紛紛感覺之前雄心壯志地想好要說的話都飛到了九霄雲外，一個字都想不起來了，不由都看向德妃。

德妃自然不像她們一樣沒出息，但是她對來向陛下詢問那個孩子的事一直猶疑，畢竟她很清楚皇帝並不喜歡後宮多管閒事，現在又反常的見了她們，更讓她心有不安，只是來都來了，身後的妃嬪都在看著自己，她也沒有退縮的餘地了，只能硬著頭皮開口。

「陛下，妾身同姐妹們聽說……聽說有個小孩子到宮中來了，都……」她感覺現下說好奇和震驚都不是什麼好主意，只能生硬的轉了個彎道：「都很是高興，不知能不能有幸見一見。」

皇帝平靜道：「他睡著了，現在不便見人，等他精神了之後，妳們自然有機會。」

韋修儀站在呂昭儀旁邊，她雖也害怕，但實在受不了德妃拐彎抹角的亂問一通，說不定到最後還是什麼也不知道，便乾脆壓下久未面聖的生疏膽怯，直接插話道：「陛下，其實妾身也是好奇那個孩子是什麼身分，竟能勞動您親自帶回宮中，還得以留在紫宸殿中撫養。」

德妃閉了閉眼，簡直恨不得把她的嘴給堵上——哪有她這麼直接上來就問的……

「是朕的皇子。」謝懷章沒有怪罪韋氏，反而大方的滿足了她們的好奇心，直接公佈了答案。

……可是這個答案絕不是她們想聽的。

當初謝懷章去北地，東宮的一眾側室沒一個願意跟隨的，以至於陛下逆風翻盤直接登基之後，她們就一起失去了聖心，現在早已恩寵不再，本來就擔心什麼時候有了新人自己就會被擠得沒地方站，現在新人沒來，皇長子的位置倒先被占了，怎一個慘字了得。

眾妃張口結舌，她們不像宮人們一樣訓練有素，此時震驚和失落都溢於言表，呂昭儀甚至沒忍住喊出了聲。「怎麼可能？沒有弄錯吧！」

謝懷章本來沒什麼表情的臉陡然沈了下來，意味不明的盯了呂昭儀一眼，嚇得她差點把舌頭咬下來，忙不迭的低下頭。

謝懷章現在有正事，沒工夫跟她計較，只是漠然的移開視線，對德妃道：「明日早朝便有定論，妳們回去吧。」
這就是要公開身分的意思了。
德妃心裡的震驚並不比別人少，但她到底穩住了，帶著一堆渾渾噩噩的妃嬪告退出去。
一出殿門，眾妃都忍不住互相嘰嘰喳喳的討論起來，德妃也罕見的沒有制止，獨自沈思著。
呂昭儀在這時候湊上來，低聲道：「娘娘，您說那真是皇子嗎？現在陛下不進後宮也就算了，當時在東宮那幾年也沒誰生下一兒半女啊，甚至連懷過身子的都沒有，現在怎麼就冷不防的冒出個兒子來，不會是……」
「還不住嘴！」德妃壓低聲音呵斥道，她左右看了看，發現竟然還在紫宸殿門口不遠，嚇得出了一身冷汗。「妳自己作死，可別拉上我！」
呂昭儀後悔中又有不服氣，便撇了撇嘴。「……我也沒有說什麼啊……」
德妃一邊害怕，腦中卻也禁不住起了一點妄想——自己現在是眾妃嬪中位分最高者，也沒犯過什麼錯，現在皇子進了宮，他的生母卻不見人影，保不齊就是人已經沒了……可是小皇子總得有個養母吧？陛下……會選誰呢？
她下意識的掃了其他人幾眼，嬪位及以下的不用考慮，位分也太低了。陛下要是真的重視這個兒子，就絕沒有故意拉低他身分的道理，那就只有自己、呂昭儀和韋修儀三人……
——呂氏愚蠢輕浮，韋氏心直莽撞……

德妃瞥了瞥其餘兩人，一瞬間覺得自己好像並沒什麼對手。

後宮的種種不過是謝懷章一句話的事，可前朝的問題就需要他這個皇帝陛下來細細斟酌了。

果然事關皇嗣無小事，第二天的早朝上，大臣們行禮畢，內監傳達平身的聲音都還沒落地，立即就有人上奏以詢問宮內的小公子是何人，請皇帝明示。

問是這麼問，但其實德妃等人去過紫宸殿之後，從謝懷章嘴裡說出的話已經傳遍朝野內外了，原本後宮的消息本不該如此輕易外傳，可架不住謝懷章有意縱容，放了不少水。

他們現在其實已經知道了圓圓的身分，所以重點糾結的就是孩子生母的身分，這件事在外面談論者甚多，眾說紛紜，有人說那女子是燕北軍戶之女，有人說是在鄉野中偶遇陛下的農女，更有心懷惡意者，私底下揣測這個皇子莫不是什麼風塵女子生的，這才會養到兩歲才被接進宮。

最後的說法其實站不住腳，陛下不沈迷女色人盡皆知，況且以他之前的狀況，就算真的與風塵中人有了子嗣，也絕不會因為出身問題就置之不理。所以這種說法也就是在坊間風月之地有人相信，大多數官員都知道這其實只是無稽之談。

謝懷章當著所有臣子的面，將之前給「溫顏」編的身世大致講了一遍。

眾臣先是驚訝，接著細細琢磨這些話所代表的含義，最後還是內閣大學士之一，也是現任的禮部尚書孔傑率先反應過來，脫口而出道：「這、這麼說……您已經跟溫夫人結下婚盟，並且已經禮成了？」

其實嚴格意義上講，之前謝懷章的正室位置算是懸缺的狀態。

當年先帝以莫須有的罪名廢去謝懷章的太子之位後，太子妃郭氏很快就表明了自己大義滅親，不與夫婿「同流合污」的立場，當時謝懷章並沒有發難，而是順水推舟的向先帝請旨，恩准解除他們的夫妻名分。郭氏是當時中宮的親姪女，先帝也不知道怎麼想的，居然真的同意了，但是還准她保留太子妃的一切用度和儀仗，等於是不給謝懷章留任何臉面，又狠狠踩了幾腳。

當時謝懷章看似毫無怨言，也讓許多人認為他是有意為之，故意與妻子斷絕關係以保全郭氏，畢竟他本來就表現得頗為重視正妻，亦有一說他是真心愛慕郭氏，還一度有癡情的名聲流傳。

可待他登基之後，毫不留情的以偕同陳王犯上作亂的罪名褫奪郭氏一切封號及恩賞，並處置了她身邊全部的宮人、將她本人幽禁於冷宮，不得見任何人。眾人這才知道，這位年輕的皇帝才不是要保全什麼妻子，他不過是強壓怒意，等著秋後算帳罷了。

其他人也都反應了過來——既然先帝已准他們解除關係，那陛下與那個燕北女子當時就是男未娶女未嫁——側室當然不算娶，他們已拜了天地，還有當時燕北的幾個官員觀禮，這可不就算是成親了嗎？這麼說，這個名不見經傳的平民女子就是謝懷章的正妻，於禮法上壓了後宮諸妃不止一頭——即使她只是個祖祖輩輩都沒有出過進士還父母雙亡的孤女。

群臣譁然。

孔傑察覺到自己的失禮，隨即斂下語氣中的震驚，畢恭畢敬的低下頭出列道：「敢問陛下，這件事先帝可曾知情？」

這年頭的婚事都講究父母之命，若沒有父母之命，即使成了親，到底顯得不是那麼名正言順，容易為人詬病；而要是有了父母之命，那就算只訂了親，尚未禮成，也幾乎是板上釘釘，輕易不能更改。

那位溫小姐……或者夫人父母雙亡，陛下也幼年喪母，可當時昌平帝尚在，他不僅是君主，還是陛下的生父，至於在禮法上也是他母親的小郭氏……現在早就不知道是人是鬼了，孔傑就是再迂腐，也不至於沒眼色到在陛下面前提她的地步。

眾臣，特別是還抱著想當國丈心思的人都忍不住豎起耳朵來，屏息聽著謝懷章的回答。

謝懷章一頓，緊接著手指在扶手上微微擺動，站在趙繼達下首的方同不動聲色地點頭，隨後輕手輕腳地退到了殿後。

謝懷章移開視線，面不改色道：「婚姻大事何等重要，朕當初自然也是依禮而為，傳了信件請示過先帝了，先帝的意思是婚事可辦，但戰時一切從簡，聖旨文書等戰事平息時再行補充，當時先帝的信件還在，若有疑問，可在明日於司禮監查閱。」

昌平帝與謝懷章的關係有多惡劣，在場的人沒有不知道的，以當時的情況，昌平帝要杜絕兒子以聯姻的方式壯大勢力，隨手同意他娶一個孤女也說得過去。

況且連皇帝隨手寫的字都是絕密，更別說信件了，皇帝同意眾人查閱已是格外破例，話都說到這分兒上，本來心有疑惑的人也不免相信了八分。

孔傑也在心中點頭，隨即跪在殿中行了大禮，朗聲道：「既然陛下已查明那小公子確是皇室血脈，且已入了宗譜，那請儘快昭告天下，以安萬民之心。」

隨後又有其他一直為皇帝長期無嗣的事擔憂不已的大臣也紛紛附議，想要儘快將皇子的名分定下來，以絕某些宗室蠢蠢欲動的小心思，以免黨爭或奪嫡之禍重演。

其他人見此情景，不管情願不情願都明白此事勢在必行，也只得隨著大流一起跪地請命。

謝懷章沈默了幾息，隨即就從善如流的准了，然後按照皇室這一輩子嗣的字輩「瑾」字，為圓圓定下了大名「謝瑾元」。

接著朝中又上奏了幾件事，當然與剛剛的石破天驚不能相提並論，大家都忙著想新皇子的事，個個心不在焉，便也心照不宣的沒心思為其他事爭執，草草說了幾句就定了下來。

時間也差不多了，本以為接下來就能下朝了，卻不想五軍都督府的都督僉事陸知遠突然出列。

「陛下，既已承認皇子的身分，那為保名正言順，其生母也要再行追封才是。」

其實皇子生母的事不是沒人想到，但是大家都覺得認下皇子就是件大事了，其他的容後再議也不遲，反正女人的事，肯定不如皇嗣重要，不過現在既然有人提出來，紛紛前後左右的議論起來，各有各的說法，各有各的道理。

謝懷章先是聽了一會兒，接著向陸知遠道：「那依愛卿之見，該要封什麼位分才算合適？」

陸知遠雖低著頭，但眼角卻悄悄的往孔傑處瞥了瞥，見他仍是一臉刻板，但眉間卻微微蹙起，看上去也有些糾結，還在左右搖擺不知該如何決定。

他略微斟酌了一下，就明白了怎麼說才能達到目的，便揚著聲音高聲道：「微臣以為，這位夫人出身卑微，又不曾入宮服侍陛下，於國無功，但念其生育了皇子，可追封為昭儀娘娘……」

「不可！」本來孔傑還在猶豫，可聽了陸知遠一番話，倒是首先不滿了，連話都沒讓他說完就急著打斷了他，怒氣沖沖道：「陸大人真是一派胡言，簡直沒一句在理！什麼叫於國無功？生育了皇長子就是天大的功勞，何況她與陛下已過了三媒六聘，大禮已成，甚至得到了先帝的准允，那就是陛下的妻子，如今斯人已逝，又怎麼能在接回皇子的情況下以妻為妾？這置皇長子於何地！」

圓圓被接走好些天了，容辭自然十分想念兒子，於是謝懷章的人來接她進京，要安排住在孝成皇后的故宅時，她不過就猶豫了一會兒，到底抵不住想見孩子的渴望，很快就同意了。

這宅子曾是衛國公名下的，後來在女兒孝成皇后還年幼時送給了她做禮物，隨她任意裝飾，現在雖荒廢了一段時間，到底底子還在，稍一整理，其中的假山花園、流水亭榭便像是拂去了白玉上的灰塵一般，綻放出了原有的光彩，看上去既雅致又新奇，每一處的裝飾都洋溢著高雅的情致和奇思妙想，也從中可以看出這位以賢慧溫婉著稱的皇后娘娘在孩童和少女時期也是才氣出眾又不乏天真爛漫，是個很有情調的人。

容辭這天正閒來無事於亭子裡閒坐，李嬤嬤將茶端過來給她倒上，低下身子輕聲道：「姑娘，今天街頭巷尾都在傳一件大事……說是陛下新得了一個兩歲的皇子。」

容辭的心裡有些不出意外的感覺。「他想做的事，從來沒什麼做不到的……」

「可……陛下追封了皇子的生母……」李嬤嬤舔了舔有些乾燥的嘴唇，這才得以繼續道：「為皇后娘娘——現在該稱為孝端皇后了。」

容辭猛地一驚，幾乎不敢相信。「追封了什麼——皇后？」

「是啊……」

這句話卻不是李嬤嬤說的，容辭霍然回頭，只見謝懷章就站在不遠處看著她。

「溫顏既然是我的妻子，不正該是皇后嗎？」

容辭睜大了眼。「你說她叫什麼？」

謝懷章走過來，坐到她身邊，無比自然道：「那既然是我的妻子，我的皇后，自然只能是溫顏。」

李嬤嬤見狀，猶豫了一下，到底還是退到了一邊，讓他們單獨談話。

容辭都不知道該說什麼好，她之前只知道謝懷章會偽造一個女子的身分，使圓圓的身世合理些，不至於像是憑空冒出來，不致引起所有人隨意猜測，萬萬沒想到他居然用上了「溫顏」這個名字。

溫顏不就是她嗎？這樣一來豈不是……

她心裡覺得很彆扭，但又不知該怎麼形容，畢竟這個名字她雖然用過，但到底不是真名，她也不能去指責謝懷章盜用自己的名字。

謝懷章道：「妳是孩子的親生母親，我無法容忍把其他人的名字安在妳頭上……溫顏就是妳……」

——妳就是溫顏，就是皇帝親封的孝端皇后。

這話的潛意思他覺得時機不對，到底沒有說出口，因此容辭也就不得而知。

她低聲道：「其實……他既然是你的獨子，生母位分如何，想來也礙不了什麼事，我以為朝臣頂多只會同意出一個妃位的，畢竟就算是貴妃之位也完全不能與正宮皇后相提並論，成功的難度也不可同日而語。」她看向謝懷章。「為此你肯定費了不少力，我代圓圓謝謝你。」

力氣確實費了不少，為了打動那些老臣，他的確頗用了一些心思，但這些事是必要的，他有這樣做的理由。

謝懷章並沒有對她把話說明白，只是道：「這是在為以後打算……」

萬一將來……也能避免有後顧之憂。

以後？容辭被他這故意含糊的言詞弄得很不解，但還沒等她想明白，就聽謝懷章道：「妳怎麼不問孩子？我本以為妳一見到我就會問到他的。」

圓圓被安置在臥房的大床上，容辭輕輕地拉開床帳，看見他縮在床的一角裡，雖然閉著眼睛，但小小的眉毛正擰得很緊，睡著了都能看出滿臉的不高興。

容辭呼吸都放緩了，細細打量兒子的臉，可不過才分別數日的工夫，也瞧不出胖瘦來，只是見他睡得像是不安穩的樣子。

她輕手輕腳的將帳子放下來，退出了臥房來到次間，謝懷章正坐在羅漢床上吃茶，見她出來輕聲問道：「還沒醒嗎？」

容辭搖搖頭。「還在睡，但是睡得不是很香的樣子。」

謝懷章拉她坐在對面，將另一盞茶遞給她。「他這些天一直蔫蔫的，想來是太想妳的緣故，這才一直打不起精神，昨晚為了哄他高興就告訴他今天能來見妳的事，不承想居然讓他興奮得過了頭，到了半夜還睡不著，鬧得紫宸殿人仰馬翻，結果到了早上又開始犯睏了。」

容辭本能的覺得男人們都沒有耐心，怕他嫌煩，就忍不住道：「他還小呢，離開我才幾天，一時不習慣也是有的……」

謝懷章本帶了笑意，現在卻忽然頓住了，微微凝眉看著她，好一會兒沒說話。

見容辭不知緣由仍是一臉疑惑，這才垂下眼簾輕聲道：「在妳心裡，我是一個會因為這種事就嫌棄孩子的人嗎？圓圓也是我的兒子，我待他的心與妳並無二致。」

容辭聽了才自知失言，不免有些懊惱，又不知說些什麼來彌補，反是謝懷章抑鬱了一會兒後自己想明白了，嘆道：「這本就不能強求，日久見人心，日子長了，妳自然就放心了。」

容辭抿了抿嘴，剛要開口道歉，卻聽到臥房裡傳來了些許動靜，兩人對視了一眼，不約而同的站起來，一起走到床邊。

圓圓已經醒了，現在還迷迷糊糊的，但等他見到容辭的身影時卻一下子瞪大了眼睛，立刻打起了精神，伸出手臂要抱。「娘！」

容辭坐在床邊把他抱起來放在自己腿上，柔聲問道：「圓圓想不想娘親？這幾天乖不乖？」

圓圓有點心虛的看了一眼站在容辭身後的謝懷章，小聲道：「很想！有乖……」前一句說得很有力，後一句就虛多了。

謝懷章好笑的看著圓圓，懲罰似的輕輕捏了捏他的鼻子，然後說：「我們圓圓當然乖，聽話得不得了，一點兒也不像個小魔頭。」

圓圓見了容辭，也確實變乖了，聞言還有點不好意思，害羞的躲進了她的懷裡。

容辭也被逗笑了，片刻後才止了笑，將圓圓從懷裡拉出來，故意板著臉道：「以後聽不聽話？」

圓圓點了點頭，慢慢說：「聽話……」

「聽誰的話？」

「聽娘的話！」他頓了頓，看著謝懷章道：「也聽父皇的話……」

容辭頗為驚奇的看向謝懷章。「你才用了幾天的工夫就讓他改口了嗎？」

要知道當初圓圓叫他爹爹，容辭費了不少勁愣是沒讓他改回來，可現在從爹到父皇竟然這般容易？

謝懷章只是笑而未答，反而提起別的。「之前圓圓在宗譜上只寫了大皇子而已，現在正式的名字已經定了。」說著用指尖在容辭的手心中比劃了一個「瑾」字。「這是他這一輩的字輩，大名就叫謝瑾元，妳看如何？」

容辭細細琢磨了這個名字，發現果然不錯，就點點頭。「瑾字輩倒是正合適，和『元』字連起來也不彆扭。」

謝懷章看著自己親自佈置的屋子，問道：「妳在這裡住得還習慣嗎？」

容辭稍有猶豫——宅子自然很好，但到底是旁人的，住起來心裡肯定不自在，頂多臨時住一段時間，必不能長久居住，這要是謝懷章的房子她也就直說了，但這裡卻是孝成皇后故居，真這樣說出口的話，倒顯得對她不尊重。

圓圓伸手拽了拽容辭的衣襟，她一邊握住兒子的手，一邊想了想道：「娘娘心有巧思，佈置的園子自然非我等所能及，只是就因為太好了，我才不便在此久居，以免哪裡看顧不到，要是破壞了格局、弄壞了擺設也就不美了，溫平剛剛在外面已經尋好了一處宅子，離皇城也算不得很遠……」

謝懷章早有預料，並不為她這話吃驚，也沒急著否決。「這裡沒有落月山偏僻，離大明宮這般近，四周顯貴雲集、眼線眾多，妳知道我為什麼敢帶圓圓來此？」

容辭一愣，因為謝懷章給她的感覺就是無所不能，除非他故意示弱時，也只露出過一次軟弱——就是坦白他就是圓圓父親的那一次。所以他說能做什麼，容辭就會下意識相信他一定能做到，久而久之竟有些盲目了——是啊，就算再怎麼隱蔽，也不可能在眾目睽睽之下帶著如今是群臣焦點的圓圓出宮到這兒來呀。她這是昏了頭嗎？居然連這都沒有想到！

謝懷章道：「本來這裡只是一處普通的宅院，除了是母親親自佈置的，精緻也特別一些，與旁的也沒什麼不同，但是卻有一點故事，當年先帝追求母親時，很長一段時間都無法如願，因為母親雖動心，但並不想嫁到皇室，始終游移不定……」

說到這裡謝懷章明顯有點傷感。「先帝為了打動她，別出心裁的想到一個主意，他秘密派人從自己的齊王府底下挖了一條地道直達這裡花園的一處假山，並且偷偷將那個假山挖空，將裡面佈置得別有洞天，各種植物裝飾、花鳥魚蟲，瑰麗無比，又引母親到了那裡，將這假山洞和密道呈現給她看，母后見他居然花半年的工夫做了這一切，不由自主的感動了，也不氣他先斬後奏，在自己家底下挖密道的事……」

先帝為了得到孝成皇后的心，居然連這種事都做過，說不是真心喜歡都沒人相信，也不怪本來不想進皇室的孝成皇后最終抵擋不了這樣的攻勢。

但容辭也顧不得感慨了，她驚訝道：「密道？」

謝懷章點頭。「這裡與先帝潛邸相連，這些年除了他們兩個沒人知道，我今天走的時候就帶妳去看看。」

原來如此，容辭恍然大悟，謝懷章是先去了齊王府，別人也不過以為他是回父母舊居罷了。

謝懷章雖早不把昌平帝當回事了，但提起這些舊事不免有些感慨。「小郭氏進宮後，母親就再也不想回到這裡了，於是把密道口堵上之後，將宅子倒手隨便賣給了其他人……」

這宅子其實不算吉利，再加上齊王府簡直就是他父母愛情悲劇的見證，若不是為了讓容辭方便見孩子，他也不想讓她住這裡，怕那種不幸會延續到她身上。

但他自信與昌平帝絕不是一種人，因此思索了良久，到底還是放下了那個心結。

這時容辭疑惑道：「既然你之前不知道，這宅子又為何落到你手裡？」

提起這個才是讓謝懷章真正膈應的地方，他坐到容辭身邊，面色有些發沈。「是先帝，他後來偷偷將這裡贖了回來，但又不差人打理，就這樣任它漸漸荒廢……直到他臨死前，剩下的兒女妃嬪一個也沒見，只是叫了我進去，把這裡的地契交給我，也說了此處來歷……妳能想像到嗎？他居然還囑咐我好生打理……」

容辭聽得也是一言難盡——先帝的想法未免也太難琢磨了，但不得不說，要是她是謝懷章的話，也不會覺得這是一種榮幸，只會覺得更加噁心而已。

先帝做的這件事讓謝懷章覺得很不舒服，臉色也不好看，容辭卻沒辦法像之前一樣安慰他，想了半天，只能將兒子塞到他懷裡。「去找你父皇！」

謝懷章回過神來，看到懷裡的圓圓被容辭丟出來，正一臉不滿的看著自己，不由將那些陳穀子爛芝麻的事拋在了腦後，將圓圓舉起來，用額頭碰了碰他的腦袋，弄得他哇哇大叫，隨即握著他的胳膊伸到容辭面前。「要不要牽你母親的手？」

容辭見圓圓興致勃勃的看著自己，也只得握住了他的小手。

這隻小小的手臂，胳膊上握的是謝懷章的手，手掌上則是容辭的手，像一座橋梁般聯繫著兩個人。

謝懷章輕輕笑了——他其實已經發現了，雖然容辭對他不像之前一樣親暱，但只要有圓圓在時，她總是格外給面子，也儘量不在孩子面前表現出兩個人的生疏。

這是個好現象，習慣總是一步步養成的，芥蒂的消散也是如此，希望總有一天，他們會像普通的情人……或者夫妻一樣，和好如初。

昭文三年四月，經過內閣首議群臣討論後，昭文帝謝懷章於當年四月下旬，下詔冊立皇長子謝瑾元為皇太子，以正東宮。

六月，皇太子冊封大典如期舉行，這個年僅兩歲的孩子正式成為了大梁的儲君，一切禮儀用度僅次於他的父皇。

礙於皇太子年幼，皇帝決定暫且不令他搬往東宮，也拒絕了臣子們對於將太子託付給某位妃嬪撫養的提議，而是將其安置於紫宸殿，由皇帝親自養育。

雖此舉不合規矩，但皇帝執意如此，眾人也只好從命，因此謝瑾元成為了大梁開國以來第一個沒有登基就得以住進天子寢宮的皇太子，其聖寵之隆，由此可見一斑。

第十七章

「天地玄黃，宇宙洪荒，日月盈昃，辰宿列張。寒來暑往，秋收冬藏。閏餘成歲……」

小小的孩童板板正正的站在那裡，嘴中一刻不停的背著《千字文》，其聲朗朗，沒有半分磕絆。

等他終於背完，一雙眼睛亮晶晶的看著面前的女子。這人也果然沒有辜負他的期望，馬上將他摟在懷裡，順便親了親小臉蛋，讓他既高興又有些害羞。

「我們圓圓真聰明！」說話的女子自然是容辭，她抱著兒子轉了個身，對著坐在一旁的謝懷章道：「他還小呢，這就開始為他開蒙了嗎？我看他《三字經》、《千字文》竟都背得這樣熟了。」

謝懷章可不想讓容辭以為自己虐待孩子，連忙解釋道：「他格外聰慧，比我小時候還強些，現在三歲多快四歲的年紀已經懂不少事了，不早些教他，未免浪費了這良材，辜負了上天給的好記性。」

容辭摸了摸圓圓的腦袋，嘆道：「我這麼大的時候什麼也不懂，他卻要這般辛苦……」

謝懷章笑道：「在他還小的時候妳可比我要嚴厲呀，怎麼越來越心軟了？當心慈母多敗兒。」

容辭瞥了他一眼，哼了一聲——之前她是看謝懷章喜歡溺愛孩子，怕圓圓被慣壞了，自己這才想嚴一些，可現在他變成嚴父，自己反而開始心疼了。

圓圓睜著黑溜溜的眼睛看著父母討論自己的教育問題，過了一會兒怕坐久了容辭腿疼，一邊跳下來一邊習慣性的喊道：「娘，我……」

容辭卻還沒來得及聽完，就立即將圓圓拉近，低聲道：「我之前叮囑過你了，不能再喊娘了，記不記得？」

圓圓一聽就耷拉下眼皮，跑到謝懷章身邊抱著他的腿不說話了，謝懷章蹙眉道：「這是在家裡，又沒外人在，不過一時叫錯了也不礙事。」

容辭搖搖頭，放緩了語氣道：「他還是個孩子，現在私下裡說錯了不及時糾正，以後也會在旁人面前這麼叫，一時疏忽讓人起了疑心可怎麼是好？」

她也怕傷了孩子的心，聲音也不強硬，而是哄著圓圓道：「圓圓聽話，知道該怎麼叫嗎？」

圓圓很不願意，但還是聽話了，很是低落的開了口。「夫人……」

容辭點點頭，其實心裡也不好受，哪個當娘的都不願意自己的孩子不能喊自己娘親，而是要喊什麼勞什子夫人。

今年過年的時候宮裡有家宴，各位宗親公主都帶著家眷子孫參加，圓圓就和那些差不多年紀的王孫公子或者郡主縣主一起玩耍。

他年紀小，卻是皇宮的小主人，年老的王爺見了也不敢怠慢，這些小公子、小小姐們也天然對他帶著敬畏，可是孩子麼，玩著玩著就會忘記尊卑，這些孩子中有的是庶出、有的是嫡出，但生母基本都是在世的，說著說著就比較起各自的母親來了，圓圓看著看著就覺得眼饞，也忍不住說了句我娘說怎麼怎麼樣——幸好趙繼達怕他被其他孩子冒犯一直守在身邊，聽到這裡冷汗都流出來了，忙不迭的將圓圓抱出孩子堆，送回謝懷章身邊。

也幸好那些孩子年紀也小，都不懂事，再加上當時聊得熱火朝天，沒聽清楚圓圓說了什麼，否則八成不用等到第二天早上，他這話就能傳得人盡皆知。

容辭知道這事之後也是心有餘悸，她和謝懷章為了能讓孩子名正言順各自都費了不少工夫，還對著滿天下的人撒了那樣一個彌天大謊，就是想讓兒子不會因為出身受人詬病，若是被圓圓的口誤壞了事，未免也太冤了。

因此她才隨時注意讓圓圓改口，希望他能習慣成自然，就算是之後一時沒注意提起了容辭，叫出「夫人」總比「娘親」好彌補，畢竟命婦三品以上的都可以稱夫人，後宮「貴」、「淑」、「德」、「賢」四妃也有別稱叫做「四夫人」，旁人聽到了也不會多想。

謝懷章其實也不願意讓孩子這樣喊，但他心知容辭說得有道理，她這樣做一定比自己更不舒服，也就更加不好說什麼了。

謝懷章將圓圓拉出來抱起來。「圓圓，讓你母親高興一點好不好？」

圓圓抬起頭看著容辭，可憐兮兮的重複道：「您高興好不好？」

這孩子真的和福安大長公主預言的一樣，越大跟謝懷章越相似，只要有眼睛的人都能看出兩人之間極其親近的血緣關係，這讓容辭慶幸自己當初決定將他送回宮裡，要不然照這樣下去，將來不被認出來的可能性幾乎為零。

聽謝懷章說，趙王第一次見圓圓的時候也是異常激動，不住地說「真像」，最後不知想到了什麼，眼角都濕了，從此不對圓圓的血統有任何懷疑。

此時圓圓的臉跟謝懷章的湊到一起，一大一小離得這樣近，看著就更像了，他用和謝懷章這樣相似的一張臉擺出一副稚嫩可愛的表情，讓容辭都憂愁不下去了，噗哧一聲笑出來，隨後道：「快別聽你父皇說的，我看見圓圓怎麼能不高興呢？」

母子兩個親熱了一會兒，便忘記了剛才的事。

這時謝懷章道：「今年韃狄派人朝貢，按照慣例，又是三年一度的兩國會盟，這次怕要帶上圓圓了。」

容辭悚然一驚。「梁韃會盟不是在前幾年他們犯邊時就停了嗎？」

「當時停了，但自從他們那場仗慘敗而改換了新王，這幾年歲貢歲銀也給得頗為積極，一直表現出要重修舊好的意思，為這事，朝中已經討論大半年了，最後還是覺得若無必要不宜再動兵戈，以免勞民傷財，我想了許久，最後也准了此事。」

容辭抱緊了圓圓，眉頭皺得很緊。「韃狄狼子野心，每每到了會盟時總要出事故，那一年不就是以他們大王在會盟時被人刺傷為由才撕毀協議犯邊的嗎？」

這事當時鬧得很大，幾乎舉國皆知，以謝懷章的能力，都在京城好不容易沒拖後腿的情況下斷斷續續的打了幾年仗才把他們打退，這些人野性未馴，實在難以揣度。

「妳先別急著擔心，今時不同往日，他們經過那場仗已經是元氣大傷，求和之心是真的，且只會比咱們更加迫切，與幾年前兩國關係的劍拔弩張截然不同，不出意外是會安全歸來的。」

容辭怎麼能放心，圓圓才三歲多，就要作為政治上舉足輕重的人物去直面那以野蠻殘暴聞名的韃狄人，即使防範得再嚴密，可百密總有一疏，畢竟又不是在宮裡，有人起了壞心思，再是周密也不能確保萬無一失。

謝懷章理解容辭的慈母之心，因為自己也是同樣的心情，但這次北上勢在必行，不是他們當父母的一點擔憂就可以阻攔的。

容辭並非無理取鬧的人，謝懷章的決定是從國事的角度出發，這種軍政之事關係重大，她就算是親生母親也不能因私心而亂公理。

謝懷章帶了圓圓回去之後，容辭盡力讓自己放下那種無謂的憂心，可也不知道怎麼了，竟怎麼也平復不下來，一天到晚心臟怦怦亂跳，心悸得厲害，有時半夜三更也能被噩夢驚醒，還會出一身冷汗，細想卻又記不清夢裡發生了什麼事，只是出於做母親的直覺，隱約覺得這夢與圓圓有關，還不是什麼好夢。

她告訴自己這不過是關心則亂，實際上什麼都不會發生，可是效果卻不大，那種極其不好的預感卻如附骨之蛆牢牢長在她心裡，更加不能放心。

就這樣過了幾天，在落月山看家的溫平突然著急慌忙的趕來了。

「找我？」容辭凝眉問。

「是啊，」溫平焦急道：「那個叫朝英的小子非要見您不可，我費了不少口舌說盡了好話才將他勸回去，但他還是囑咐我一定要替他傳話才肯離去……」

容辭撇了撇嘴。「什麼事？」

「說是侯爺有急事，讓您不得耽誤，儘快回府。」

容辭這些天擔心圓圓都擔心得夜不能寐了，現在聽到侯府的消息只覺得煩躁且不耐煩，一點兒也不想理這些人——特別是顧宗霖。

溫平繼續說：「我當時說您身體不適不能見人，可是這也不是長久之計啊，下人們我能擋得住，萬一顧侯爺親自來了呢，我們想攔也攔不住啊。」

他勸道：「不然就回去看看，萬一真有急事呢，說句實在話，您也不用怕他能怎麼樣了。」

容辭其實不是怕，而是不想見他這個人。

李嬤嬤在旁邊聽到這裡，在容辭耳邊說：「姑娘，妳的官籍還沒消，不如趁這次……」

容辭這才想起現在顧家出孝已經有一段時間了，當初顧宗霖答應的事還沒辦完……自己卻已經把那邊忘得差不多了……

主要是這年頭官籍不怎麼重要，只要是拜了天地，即使沒有在官府備案也是真夫妻，還有的兩個人和離了好多年，各自婚嫁之後也沒消籍，所以這東西可有可無，並不礙什麼事，只是證明這兩人曾經做過夫妻罷了。

雖說如此，要是把這最後一件事辦完能免後顧之憂就再好不過了。

算起來，顧宗霖和容辭已經有近兩年沒有見面了，最後一次見面還起了爭執，算是不歡而散，現在兩人相對而坐，空氣裡瀰漫的都是滿滿的尷尬。

顧宗霖的樣子並沒有變多少，但容辭已經從少女蛻變成了成熟女子的模樣。她比顧宗霖上一世的印象中高了一些，在女子中算是高䠷的身材，看起來雖纖細但不羸弱，面上眼裡也不是當初柔順軟弱、委曲求全的卑微神態。她相當冷淡，低垂著眼睛水眸半掩，整個人都散發著拒人於千里之外的情緒。

以前有一度顧宗霖對她的這種態度還很疑惑，因為很長的一段時間裡，他對容辭的印象，除了圓房那次，一直覺得她是一個百依百順體貼溫婉的女子，遇事總是習慣退一步，從不與人起爭執，作為她的丈夫總是省心的，他也默認自己是願意與這個女子相伴一生的。

可現在，他已經知道她的性格與態度會有這樣大變化的原因了……

「侯爺既然有急事，又因何這般沈默？不若趁早說出來，省了彼此的麻煩不好嗎？」

到底是容辭先開了口，她不想在顧府浪費時間，因此不像顧宗霖這麼沈得住氣。

顧宗霖一開始沒答話，像是思慮了一會兒才開口。「全家都已經除服了，沒有女主人操持，凡事多有不便……」

容辭聞言驚訝的抬頭。「您叫我回來就是為了這事兒嗎？難道還要我提醒您，我們已經『和離』了嗎？」

和離這兩個字她故意說得抑揚頓挫，絕不會被忽略。

顧宗霖驟然繃緊下顎，好半天才壓著聲音道：「我也說過，妳……表面上仍然是恭毅侯夫人，這是妳應盡的責任。」

容辭幾乎要被氣笑了。「我的記憶沒有出問題，當初我們說的只是不公佈和離的消息，可沒說我仍要以這種假身分拋頭露面吧？不主動說我們已經沒關係了，不代表要讓所有人見到我們的關係仍然如初。」

顧宗霖不像兩人翻臉時一樣對容辭充滿不滿，而是平靜底下有種異樣的壓抑，他的語氣也不強硬，但就是很固執的要求。「只是隨我出門一趟罷了，並不需要妳多費力氣。」

容辭看了他半晌，突然問道：「知琴哪兒去了？」

顧宗霖頓了一下。「發賣了。」

容辭這便知道了，她冷冷的一笑，滿是諷刺的意味。「原來是知道冤枉了人，這才又來這一套，真是招式總也不顯老，可你明知不管用，為何又要白費力氣呢？」

上一世容辭流產之後沒多久，知琴就成了顧宗霖的通房丫頭，接著她很快懷孕生育了長子，又成了府中唯一的姨娘，顧宗霖可能是為了後繼有人才納了她，因此直到孩子出生，他也不打算再要其他人，知琴仍是後院裡唯一的女人，很是風光得意了一段時間。

容辭那時在靜本院中過著平靜又有些無聊的日子，某一天突然聽說知琴被關了起來，她為顧宗霖生的長子也驟然失寵，挪到了城外的莊子上，儼然就是一副恨不得從沒生過這孩子的態度。

容辭那時雖不知道是誰抖摟出來的，可也能隱約猜到知琴是因為什麼事失的寵，又過了一段日子，顧宗霖主動來見了她一次，他生來高傲，自然不會為此事道歉，他沒說到任何相關的事情，甚至也沒提起兩人那個未出世就失去了的孩子，只是輕描淡寫的說了一句，她要是願意，可以搬回三省院去。

說實話，容辭就是要餓死了也不想去吃他那一口嗟來之食，那話聽到耳朵裡屈辱感持續了好多年都沒有消散，所以她後來後悔過許多事——不該在萬安山賭氣跑出去，不該嫁給顧宗霖，不該因為愧疚裝賢慧，甚至不該往書房裡送那一碗雞湯，可是她卻從未後悔與顧宗霖決裂，寧可在靜本院中孤孤單單的死掉，也絕不想回去接受那種漫不經心又高高在上的補償。

她到底是個人，不是一條狗，做不到為了活得好而委曲求全到那種地步。

按理說，依照上輩子的經驗，顧宗霖那種彆扭的示好若被拒絕，一定會拂袖而去，絕對拉不下臉來第二次。

可出乎容辭的意料，他這次竟沒為丟面子生氣，而是依然不接她的話頭，只自顧自的說著自己要說的事。「妳在家裡先住幾日再決定，這對妳和妳母親都有好處，妳常年在外邊住，想來她在許家那邊的境況也不會很好……」

容辭只覺得兩人雞同鴨講，根本說不到一塊兒去，她輕輕搖頭道：「您不用說這個，若是心裡覺得不做點什麼就不舒服，同我去把官籍消了就算是兩清了，咱們橋歸橋路歸路，誰也不用再見誰——要是不願意也行，我一個人只要有和離書在手，費點功夫也能辦到。」

她看著他加了一句。「您這一世還沒納妾吧？也算是乾乾淨淨的，這樣跟我糾纏，就不怕對不起鄭嬪娘娘嗎？」

話說到這分兒上，甚至連鄭映梅都提及了，可顧宗霖居然還是不為所動，甚至反常的都沒為聽到鄭嬪的名號而有絲毫動容，他輕聲說：「過一陣子我要去北邊一趟，家眷可以隨從，妳也可以出去散散心……」

容辭覺得他現在有點怪，他這種死豬不怕開水燙一個勁兒自說自話的態度，跟上一世的時候有很大的不同，但想不通他這又是受了什麼刺激，乾脆不再揣摩，直接起身想往外走。

她剛站起來腰都沒來得及伸直，就聽見顧宗霖的後半句話。「梁鞑會盟場面宏大，算是難得，大半的官員命婦及家眷都要去，我辭了翰林院的職，現在正任……」

容辭猛然停住，瞳仁顫動，回頭急促的問：「你說什麼？」

「我辭了翰林……」

「前面一句！你要帶我去看什麼？」容辭打斷他。

「……梁鞣會盟……？」

容辭長長的吁了一口氣，果斷的坐了回去，乾脆俐落道：「您需要我做什麼來著？」

顧宗霖依舊如上一世一般棄文從武，或許武將的身分本也比文官更適合他，這種不需要太多嘴皮子也不需要世故圓滑的差事，曾經讓上一世的顧宗霖如魚得水，今生自然也不例外。

他的爵位並無實權，但不用從基層熬上來，如今是京衛指揮使司的指揮僉事。這個品級看著不算頂高，但他才從文職轉過去幾個月，又這樣年輕，能討到這樣的職位已經算是不錯了。顧顯年輕時也是這樣熬上來的，而顧宗霖在上一世時，三十來歲就已經是都指揮使了，在這勳貴勢衰的年頭，他的天分能力毋庸置疑，絕不是單單依靠門蔭就能做到的。

這次梁鞣會盟沿襲了之前的慣例，定的地點是位於燕北以西、蒙古以東的北境獵場，這個獵場占地十數萬頃，算是皇家獵場中最為廣闊的一個。

梁鞣會盟是太祖、太宗時期延續下來的傳統，那時是兩國關係最好的時候，就像顧宗霖說的，場面相當恢弘，為了彰顯盛世場面和炫耀國力，皇帝會從皇室子弟、世家勳貴、文武百官中擇很大一部分人前往觀禮，也會隨駕帶大量精英軍隊，以示威嚇。

先帝時期鞣狄國力漸漸強盛，已經不再甘願俯首，這才有了歷時數年的兩國交戰，現在大梁打了勝仗之後敵人再一次主動修好奉承，細細算來，大半也是謝懷章當初的功勞，因此為了再次震懾對方，注定場面盛大不輸以往任何一次。

恭毅侯及夫人作為勳貴品級靠前者，也是觀禮人之一，顧宗霖所在的指揮使司又被抽調去負責拱衛御駕，他身兼兩職，自然有資格去。

容辭雖因為某些原因答應去應酬幾天，但並不想在侯府住下，等顧宗霖一走，就吩咐溫平去套馬車，先回去再說。

說實話，跟顧宗霖相處起來非常累，容辭不想聽他說話，而顧宗霖則是明明對她想表達的意思一清二楚，卻偏偏裝沒聽見，這樣到了對話都困難的地步，兩人就算再當三、四輩子夫妻也照樣是怨偶一對。

容辭等溫平收拾好來接她，自己卻不知不覺越來越累，越來越睏，倚在迎枕上睡了一會兒，不想卻真的睡了過去，甚至還作了一個夢。

這幾天她就沒作過什麼好夢，這次當然也不例外，但很奇特的是，在這個前世她曾毫不猶豫飲下落胎藥的羅漢床上，容辭竟然又一次夢到了圓圓，這次不同以往，這個夢境非常清晰，一點點細節都纖毫畢現，就像是真的一樣。

她夢到自己費了千辛萬苦找到了心心念念的兒子，但還沒來得及高興，就見圓圓哭著說：「娘親不要圓圓，圓圓要走了……」

孩子的胳膊上、臉上，只要露出來的地方都開始憑空出現了血痕，將嫩藕似的肌膚劃得支離破碎。

容辭嚇壞了，急得眼淚不停地往下掉，她抱緊懷裡小小的孩子，試圖用手捂住他的傷口，卻沒有一點兒用處，只能眼睜睜的看著手指縫中流淌出鮮血，感受到圓圓越來越微弱的呼吸，整個人都要崩潰了。

她忍不住哭出了聲，一邊哭一邊呼喚一個人，想向她下意識最依賴也最信任的人求救……

顧宗霖剛剛走到書房就停下腳步，躊躇了好一會兒，連坐也沒坐就轉了個身往回走。

他其實不知道這樣返回來有什麼意義，也清楚現在容辭可能根本不想見他，但就是忍不住想回去再看她一會兒，想看她現在鮮活的樣子，會笑會怒，諷刺起人來也直戳人心，沒有半點留情。

她的每一面他都見過，少女時期的嬌憨怯懦，成長中越來越體貼溫柔，分開時的決絕果斷……還有最後的虛弱冷淡，作為夫妻，他們見證了彼此最狼狽也最不堪的一面，至死都心結難開，他有時在想，這重來一世，是不是就是上天不忍他們是那樣的結局，給他機會讓他來挽回彌補之前每一步的錯誤？

顧宗霖本想就在門外站一會兒，卻久久沒聽見裡面有聲音，忍不住伸手將門推開走了進去。

容辭現在正半臥在羅漢床上，顧宗霖略一猶豫就坐在了榻邊，見她眼珠在眼皮下轉動個不停，嘴唇微動像是在喚誰的樣子，他心裡一動，鬼使神差的俯低了身子，想知道她在夢裡見到了誰。

還沒等他聽清楚，容辭身子猛地彈起，正撲進了顧宗霖的懷裡，她眼睛尚沒睜開，意識沈浸在夢中，手卻反射性的揪緊了他的衣襟，顧宗霖下意識的護住她的脊背，就聽見她一邊流淚一邊在他耳邊語無倫次的說話，那聲音似乎是用盡了全力，但出口後也僅是微弱的耳語。

「二哥……二哥你在哪兒？救救圓圓……快救救他！」

顧宗霖愣住了，他剛將容辭胡亂搖擺的手攥住，還沒來得及細想，容辭一下子睜開了眼，從噩夢中脫離了出來。

她吸著鼻子反應了好半天才反應過來剛才只是一場夢，圓圓好好的待在宮裡。

這時才發現自己居然趴在別人懷裡，她倏地一驚，迅速鬆開手掙脫出來，見到面前的顧宗霖時脫口而出。

「怎麼……」是你？

好歹沒喊出後半句，但此時的情景十分眼熟，幾年前顧宗霖從前世的記憶裡醒過來時，第一眼見到容辭問的也是這麼一句話，現在風水輪流轉，這種被人用既驚且怒的眼神注視著的人變成了他。

容辭不知道自己睡夢中喊的話被人聽見了，只以為是醒後失了言，料想無傷大雅也沒有放在心上，她理了理被夢境擾得混亂的思緒，一邊起身一邊漫不經心道：「您怎麼不聲不響的又過來了？有事也該叫醒我才是……」

她剛從顧宗霖身邊擦肩而過，胳膊就被他緊緊拽住了。

容辭驚疑的回過頭，見顧宗霖仍坐在榻邊，此時抬著頭一眨不眨的看著她，眼神古怪似喜非喜，叫人看不出是什麼情緒。

「妳……方才是在喊我……二哥嗎？」

在回去的馬車上，容辭仍舊沒從那種驚疑不定的情緒中出來。

她當然沒有回答他的問題，也無法回答，只是留下一句不記得了，就甩開他的手忙不迭的走了。

自己的夢話被他聽到了固然有些難堪，但是說實話，心事可能被人窺知的恐懼卻還遠遠不如她看見顧宗霖的眼神時更加令她難受。

說起來，顧宗霖和謝懷章兩個人有個共同點，就是都有些喜怒不形於色，善於隱藏自己的情緒。但若說顧宗霖像是封固的冰山，底下都是能凍傷人的冰雪，而謝懷章就像一處深淵之潭，有種不動聲色的並不顯眼的冷淡，可容辭與他相愛，就算這潭水再深，依舊能在他眼中映出自己清晰的影子，也能明顯感覺到他對自己的態度與別人截然不同。

可就在剛才，顧宗霖眼中的冰終於裂開了一道縫隙，他內心掩藏的滴水不漏的感情一股腦兒的湧了上來，正巧讓容辭看了個清清楚楚，那一刻她甚至以為自己還在剛才那荒誕的夢裡，目之所及都是虛假的——

——這些情感，怎麼會出現在顧宗霖眼睛裡呢……

她當時幾乎是落荒而逃。

謝懷章向她表明心跡的時候，她驚訝又羞澀，也有內心中湧動的喜悅，可現在，這種情感出現在顧宗霖眼中時，她卻只感到不可置信和……驚懼。

像是突然發現了一個她一點也不想知道的糟糕的隱秘，第一反應就是否認。

容辭閉上眼睛回憶了一番謝懷章面對自己時的舉動，想著想著竟有些癡了，那些事在她心裡塵封已久，現在只是掀開一角，都能探出其中洋溢著的溫暖和甜蜜的滋味。

她的心竟然也隨之安定了下來——不一樣，完全不一樣，若說謝懷章與她相處時那種體貼溫柔、柔情密意是愛的話，每時每刻都充滿了甜蜜溫馨和幸福，這才是愛慕之情應有的面貌，與之相反，顧宗霖的懷疑、強橫，並且完全不在意她心情的做法就是另一個極端。

想到這裡，容辭鬆了一口氣——若顧宗霖真的對她有那種感情，她既不會高興也不會覺得痛快，只會反感和噁心，那種感覺就像……

對了，應該就像謝懷章被昌平帝塞了那張地契時差不多的感覺。

她雖否定了一開始那荒謬的猜測，但還是覺得彆扭，乾脆一拍車壁，高聲道：「溫叔，咱們拐個彎，先去一趟戶民司。」還沒等溫平應聲，就改了口。「不對，成安胡同……羅五！」

「小的在，夫人請吩咐。」這羅五是謝懷章派到容辭身邊的下人……或者侍衛，之前是什麼身分不知道，但他武藝出眾，沈默踏實，這才被派到容辭身邊。

「我們在戶民司門口等你，你去把謝宏謝公子叫來，就說我有事請他幫忙。」

夫君不在場，妻子就算拿了和離書去消籍也可能不順利，這時候就要請個有臉面的人同去，戶民司的人就會睜隻眼閉隻眼不再為難人，反而會加快速度辦事。謝懷章在宅子裡安排的都不像是明面上能用的人，辦點陰私之事還可以，這種事還是找謝宏更便宜些。

容辭仔細看了看和離書以及已經被撕成兩半的婚籍，另一半的心也終於放下了，她對十分殷勤的謝宏鄭重的道完謝，送他走了之後就坐在原地等人來。

果不其然，還沒到傍晚，謝懷章就風塵僕僕的來了——沒有帶圓圓。

「過兩天就要出發了，妳多帶點衣裳，北邊要比京城冷不少，多帶幾件披風……」

出乎意料，他來了卻沒先問她恭毅侯府和婚籍的事，也沒對她要跟著顧宗霖去北地而不高興，而是絮絮叨叨囑她路上應該注意的東西，一言一行裡都是關切。

這讓容辭想到了之前回憶起兩人剛剛確定關係時的事，謝懷章表面上永遠這麼不溫不火，但私底下為兩個人的未來做得卻比誰都多。那波瀾不驚的寒潭之下，是翻滾著的泓泓溫泉，若不是還有那件事，憑著他的執著與耐心，現在兩人說不定已經是一對佳侶，朝夕相伴，恩愛得讓天下所有的夫妻為之欽羨……

容辭眼底有些發酸，幾乎要忍不住掉淚，轉動了眼珠好一會兒才平復下來。

可她的心思到底有了鬆動。

謝懷章說著會盟的流程、韃狄人的風俗，重點是圓圓一定會安全的保證，說到一半，容辭突然開了口，聲音中有著不易察覺的沙啞。「你沒有什麼別的要問的嗎？」

謝懷章沈默了一會兒才開口道：「妳擔心咱們兒子，我卻沒辦法消除妳的憂慮，甚至連帶著妳一起去，讓妳能時刻看著圓圓都做不到……這是我的錯，確實跟著那邊能順當些，也不用遮遮掩掩躲躲藏藏，到時候能離圓圓近些，或許就不會這樣焦慮難忍了，圓圓見到妳也能穩定心思，這對誰都好。」

容辭聽了這話，仰了仰頭，過了好半天才道：「你放心……」

「什麼？」

「這次是我跟著他一起出席最盛大的場面了，認識不認識的人都在，其實算是個好機會，我會把已經和離的事透露出去，那裡有那樣多的命婦家眷聚在一處，幾天的工夫就能傳得無人不知，所有人都會知道我跟顧宗霖已經不是夫妻，也省得一個個的跟人家解釋……」

謝懷章愣住了——不是因為她即將再也不是旁人眼中顧宗霖妻子的事，而是她在這時候跟自己說這話所隱含的意思……

這是一種隱晦的承諾和保證，要是今天之前，她就算是這麼打算的，也不會跟他透露半分，原因很簡單，兩人還僵著呢，要不是有孩子維繫，並且幫著慢慢緩和父母之間的關係，他也沒這麼多機會一步步的軟化她的心。

可是現在容辭卻真的在向他承諾——這代表了什麼？

這種女性慣有的隱晦和矜持，謝懷章在遇到容辭之前從沒注意過，也絕不會想去理解，但這時候，他非常敏銳的察覺了出來。

謝懷章的手指幾不可察的微微抖動，他定定的看著她，緩慢的問道：「是我想的意思嗎？」

容辭與他對視了片刻，最後還是移開了視線，閉上眼。「等等，再等等，讓我仔細想想……」

謝懷章心裡十分想不管不顧的上前抱緊了她，說不行，不能再想了，再想就要反悔了。但面上卻還能雲淡風輕的露出微笑來，試探性的握住了她的手——沒有被拒絕。

「好，咱們會有許許多多的時間，妳可以仔細考慮，我不逼妳。」

容辭的心怦怦跳得厲害，用盡了全身的力氣才克制住沒有戰慄，她輕輕點了點頭，無意識的重複了一句。「你放心……」

連她自己都沒察覺這話暗藏的意思，謝懷章的眼中卻忍不住溢出了笑意。

朝廷為了這場會盟已經準備了有大半年時間，容辭知道消息時已經很晚了，準備了沒幾天就是出行的日子。

這次隊伍人數眾多，自先頭路隊起，儀仗、御駕龍輦、皇太子儀仗、妃嬪儀仗、諸王公主、勳貴百官家眷的車駕依次排列，浩浩蕩蕩，一眼望去不著邊際，容辭所在的馬車在中間偏前的位置，幸好身有武職的官員一律騎馬，好歹讓容辭不需要再經常看見顧宗霖那張臉。韃狄諸王公為表尊敬，提前幾天就到了，以便在聖駕到達時迎駕，隨後有一點喘息的機會，第三天才是正式會盟的儀式。

這裡並沒有修建宮殿，而是設置了許多頗有外族風情的大帳。眾人休息一晚，剛剛安頓好，就受了德妃傳召，邀眾女眷一聚，商議會盟後宴請韃狄王妃與王子一事。

本來這種事應該是皇后隨駕，作為一國之母招待外賓，但大梁現在中宮無主，連個貴妃都沒有，無奈之下只得將三位位分還算高的妃子帶來，統領眾女眷，頗有一點身分不夠，就多湊幾個人撐場子的感覺。

容辭來得早些，還有好些人沒有到場，一眾女眷三三兩兩的找相熟的人聊天。

容辭閨中認識的人本就不多，也沒有資格能出現在此處，眾人雖知道她是恭毅侯夫人，但一來沒有說過幾句話，二來她一直抱病不在京城，但今日一看，卻實在不像個久病的人，這位夫人的病怕是另有隱情，保不齊就是得罪了夫君才至如此。

這年頭妻憑夫貴，若與丈夫關係不好，除非娘家得力，不然身分再尊貴，在差不多身分的女眷面前都不會太受歡迎，容辭現在雖還不到這個地步，但大多數人還在觀望，不主動與她結交卻是事實。

其實她娘家靖遠伯夫人吳氏也在，但她們兩個有舊仇，吳氏看她落了單，要不是顧忌場合都能當場嘲諷幾句，更別提主動搭話了。可惜容辭早就忘記這位大伯母長得什麼樣了，壓根兒沒注意她也在人群中，因此也就白瞎了吳氏特意傳過來的鄙夷的眼神。

就在這時，容辭面前站了一個人，將她眼前的光線擋得嚴嚴實實。

容辭抬頭一看，見面前的女子一身紅衣，頭綰高髻，彎眉星目紅唇如火，真是好一個豔光四射的美人兒。

這樣長相的人任何人只要見一面就絕不會忘記，容辭道：「……馮小姐？」

馮芷菡一下子笑開了。「您是恭毅侯夫人對不對？我記得您去看過我。」

見容辭點頭便笑嘻嘻的接著道：「快別叫我馮小姐，我早就嫁人了，夫君是忠勇伯府的六爺陳項博。」

容辭跟馮芷菡也不熟，聞言只是禮貌的點頭示意，叫了一聲：「陳六奶奶。」

她很生疏，不想馮芷菡卻自來熟得緊，一屁股坐在容辭旁邊的椅子上，時不時用好奇的眼光偷偷看一眼容辭。

雖然說是偷偷，但其實已經非常明顯了，容辭被看得實在不自在，最後只得側過頭無奈道：「我身上有哪裡不對嗎？」

馮芷菡是個一眼即能瞧出過得不錯的女子，每時每刻臉上都帶著笑，與在那年上元宴後容辭去探望她時給人的感覺又不大相同了，想來是在婆家生活得很好的緣故。此時她也不害羞，而是大大方方的道：「您叫我的名字就行了，我見您姿容甚美，言語溫柔，便想結交一二，還請您別見怪。」

打從曾在宮中遇襲，再加上如今已出嫁為人婦，馮芷菡就極少出門赴宴，就害怕再遇上什麼不好的事，這回梁鞅會盟不得不陪同夫婿前來，目前唯一見到熟悉的面孔就是恭毅侯夫人了，雖然兩人僅有一面之緣，她就是覺得特別有親近感。

要是別人這麼誇自己，容辭說不定就要信了，可馮芷菡美豔絕倫，算是容辭見過的女子中最好看的一個，她來誇讚自己的長相，容辭只會覺得有趣卻不會當真，於是只是微微一笑。「沒人能在妳面前稱美，快別說這話讓我慚愧了。」

馮芷菡見她像是不信，認真解釋道：「美人可不單指容貌，您的美別具韻味，絕非一張傾城之容可以比擬，難怪……」

還沒說完她就察覺自己多話了，急忙停住。反倒是容辭好奇了，追問道：「難怪如何？」

馮芷菡一開始覺得有些不好意思，接著又想說了也沒什麼，就笑著說了一句。「難怪……顧侯爺會這樣愛慕您。」

容辭一下子放鬆了下來，覺得啼笑皆非，忍了半天還是輕輕笑出了聲，反把馮芷菡弄得有些糊塗。「我說錯什麼了嗎？」

容辭剛要習慣性的避而不談，卻突然意識到這也許是個好機會，眼珠微轉便開了口。「不知妳是從哪裡聽到的這種假消息……我與侯爺之間……真是不足為外人道也。」

馮芷菡一愣，很有些不知所措。「你、你們這是哪裡有誤會嗎？」

「不是誤會。」容辭搖搖頭。「就是性格不合罷了。」

馮芷菡不禁有些尷尬，都怪自己這張嘴巴多話了，磕磕絆絆道：「這是夫妻間都有的摩擦吧，我和我們六爺也是……」

「我們已經和離了。」

這一句的語調非常輕描淡寫，甚至平靜得聽不出波瀾，卻驚得馮芷菡幾乎要跳起來，她驚呼一聲慌忙掩口，眼尖的看到不少女眷都有意無意往這邊瞥，也不知是不是聽見了什麼。

馮芷菡用手帕遮住半張臉，低聲道：「夫人，這可不是能開玩笑的話。」

「這有什麼可玩笑的。」容辭的聲音不高不低，無視一群人豎起耳朵的動作，淡淡道：「我們分開的時間不短了，這次只是承蒙侯爺體貼，在和離之後最後帶我來散一次心罷了，回去之後便橋歸橋路歸路，兩不相干了。」

馮芷菡嘴角抽動，一時沒想到會聽到這麼驚天動地的大消息。

這時，呂昭儀和韋修儀連袂而至，分別坐在主位的左右下首，接著呂昭儀掃了一眼整個廳堂，不滿道：「德妃呢？把我們叫來，她自己怎麼還沒來？」

韋修儀本想說一句人家位分高又是主人，本來就應該比她兩個來得晚，不承想話還沒出口，一位看著頗有臉面的嬤嬤就道：「太子殿下剛剛來探望娘娘，正與娘娘說話呢，請兩位主子稍等。」

此話一出，底下一片竊竊私語，呂昭儀的臉色也繃不住了，與震驚的韋修儀對視了一眼，手指險些把椅子把手掰下來。

皇太子自進宮以來，被陛下護得嚴嚴實實的，除了皇室家宴，妃子們幾乎沒有機會見到這位金貴的小主子，就算有心討好也沒那個臉面，德妃自然也不例外，可什麼時候她竟一聲不響的討了那小太子的歡心，她們這些人竟一點風聲也沒聽到？

下面馮芷菡也暫時把恭毅侯夫婦已經和離的事放在了一邊，聽見圓圓的事就憋不住，悄聲對容辭說：「這太子殿下來得也是突然，孝端皇后未免也太幸運了吧……」

明明無嗣的昭文帝冷不防冒出個兒子來，過沒多久就封了儲君，與這個相比，恭毅侯夫婦的感情問題倒不是那麼重要了，畢竟是他們夫妻之間的私事，對別的並沒有產生什麼影響，遠比不上關係皇位傳承和整個朝堂走向的大事發生改變更令人震驚。

馮芷菡都不願回想自己聽陳項博說起陛下有了皇子時那愚蠢又呆滯的表情了。

這時，門外傳來通報聲，提醒在座各位，德妃和太子到了——

第十八章

「德妃娘娘與太子到──」

這下炸了鍋，顧不上規矩，眾人一邊福身行禮，一邊眼睛忍不住往德妃身邊那個小小的身影看去，畢竟太子不住後宮，娘娘們的宴會也不參加，除了宗室女眷外，其他官員家眷也沒什麼機會能見到這位大梁未來的主人，頂多聽家裡的男人描述一下，現在紛紛忍不住好奇心，想看個究竟。

太子年幼，步子也小，德妃好不容易能接近他一次，不免有些束手束腳，不敢擅自抱他或者拉他的手臂，只能耐著性子也縮短步伐，帶著太子慢慢走。

圓圓在宮裡生活了這麼久，一舉一動已經很有儲君的風範了，他板著一張小臉，不急不緩的走向座位，每一個動作的細節處都有著他父皇的影子，甚至連走路的習慣都極其相似，一看便知是皇帝陛下手把手教出來的孩子。

容辭聽見身邊馮芷菡長長的抽了一口氣，嘴裡喃喃著。「竟真這麼像……」應該是感嘆父子長得像之類的，但她也沒心思在意其他人的想法了，自己朝思暮想的兒子就在眼前，讓她恨不得將眼睛黏在圓圓身上，裡裡外外的查看一遍他的情況。

她是這樣，圓圓作為一個才三歲多的孩子，對母親的依賴只會更多，他這些天被禮部的官員反反覆覆的教導正式會盟禮儀，力求達到就算皇太子是個傻子，也能安安穩穩把流程走下來的地步，以至於他明明早已經背得滾瓜爛熟卻始終不能脫身，加上路上諸多不便，這孩子已經好久沒見到容辭了。

剛才進來的時候人人都在看他，但最想念的親娘反而不敢光明正大直視自己的兒子，圓圓再聰明也還是個孩子，他不能理解母親複雜的顧慮，當時就委屈得不行，現在好不容易看到容辭的目光往他身上來了，圓圓心裡很興奮，平時見人時時刻刻端著的皇太子架子終於有了破綻，小腿在高高的椅子上忍不住晃來晃去，總算有了小孩子的樣子。

他想下去跟娘親說話，但又怕被她責備，只能眼巴巴的往她那邊瞅。

那邊呂昭儀生怕被德妃拔得頭籌，明明之前都是地位相等的側妃，誰知道進了宮居然還分了高下，現在要是讓她在自己之前籠絡了太子，那後宮還有自己的立足之地嗎？

她想了想，從桌上的點心裡拈了一塊金絲糕，一臉慈愛的遞到圓圓嘴邊。「殿下喜歡這個嗎？吃一點嚐嚐好不好？」

德妃從沒把這蠢貨放在眼裡，也壓根兒不理呂昭儀的眼刀子，她只有兩分精神在跟女眷們商議正事，另外八分都在圓圓身上，現在冷不防看到呂昭儀為了獻殷勤餵太子吃東西的一幕。

她掃了一眼桌上，見杯盤整齊，上面羅列的各色點心果品還沒人動過。

德妃頓了一下，嘴唇微微動了動，可不知想到了什麼，最終還是不動聲色的偏了偏頭，什麼也沒說。

她選擇裝沒看見，容辭卻驟然瞪大了眼睛——這個廳堂不是德妃的住處，只是臨時選的地方——也就是說，此處所有的東西都是普通宮人準備的，沒經過承慶宮檢查，更加不會像在宮裡紫宸殿一般，把所有入口的東西像篩沙子一樣篩好多遍，過程中的每一步都有三人以上盯著，還要專門的尚膳太監親自嚐過才敢讓皇帝和太子入口。

這種沒檢查過的東西容辭自己敢吃，但誰要是敢讓圓圓用，她肯定會衝上去搧那人的臉，她一下子攥緊了拳，身體前傾，那制止的呵斥幾乎要脫口而出……

「娘娘！」

結果出聲的卻不是容辭，而是一直跟在太子身後的紫宸殿總管班永年，他面上還是笑嘻嘻的，但動作卻極其強硬的將呂昭儀的手從圓圓眼前隔開來，那張笑臉也不似在謝懷章跟前一般諂媚，而是帶著一種像是笑面虎一樣讓人瑟縮的意味。

「多謝呂娘娘好意。」他笑咪咪道：「只是咱們小爺已經吃過了，陛下吩咐過不許他吃多了，恐小兒積食。」

呂昭儀還沒反應過來是怎麼回事，自己的手就被班永年打了回來，旁人看起來不算重，但她自己卻知道這手背已經被打紅了一片。

當著這麼多人被一個閹人下了臉面，她也顧不得班永年是和趙繼達同等級的大太監了，登時柳眉一豎就要發怒。這時韋修儀暗地裡翻了個白眼，還是看在與呂氏同為妃嬪的分上打了個圓場。「行了，我的昭儀姐姐，殿下不想吃就不吃唄，吃壞了咱們拿什麼交代？」

「吃壞了」三個字她說得尤其重，成功地讓呂昭儀愣了一下，隨即她看了一眼好似什麼都沒聽到的德妃，又見班永年眼中的不滿與警惕，整個人一激靈總算是想明白了，她手中的糕點掉落在地上，想解釋又不知道該如何開口，只能半張著嘴，蠢得韋修儀都沒眼看。

德妃面上沒動靜，但心裡有些懊悔，剛才僅僅一念之差，忽略了班永年奉皇帝的命令寸步不離的守著他的寶貝兒子，自己的表現怕是已經被他看在眼裡了，他為人陰險又難討好，說不定會在陛下面前嚼舌根。但現在她也只能硬著頭皮裝自己真的沒看見，一邊繼續把事情交代下去，一邊在心裡飛快的想著怎麼跟太子搭話，好讓眾人把剛才的事給忘了。

而圓圓不能理解這些人之間的眉眼官司，只知道有個女人給自己遞吃的。

班永年剛才其實是胡說八道，圓圓根本沒吃飯，現在確實有點餓，見那金燦燦的糕點掉在地上還有些不捨。不論是容辭還是謝懷章從小都對他千叮嚀萬囑咐，除非得到父母的同意，要不然不許吃外面的東西，於是反射性像在家裡一樣看向容辭。

容辭剛剛鬆了口氣，看到圓圓投過來的眼神就知道他的意思，她也看著兒子輕輕搖了搖頭，示意他不許吃這裡的食物。

圓圓小大人一樣嘆了口氣。

德妃這時候見小太子一直往一個方向看，也順著他的視線看去，容辭已經及時的收回目光，低眉順眼的坐在一眾夫人中，除了稍年輕些，沒有半點顯眼。

德妃故意找話與圓圓說：「殿下一直在看那邊……能告訴德娘娘你是在看誰嗎？」

圓圓機靈的沒說實話。「那邊人多……」

德妃聞言掩著嘴笑了笑，哄道：「不如你去看看喜歡哪位夫人好不好？」

圓圓轉了轉眼睛，乖巧的點了點頭，讓德妃因為他能和自己交流而鬆了口氣——畢竟之前他和他父皇幾乎是一個性子，等閒不愛搭理別人，要是自己和他說話卻沒得到回應，那就太丟人了。

其實在座的女人都知道小孩子也有分別美醜的能力，要不長得好看的人也不會格外招幼童喜歡。她們本來還都挺直了脊背，以期望能得到太子殿下的青睞，可再一看，太子走過去的方向有個馮芷菡，瞬間連期待都降下去了一半。

所有人都等著他走向馮芷菡，連她自己都心情複雜的期待了起來，卻不想太子卻停到了她身邊。

圓圓站定在容辭身邊，伸出雙臂要抱。「夫人！」

旁人驚掉了眼珠子，不知道顧侯夫人……哦，現在嚴格來說連侯夫人也不算了，是哪裡有吸引太子的地方。

容辭握住圓圓的雙手，先看向德妃，德妃也微有些訝異，但到底沒放在心上，只以為小孩子的喜好難以捉摸罷了，她大方的朝容辭點了點頭。「既然殿下喜歡妳，妳就聽他的吩咐吧。」

容辭對自己的孩子當然不會拘謹，她將圓圓熟練地抱起來，讓他坐在自己腿上，圓圓依戀的靠在她懷裡，抓住這難得的機會正大光明的在眾人眼前與她親近。

其他人說是在閒聊，你一句我一句頗是得趣的樣子，其實注意力都在圓圓和容辭身上，過了一會兒，鄰近的人就聽到太子小聲跟許氏說了一句。「夫人，我……孤餓了，想吃點心……」

哎喲喲，這小聲音，帶著撒嬌和稚嫩的語氣，有些年紀大的婦人們都恨不得這是在自己懷裡對自己說的，這許氏也不知道何德何能，明明連丈夫的心都拉不住，成親了好幾年還沒孩子，更沒做過母親，這麼沒經驗的人竟也能稀裡糊塗的得到太子青眼，這是什麼好運氣啊……

容辭習慣的拍了拍兒子的脊背來安撫他，接著看向跟著站在身後的班永年。

班永年這次卻沒反對，只是低聲問圓圓。「小爺，您要吃哪一道？」

圓圓仔細看了看，最後指了一道油炸的雪梨酥，接著就被容辭按下了手指，她對班永年說：「他的……小孩子的腸胃都弱，換成紅豆糕吧。」

班永年的眼皮抖了抖，若有所思，接著竟然真的挾起一大塊紅豆糕放在小碟中，先用銀針試了毒，自己親自嚐了一角確定沒問題了，這才敢遞到容辭手上。

容辭自己也嚐了嚐，沒察覺出什麼異味，過了片刻後才用小勺挖著餵給圓圓。

這孩子喜歡吃什麼，容辭身為母親當然很清楚，圓圓雖然沒得到雪梨酥，容辭給選的他也愛吃，一口一口吃得很香。
其他人不管再怎麼羨慕，表面上倒還是維持著淡定，唯有呂昭儀臉色漸漸發青
——不是說吃飽了嗎？不是說怕積食嗎？現在倒不怕把這寶貝蛋的肚皮撐破了?!
容辭當然不知道呂昭儀的想法，她的全部心神都在懷裡的兒子身上，圓圓吃完了紅豆糕，又檢查了茶水餵他喝了，圓圓嘟著嘴道：「還想吃一塊。」
容辭摸了摸他的小肚子，比剛才已經飽滿了不少，就知道他現在已經不餓了，想再吃也只是嘴饞罷了，就沒同意，順手用帕子擦了擦他的嘴。「不能再吃了，你父……陛下那裡一定給你準備了午膳，再吃點心的話，正經飯菜就吃不下了。」
圓圓乖乖的點了點頭。
大家又說了一會兒，德妃看時間也差不多了就說：「明天就照這個章程來就行了，諸位若沒什麼別的事就散了吧。」
容辭手下一頓，輕輕拍了拍圓圓的後頸，要將他放下來，圓圓卻將她的衣袖抓得緊緊的，不肯鬆開。
此時她坐的地方不顯眼，但實際上卻最受矚目，容辭動作不敢太大，只能趁將他抱高一點的空檔，壓低聲音飛快的說了一句。「圓圓聽話！」
圓圓癟了癟嘴，眼圈都紅了，最後還是只能鬆開了拽著母親的手，委屈兮兮的看著她。
容辭的心都要被這孩子的眼神給擊碎了，但也只能硬著心腸將他放在地上，看他仍然注

視著自己，容辭沒忍住，輕輕摸了摸他的腦袋，啞聲道：「太子殿下好乖，要聽……陛下的話……」

這時德妃帶著其他兩人已經走了過來，看著圓圓依依不捨地與容辭道別，便笑道：「夫人，看來你們倒真投緣，多謝費心照顧我們殿下了，真是麻煩妳了。」

容辭低下頭行禮。「娘娘言重了，臣婦不敢當。」

呂昭儀哼了一聲，韋修儀卻在後面悄聲道：「看著倒不是張狂的性子。」

德妃點點頭，伸手要去拉圓圓。「殿下，本宮送你回去……」

話還沒完，圓圓就後退了一步，拉著他娘的裙邊躲開了那雙保養得宜的纖纖玉手。

容辭一驚，想要開口勸他但又沒有立場，看德妃的手僵在當場，只能悄悄捏了捏兒子的手讓他道歉。

圓圓緊抿著嘴就是不肯上前，還是班永年打圓場。「小爺這是怕生呢。」

他一邊試探著向圓圓伸手，一邊含笑對德妃道：「德妃娘娘可別見怪。」

圓圓看容辭變得嚴厲的眼神，只得任班永年拉著自己的手往前一步，癟著嘴委屈的對德妃道：「娘娘對不起……」

德妃僵硬的臉一下子放鬆了下來。

她不知道這裡有容辭在圓圓才好說話，只知道之前這位小爺嬌氣得緊，除了陛下，誰的話也不聽，後宮的妃子想不理誰就不理誰，一看就是跟陛下學的壞毛病，德妃見他現在能主動道歉，便以為是自己比其他人面子更大的緣故，當即那不悅就去了九分，把太子叫到自己身邊，和藹道：「是本宮太心急，怕是嚇到殿下了。」又說了幾句，就帶著他一起走了。

容辭看著圓圓悄悄回頭看了自己一眼，接著被德妃帶走，這一大一小名義上也算得上母子的兩人走在一起也不突兀，她一邊欣慰於孩子知道輕重，另一邊卻不知怎的就想起了之前謝懷章說的話——

「妳希望今後由誰撫養他長大，讓他喊誰母親？」

容辭一下子皺緊了眉，心像刀絞一樣難受，那一瞬間呼吸都困難了起來。

她當時想得很大方，覺得只要對圓圓好，不管誰做他的娘她都可以接受，可現在真正把類似的情景看在眼裡，德妃只是送圓圓一程她就傷心了，要是當初謝懷章真的給圓圓找了個養母，讓他認了旁人做母親，現在又是個什麼情景？

想著剛才圓圓依偎在自己懷裡戀戀不捨的模樣，是那樣的可憐又可愛，容辭打了個哆嗦，竟不敢再假設下去。

眾人等幾位主子走了才恢復了談興，這一次有意無意都打量著容辭，想探究這位名不見經傳的夫人究竟是什麼來路，還有躍躍欲試想上前搭話的，渾然忘了之前的避之唯恐不及，連馮芷菡都欲言又止，容辭不耐煩應付她們，只跟馮芷菡告了別就回了自己帳子。

就像容辭先前與謝懷章預料的那樣，女人們聚在一處就沒什麼秘密可言，何況這還不只是一個二品侯跟夫人和離的事，更加與皇太子有了關係，那傳言的速度真是快了不止一倍，一天下來，除了顧宗霖這種有重任在身一直忙於公務的人，其他該知道的不該知道的全都知道了。

容辭本來已經做好了晚上就會被顧宗霖質問的準備，可出乎意料，因為上面下令加強戒備，所有守衛無論品階大小都要連夜加強警備，不得擅離職守，因此倒叫她白防備了一場。

第二天就是會盟了，儀式十分隆重，各項禮儀進行下來持續了相當長的時間。這時大梁的人也終於見到了大名鼎鼎的韃狄新王蒼科，他是個看上去四十多歲，實則只有三十多的大漢，可能是因為人種不同的原因，竟然比已經很高的謝懷章還高了小半頭，極其壯碩，站在那裡就像是一堵牆。據說蒼科本來一臉落腮鬍，但為了顯得斯文一些，臨行前特地剃光了，可是卻完全沒顯得年輕，反而有種極不協調的古怪。反倒是他的兒子蒼基看上去還正常些，雖比一般孩子高一些，但卻十分靦覥，不太愛動。

韃狄王的王妃也令人驚訝，本以為這個極得丈夫尊敬愛戴的王妃就算不是國色天香，怎麼著也應該是一個粗獷野性的美人，可近處一看，竟然比丈夫蒼科還顯老、比大梁大多數男人都要高壯，和她那個十三歲的兒子站在一處，不像是母子倒像是父子，也就和更加粗獷的蒼科站在一起才能看出是個女人。

謝懷章今日穿的是黑底繡金龍的冕服，比平時的明黃色更加深沈也更有氣勢，頭戴著十二旒冠冕，加上俊美端正的五官，被韃狄王襯得像玉石一樣潔白的面龐，站在場中極其引人注目。

他身後與靺狄王子蒼基並肩的是大梁的皇太子謝瑾元，與謝懷章同制式的衣服，小小年紀只到王子的腿那麼高，但行動極有章法，一天極其苛刻的禮儀流程，沒出過半點差錯，比十幾歲的蒼基更加穩得住，到最後站的時間長了，一張小臉白得透明，身子卻穩穩地站在那裡，晃也不曾晃過。

儀式直到日落才結束，容辭看皇帝已經帶著太子回去了，就也沒管其他人還留在原地討論，自己回到帳中讓鎖朱給她卸妝，鎖朱一邊替她摘下髮簪一邊道：「怎麼樣？咱們圓哥兒是不是特別威風？」

容辭嘆了口氣。「威風是威風，可那擔子大人都能被壓垮，我只心疼他小小年紀……」

這時，身後突然傳來了男子說話的聲音。「只心疼他嗎？」

容辭猛地回頭，連頭髮被拽痛了也沒有在意。

只見帳門處站了一個人，一身黑色的斗篷從頭到腳將人罩得嚴嚴實實，連面孔也被寬大的兜帽遮了一半，要不是身材很高，旁人可能連是男是女都分不出來。

容辭卻不是旁人，她只瞧了一眼就忙揮揮手叫鎖朱先迴避，自己站起來走過去道：「怎麼就這樣來了，被人看到了可怎麼好？」

謝懷章擺了擺頭，兜帽自然滑落，露出了全臉，聽容辭這像是關心又像是責備的話，解釋道：「別急，妳這位置是特意安排的，周圍藏不了人，現在其他人都聚在會場中，確定沒人我才來的，門口的侍衛也是我從燕王府調來的，沒有風險。」

「況且，」他慢慢掀開斗篷，露出懷裡隱藏的驚喜。「妳要是不想見我，他可要一起被趕出去了。」

圓圓迫不及待的從謝懷章身上下來，抱住容辭的腿，軟著聲音道：「嗯……夫人，圓圓好累！」

容辭沒想到他真把兒子一起夾帶過來了，又是好笑又是好氣，同時又不能說自己不感動，她不再理謝懷章，將圓圓抱到床上，輕撫著孩子光潔的額頭，輕聲問：「睏不睏？」

圓圓的臉還是有點發白，他搖了搖頭。「不睏，就是腿疼，夫人給我揉揉腿嘛！」

容辭連忙將他的褲子挽起，一摸孩子的小腿，只覺得手下的骨肉極其僵硬，肯定是累的，就輕柔的給他按著小腿肚，圓圓舒服的嘆了一聲，接著黏著容辭撒嬌。「另一隻也痛，也揉揉。」

謝懷章坐在容辭旁邊，親自給他揉另一隻腿。「父皇也來好不好？」

圓圓枕在母親腿上，眼睛看著父親，蒼白的臉上顯出一點血色，他點點頭，打了個呵欠。

容辭將他攬近了一點，一隻手扯了被子替他蓋上。「今天天還沒亮就開始折騰了，還說不睏呢，眼都睜不開了吧，快些睡吧。」

圓圓努力的睜著眼。「夫人不許走。」

容辭一怔，卻說不出什麼話來，還是謝懷章伸手遮住他的眼睛，溫聲道：「父皇看著呢，你母親不走，放心睡就是。」

這才把圓圓哄好。

容辭看著兒子睡得熟了還不忘緊抓自己的手指，心裡五味雜陳，眼中又酸又澀。一滴淚欲落未落，容辭慌忙想拿帕子去擦，另一隻手卻先一步捧住她的臉，用拇指將她眼角的淚拭去。

容辭微微側了側頭，卻未躲過，謝懷章那溫暖的手掌貼在她臉上，凝視著她道：「別哭，我帶孩子過來是想讓妳高興的，不是想讓妳傷心的。」

容辭低著頭看著圓圓緊拽著自己的手指，然後目光空茫的抬起頭輕聲問：「這是我的錯嗎？」

謝懷章搖搖頭，將圓圓的頭托起來，小心翼翼的挪到最裡側的枕頭上，又順手將被子給他蓋緊。

做完這一切，他走到容辭身後坐下，然後將她環抱起來，這個久違的懷抱讓容辭有一瞬間的僵硬，但剛才圓圓又累又痛卻只能偷偷來找她，睡著了都怕自己離開的樣子使她心疼至極，現在便是最脆弱動搖的時候，她終究也沒有拒絕，就這樣靠在他懷裡。

謝懷章低語道：「妳沒有錯，都是我的錯……是我的錯……」

容辭抿著嘴顫抖著，聽著他一遍遍的懺悔，終於忍不住咬著牙道：「當然是你的錯！」

她猛地掙開他的雙臂，轉過身子與他面對面，睜大眼睛瞪著他，努力不露出脆弱的模樣，淚水卻不聽話的順著臉頰流下來。「都是你……」

謝懷章閉了閉眼睛，重新將她禁錮在懷中。「阿顏，原諒我，原諒我好不好？把那些讓妳難受的事都忘了吧……」

他聲音中隱藏的痛苦容辭聽得清清楚楚，但正因為知道謝懷章也有懊悔難過和種種不得已的苦衷，她才更加難受——如果不是他就好了，隨便什麼人都好，能讓她明明白白的愛一個人，痛痛快快的恨一個人，而不是這樣愛恨交織、欲生欲死。她從知道真相起就愛不能愛，恨也不能恨，其中又夾雜著為了孩子和他共同進退的情誼——這樣的感情，複雜到難以形容，無法貼近又難以割捨。

容辭流著淚用盡全力捶打著他的肩膀，壓低聲音幾乎是咬牙切齒道：「……為什麼要那麼做……明明一切都很好，咱們之前明明那樣好……」

謝懷章任她責打，一聲也不吭，卻收緊雙臂不給她逃脫的餘地。

過了好一會兒，容辭怔怔的停下來，最後喃喃了一句。「我又能怎麼辦呢？」

她的鼻子酸楚，將臉埋在謝懷章的肩膀上，時隔多年，終於抱著這個讓她又愛又恨的男人痛痛快快的哭了出來。

謝懷章用一隻手輕撫著她散著的頭髮，一遍遍的安撫她，在她終於哭累了停下來的時候，緩緩道：「對不起，我曾發過誓，以我的權勢地位一定可以將你們母子護得周全，讓妳每日歡笑再無憂愁，可是到頭來，妳每一次的痛苦哭泣都是我帶來的……」

他一向穩若磐石的聲音漸漸帶了顫抖，容辭的耳畔一涼，有什麼東西滴在了上面，她怔怔的聽著他繼續道：「……原諒我，阿顏，請求妳給我機會，讓我能彌補這一切……」

謝懷章感到自己懷中的身軀一動不動的靠在那裡，好長時間沒有任何反應，他提起的心漸漸沈了下去，眼看即將沈入谷底的時候，容辭已經悄悄將眼淚擦乾。

她直起身子從他懷裡退出來，定定的凝視著他臉上的濕痕，半晌後輕輕將之拭去，眼神中各種複雜難言的滋味，她嘴巴動了動，還沒出聲就被謝懷章用手掩住了嘴唇。

「……算了。」謝懷章的表情看似鎮定，任誰也瞧不出他心中的退縮。「不急於一時，咱們以後再說吧……」

容辭好不容易艱難地下定了決心，結果滿腔的猶豫與愁緒都被謝懷章的臨陣退縮給堵了回去。

她狠狠的將他的手甩開，胸口劇烈的起伏了一下，最後沒好氣的說：「什麼以後，哪有什麼以後？你快些走吧！」

謝懷章愣在當場，好半天才反應過來，急忙握住她削瘦的肩膀。「沒有以後，妳就現在說！」

可惜容辭積攢的那點決心已經消散得差不多了，她煩躁的說：「你回去……」

話還沒完，就被這人扣著後頸吻了過來。

容辭幾乎是下意識的要掙扎，可他的手掌掌控著她，看似輕柔沒有用力，其實就像是山嶽峻峰般不容撼動，她的反抗幾乎不起任何作用——本也不該起作用。

兩人呼吸交融，相擁相依，容辭的手漸漸放下，明白要是自己真的不願意，他也就不會這樣做了。說到底，她心底的動搖明顯到這般地步，再繼續拒絕糾結也只是無用之功。

她漸漸閉上眼睛，謝懷章能感覺到她的放鬆與默許，欣喜之下動作溫柔得像是在親吻最嬌弱的花瓣，那愛意與憐惜將容辭細細密密包裹起來，像是第一次沐浴於落月山的溫泉中……

「娘——」

一聲帶著迷糊的童音入耳，當真驚得容辭五雷轟頂，她用力掐了謝懷章一下，重重的喘息著偏過頭擺脫男人的糾纏，馬上向床榻看去。

卻見圓圓半坐起來，揉了揉惺忪的眼睛，正呆呆的看著父母抱在一起。

容辭幾乎是惱羞成怒的推開了謝懷章，她飛快的撲到床邊抱起孩子，心虛的解釋。

「我、我是在和你父皇……我們是在說話……」

圓圓的眼珠滴溜溜的轉了一圈，嘻笑著將眼睛遮住。「圓圓知道，你們在羞羞！」

容辭羞愧難當，狠瞪了一眼一臉若無其事，眼裡卻掩不住濃濃笑意的某人，回過頭剛要解釋，卻突然察覺到不對，她狐疑道：「圓圓，告訴我你怎麼知道這種事的？難不成……是在哪裡見過不成？」

這真是飛來橫禍，謝懷章目瞪口呆，不過圓圓不愧是他的親兒子，沒讓他父皇背黑鍋。

「是趙公公！他說要是見到你們這樣，就要把眼遮起來不許看。」

趙繼達？

容辭低聲咒罵了幾個字——真是什麼亂七八糟的都跟他小主子說，她和謝懷章之前還沒和好，他們這些人精就未雨綢繆到這般地步，連這種事都能想到，還拿來教導圓圓。

謝懷章時隔兩年，用盡心機，真的是翻越了艱難險阻才終於如願以償，精神得像吃了靈丹妙藥，現在的心情就像是晴空萬里，一隻手將母子兩人一起圈起來，笑著問圓圓。「那你怎麼還不遮？」

圓圓從善如流，真的伸出小胖手遮住了眼睛，謝懷章就以迅雷不及掩耳之勢，乘機低頭在容辭臉上輕吻了一下，容辭反應過來剛要發作，就看見圓圓正睜著眼睛在指縫後面偷看，她氣得去擰兒子的耳朵。「你們父子倆，真是……」

謝懷章看她又羞又惱，但神情是這幾年從未有過的放鬆，語氣也不再帶著愁意，整個人像是卸下了重擔般，便在心裡暗嘆了一聲——若不是當初那件事，他們本該一直過這樣的日子，嬌妻愛子，歡聲笑語。

他犯下的錯自然應該付出代價，可懷中的女子做錯了什麼？她明明是受害者，本該沒有一點猶豫，理所應當的抓住他這個罪魁禍首狠狠懲罰，可到頭來卻只能和自己一起承受椎心之痛……

容辭沒聽見謝懷章再說話，微微抬頭，這個角度只能看見他稜角分明的下頜與嘴唇，她見他嘴唇緊抿，不由伸手碰了碰，哼了一聲道：「怎麼，陛下還不滿意嗎？」

謝懷章握住她的手低下頭看著她。「就是太滿意了……」他本來已經做好要慢慢來、磨上十年八年也不嫌慢的準備了，現在真的成了，反而覺得很不真實，興奮過後又添了不安。

圓圓看看容辭，又看看謝懷章。「你們和好了嗎？」

容辭愣了一下，驚疑道：「什麼和好，你怎麼知道……」

謝懷章捏了捏她的手，低聲道：「我說了，這孩子聰明得緊，父母失和，他又怎麼會察覺不出來，只是沒有明著問罷了。」

容辭之前還以為他們兩個粉飾太平做得不錯，可現在看來，竟連圓圓這個三歲孩子都瞞不住。

這時，帳外突然傳來了鎖朱緊張的聲音。「侯爺，我們姑娘、我們夫人已經睡了，您改日再來吧……」

容辭一下子站起來，手忙腳亂的把圓圓塞到謝懷章手裡，左看右看想找能藏人的地方。

「這麼早就歇下了？」這是顧宗霖像是含著冰霜的聲音。「妳讓開，我有話和她說。」

帳子裡本就不大，也沒什麼擺設，容辭見連個屏風也沒有，不由慌了手腳。這時，謝懷章握著她的胳膊安撫道：「不妨事。」

怎麼會不妨事！容辭不敢高聲說話，只能瞪著他。

謝懷章目光微沈，拉著她不許她動。

接著外面又傳來了一個陌生男子的聲音。「顧大人，陸僉事那邊有要事相商，請您立即過去，不得耽誤。」

之後沈默了片刻，便是兩人離去的腳步聲，接著鎖朱掀開帳子走進來，有點驚懼的低聲道：「陛下、姑娘，侯爺已經走了。」

容辭鬆了口氣，謝懷章見狀，皺起眉有些不悅，但說出來怕容辭嫌他小肚雞腸，也只能把醋意壓下去。「他現在沒空來糾纏妳。」

容辭一聽就知道他在背地裡不知做了什麼，能確保顧宗霖整日被公務纏身，這只離開一小會兒就有人來催，可見平時有多忙了。

「萬一他真的不管不顧的闖進來怎麼辦？」

那又如何？謝懷章想，他自己的把柄都還沒處理乾淨，就算真的知道了什麼，身為臣子還敢來質問君主不成？

心裡這樣想，但要是說出來怕就會惹容辭生氣，於是嘴上道：「就算沒人叫他走，門外的守衛也不會讓他進來的。」

容辭還是怕夜長夢多，不敢讓他們父子倆在這裡多留，連哄帶趕地讓他們走了——當然對圓圓是哄，對謝懷章是趕。

夜裡，容辭讓鎖朱到床上來，主僕一個被子裡說話解悶。

「姑娘，你們這是……說開了？」

容辭在黑暗裡睜著眼睛。「我也不想再拖下去了……他確實很好，一切一切都做得無可挑剔，便是再鐵石心腸的人也會被他磨得無可奈何，只是時間早晚罷了。」

鎖朱頗是心疼自家姑娘，當時的情景還歷歷在目，女子婚前失貞就是個死字，當時絕望赴死的決心下得那樣艱難，要不是顧宗霖自己也有問題，說不準現在屍體都涼了好幾年了……這些苦楚，誰又能替她受呢？

她翻了個身面對容辭小聲問：「您是為了太子……還是喜歡他呢？」

「若是單為了圓圓，也就沒這幾年的糾纏了。」容辭的聲音也不大，但卻不飄忽也沒有猶豫，她在這個問題上是堅定的。「陛下這樣的人，除了那一個錯處，其他好處多得數不清，他若真想軟化一個人、得到一個人的心，便再容易不過，我也不過是一個普通的女人，自然不會例外。」

她確確實實是喜歡謝懷章的，這點毋庸置疑，就連剛剛得知真相的時候也是如此，這點跟當初與顧宗霖的情況不一樣，若這兩個男人易地而處，她所做的選擇與心境也會截然不同。

若顧宗霖是當初萬安山侵犯她的那人，容辭只會徹底和他老死不相往來，乾乾脆脆一刀兩斷，絕不會給什麼彌補的機會，若沒有真情維繫，她也犯不著這樣糾結。

而若謝懷章做了上一世顧宗霖做的那些絕情的事，先不說她相信謝懷章絕不是那樣的人，退一萬步講，他要是真的這樣對她，為了和別的女人的承諾而懷疑憎恨她，接著納妾生子，最後還要把別人生的兒子充作她養的……

容辭的手指狠狠擰住床單，她本以為自己首先會想到的是傷心難過、生無可戀之類的詞，可事實是她腦海裡出現的竟然全都是同歸於盡的手段……

隔日是大梁貴族與韃狄王公的私宴，不算正式，不過是互通有無拉近關係而已。

容辭一出帳子還沒走多遠，就見顧宗霖身著鎧甲帶著人在巡視。

這一身戰衣遠比文官的官服更加適合他，他本就生得高大，銀色的盔甲一絲不苟的將他襯得更威武不凡，加上精緻又凌厲不失英氣的眉眼，生生的把身後一眾兵將比成了陪襯。

但容辭沒心情欣賞顧宗霖的美貌，只看了一眼，認出是他來二話不說就要繞路走，剛走兩步就聽他道：「妳站住！」

見容辭不回應，還是當作沒聽到一般朝前走，顧宗霖抿了抿唇，揮手示意屬下們暫時留下，快步追上容辭。

他身後的一個士兵好奇的跟同伴問：「那夫人是誰啊？是咱們顧指揮的夫人還是……」

「就是他夫人，」另一人小聲道：「不過聽說已經和離了，這幾天傳得沸沸揚揚呢。」

「啊？顧指揮有才有貌，還是個侯爺呢，怎麼會……」

「估計是鬧翻了唄。」前面一個人忍不住回過頭來透露。「聽我娘說肯定是不討顧大人歡心，估計顧老夫人又嫌她生不出孩子，因此才被迫和離的。」

剩下的人一下子都懂了。「原來是子嗣的緣故……這女子也是可憐，這顧大人也是，正室生不出來，納幾個侍妾不就行了，何苦作這孽為難一個女子？」

「嘿，庶出的能一樣嗎？」有人不同意這話。「他們家可是有世襲的爵位，講究著呢，要不是正室嫡出的子嗣，將來要襲爵還得遞摺子，一旦面子不大被聖上駁回來，幾代人的傳承爵位就這樣斷了，換你你能甘心？顧大人不直接休妻已經夠給面子了！」

顧宗霖不知他的屬下正在嚼舌根，他大步堵在容辭面前，迫使她不得不停下。

容辭忍著氣道：「你這是做什麼？」

顧宗霖直直的盯著她。「這幾日的傳言是怎麼回事？」

「什麼傳言？我不知道。」容辭一口否認，直接裝傻。

「不知道？」顧宗霖的眼底泛出冷意。「我們和離的消息已經傳得滿城風雨，除了我好像人人都知道，妳說妳不知道？」

容辭頓了頓。「這有什麼不對嗎，我們本來就沒關係了，侯爺還怕旁人知道？」

顧宗霖像是要發怒，可偏偏又忍下來，他一字一頓道：「我說過不能公開，除非……」

「——除非我要改嫁。」容辭與他對視，把他沒說出口的話接上。

她的神情堅定無畏，眼神也似另有意味，顧宗霖的心一下子沈了下去，他不能也不想解讀她的隱喻，只能下意識問道：「妳這是什麼意思？」

容辭的嘴動了動，卻看周圍三三兩兩的聚了不少人，這大庭廣眾之下既不好爭吵也不好攤牌，實在不是個了斷的好地方，便把話嚥了回去，只是道：「侯爺，現在不是時候，等回京之後，你我騰出空來，我……有話要對你說。」

明明和容辭好好談談就是顧宗霖想做的事，現在他得償所願，容辭的態度還相當鄭重其事沒有敷衍的意思，按理說他應該高興才是，可不知怎的，他的心卻慌得很，像是有什麼他不想知道的事就要灌入腦中，這種感覺很少見，加上上一世，他也僅僅感受過一次——就是從丫鬟的哭聲中得到妻子死訊的時候……

容辭要去赴宴，沒怎麼在意顧宗霖的神色就與他擦肩而過，將他一個人留在原地。

鎖朱反倒是注意到顧宗霖那難看的表情，走遠了之後才道：「侯爺看上去不太高興啊……」

「是嗎？」容辭道：「那真是太好了，他要是高興我就不高興了。」

這次宴廳沒有佈置在室內，而是按照韃狄的習俗安排在露天的草原上，雖沒有極盡奢華的擺設，但案桌座席都放置在蘇州織造所出的金絲絨面毯子上，瓜果菜品也是按照招待外賓的最高規格，不僅不寒磣，反倒多了異域風情。

韃狄的人先到齊，之後大梁這邊也到得差不多了，雙方語言不通，只能好奇又警惕的看著對面與自己面貌完全不同的人。

過了一會兒，謝懷章帶著圓圓也入了場，這時大家都察覺到不對了——按理說鞣狄王和王妃、王子應該在大梁天子之前到才符合禮儀，現在皇帝按時到了，鞣狄王那三人卻不見蹤影，這就很不對勁了。

底下漸漸起了私語聲，鞣狄那邊的氣氛也緊繃了起來，他們本與大梁人有仇，又被打得好幾年緩不過勁來，現在就是有一點風吹草動都要警覺，更何況涉及鞣狄王一家。

容辭在不前不後的地方坐著，她剛才還好好的，現在卻莫名的不安，想著歷年來在梁鞣會盟期間出的各種事故，心跳開始加快，只能不斷地向主位上看去，確定謝懷章和圓圓平安才勉強安心。

這時，一隊甲衛突然入場，為首的是都督僉事陸知遠，他上前給謝懷章請了安，接著到御座跟前低聲與他說：「陛下，鞣狄王子在來的路上遇刺了，現在還在救治。」

謝懷章微微皺眉，隨即表情恢復，不動聲色的問：「現在如何了？」

「他中了暗箭，傷在腹部，看著嚴重，也流了不少血，但依臣之見，應該沒有性命之憂，只是蒼科與王妃憂憤難當，現在還平靜不下來，恐怕沒心思來赴宴了。」

謝懷章也沒多問什麼，只是微微點頭。「朕知道了，這就去探望，你留下來守著太子……和她，別出差錯。」

陸知遠是謝懷章的心腹，自然知道他說的是誰，聞言沒有猶豫就應了下來。

謝懷章摸了摸圓圓的腦袋，在他耳邊細細叮囑道：「父皇有事要先走，你按照之前準備好的做。不要淘氣，你母親就在下面，別惹她生氣。」
圓圓看了一眼容辭，見她也正面露擔憂的看著自己，那點要獨自招待鞅狄人的緊張也消散了不少，他乖乖的點點頭。「父皇快點回來。」
謝懷章隨即說了幾句場面話，敬了幾杯酒就離了場，留下皇太子招待鞅狄王公。
太子在內侍的引導下，從最近之處開始一桌一桌的招待來客，他人小喝不得酒，因此杯子裡都是白水，每次只是沾沾唇罷了，而這些五大三粗的鞅狄人看大梁皇帝肯把他這個嫩生生還沒有大腿高的獨子留下來，那種因為首領遲遲不現身的緊繃也略微緩解了一點。
圓圓做得很好，面對對他來說像是小山一樣壯碩的異族人絲毫沒有露怯，按照規矩一步一步的敬完了酒，也沒給這些人因為他年幼就看輕他的機會。
接下來按理皇太子應該再回到高座上，任兩國人暢談宴飲，可圓圓眼珠子一轉，突然問身邊的禮部官員。「孤已經敬了友邦的諸位大人，能不能一視同仁，也去跟咱們自己的人說說話呢？」
那官員一愣，隨即讚賞道：「殿下有此心自然再好不過，諸位大人必定心懷感激。」
圓圓心裡興奮，但強壓著沒有表現出來，面上還是一副認真端肅的小太子模樣，端著那沒盛幾滴水的酒杯走到大梁眾人席間。
被敬酒的人也很高興，男人們欣慰於太子行事沈穩，心中掛念臣子，女人們有人覺得有面子，有人則是覺得太子年幼，相貌又可愛，若沒有利益糾葛，這樣的孩子是大多數女人都樂於親近的，更別說這還是當今太子，天底下除了皇帝最尊貴的人。

容辭從謝懷章走後，心跳速度就沒降下來過，右眼皮不停的跳，這讓她不得不想起前些天作的那些亂七八糟的夢，這地方露天席地，即使再怎麼守衛森嚴，也沒有在大明宮裡安全，兒子那麼小，身邊又沒有他父皇守著，一種莫名而來的不祥預感，讓她怎麼也沒法安心。

其實從圓圓說那番話起，她就知道這孩子並不是想要什麼一視同仁，只是想找藉口到自己這裡來罷了，容辭一方面自責她身為母親，還要兒子想盡辦法來親近自己，另一方面也慶幸圓圓敬著酒漸漸離自己越來越近，不再如他獨坐高臺時那般相隔遙遠，讓她即使擔心也鞭長莫及。

圓圓剛開始特地繞過容辭那一桌，等其他桌都敬過之後才走回到她面前，舉著杯子用那小孩子特有的清脆又稚氣的聲音道：「那天多謝夫人照顧，容孤敬您一杯。」

容辭便是心裡再擔憂，此時也不禁露出了笑意，她溫柔的看著圓圓在自己面前認真的道謝，然後回道：「都是臣婦該做的，殿下不必言謝。」

說著舉起酒杯一飲而盡，她其實沒喝過幾次酒，很不習慣這個味道，一杯之下臉色變得殷紅，自己卻分毫未覺。

圓圓眼巴巴的看著她。「孤可以在夫人身邊坐坐嗎？」

感覺到周圍女眷們羨慕或是嫉妒的目光像是錐子一般扎在自己身上，容辭心裡知道現在更應該避嫌才對，可也不知道是酒勁上頭讓她不由自主的行事不如平時謹慎，抑或實在擔心孩子，想讓他待在自己身邊，總之沒猶豫多久就心軟了。

陸知遠一直寸步不離的守在太子身邊，他倒是挺贊同小主子和許夫人坐在一起的，畢竟其他的侍衛不如他離得近，但他只有一個人，要顧忌臺上臺下兩個人的安全難免分身乏術，這兩個人湊在一起，他保護起來也更方便些。

容辭沒想到自己這麼不善飲，僅僅喝了一杯酒就覺得有些頭暈，腦子裡只有對圓圓的擔憂，其他的通通想不起來，竟意外的比平時更加敏銳和專注。

她也顧不得避什麼嫌了，眼睛一刻都不放鬆的盯著兒子，周遭其他人的談話聲嬉笑聲都漸漸模糊了起來。

圓圓如願以償的坐在母親身邊，登時心滿意足，終於有了閒心睜著烏黑的眼睛，好奇的打量對面的靺狄人，小手在案桌的遮掩下伸進了容辭的袖子裡，緊緊的牽著她的手指，容辭感受到了，她頓了頓，反將他的拳頭悄悄包進了手中。

圓圓忍不住樂呵呵的笑了起來，惹得其他人側目。

臺上的德妃也罕見的微微皺起了眉——她知道太子親近恭毅侯夫人，但本來並沒當一回事，可現在一看，這未免也太親近了吧，不知道的還以為是親母子呢，陛下那樣寵愛太子，太子喜歡的人，他會不會愛屋及烏……

德妃一愣，隨即覺得自己昏了頭，恭毅侯夫人因為實在年輕，一見之下容易讓人忽略了她已經成親多年，並且還是二品的侯夫人。陛下最重規矩又不喜美色，就連馮氏那樣的女人見了都記不住模樣，就算因為太子而對許氏另眼相看，也不可能對臣婦產生什麼心思的。

德妃想，自己這幾天莫不是太累了，怎麼能莫名其妙的想到那上頭去呢？這未免也太荒謬了……

呂昭儀看著底下的情景滿臉不悅，從上次她被下了面子後就看容辭十分不順眼，現在更加覺得氣憤難當，她冷哼道：「太子也太不講究了，底下那麼多才德兼備的命婦，他不去親近，偏要往一個和離之婦面前湊，莫不是小時候在民間待久了，這才喜歡這種身分低賤之人……」

韋修儀沒她那麼小心眼，對容辭的印象也還可以，聞言反駁道：「那許夫人出身伯府，也是名門之女，就算和離了也不是因為人品有礙，伯府小姐都算出身低賤，那妳我算什麼？」

當年昌平帝選的太子妃郭氏都只是禮部侍郎之女，她主動給謝懷章納的側室自然也不是什麼金貴人，現在後宮妃子的家裡要是有個四品官就算是好的了。除了德妃之外，一個世家大族出身的都沒有，而德妃家裡也已經沒落好些年了，除了一個世家的美名外什麼都沒有，在她未封妃時，家裡險些窮得連祖宅都給賣了，現在靠著女兒掌管後宮才勉強重新立起來。

而呂昭儀之父只是工部的一個員外郎，要不是當年謝懷章情況特殊，她這身分連一個東宮側妃的邊兒都搆不著，所以這一句真是戳到了她的肺管子，眼中幾乎要噴出火來。

「妳……」

德妃猛然抬頭，沈著臉看著她倆。「妳們剛才說誰和離了？」

呂昭儀和韋修儀面面相覷，不知她是何意，只得道：「說的是許氏，妳還不知道嗎？」

德妃目光凝重，沒有再開口。她細細的打量著在和太子說話的容辭，從她標緻的長相到高䠷纖細的身材，再到她注視著太子時那柔和的神情……

第十九章

時間一點點過去，即使被招待得很好，鞅狄那邊也因為蒼科的缺席顯得有些嘈雜，他們漸漸開始坐不住了，禮部官員們看時間也差不多了，再等下去可能要出亂子，乾脆和幾個老臣商量了一番，過來對太子說：「殿下，也差不多了，請您去宣佈宴會結束吧。」

圓圓點點頭，隨即鬆開了容辭的手。

容辭有些模糊的思維一下子警覺，幾乎是下意識的拉住了圓圓的胳膊不讓他離開。

那官員一愣。「這位夫人，殿下要回去了，請您放手吧。」

陸知遠見狀也勸道：「夫人，殿下必須去說幾句話，之後我會親自送他回去的，您別擔心。」

容辭深深呼了一口氣，慢慢將手鬆開。「殿下去吧……千萬小心。」

她看著圓圓被陸知遠拉著手從自己身邊離開，腦子裡嘈雜聲一片，忍不住站起來跟著走了兩步。她還是有些醉意，走路不如平時穩當，正努力克制頭暈的感覺，突然就聽到東邊傳來一聲巨響！

在場所有人都反射性的朝聲音傳來的方向看去，陸知遠也一下子站在圓圓東邊以防不測，眼睛也下意識尋找聲音的起源之地。

這時候只有容辭一個人就算是聽到了什麼也沒移開視線，依舊一步步朝前走，盯著自己的孩子，眼睛眨也不眨……

陸知遠看到遠處樹梢間冒出了一股青煙，剛要皺眉，便耳尖一動，聽見細微的破空聲，是——從身後傳來的！

他只耽誤了一瞬，就已經遲了，那道銀芒已經盡在咫尺，勢不可當。

陸知遠大驚，幾乎以最快的速度想要擋在太子身前，可是卻連轉身的時間都來不及了。這時，一道身影飛快的將太子撲倒在地，牢牢地護在身下——

容辭護住圓圓的同時就感覺背部一陣劇痛，周圍驚叫聲四起，亂成一團，到處都是喊護駕的聲音。

她通通沒有在意，容辭微微鬆開手臂，懷裡的圓圓愣愣的看著她，突然「哇」的一聲哭了出來，這時她胸前的疼痛終於姍姍來遲，她低頭一看，箭尖從後背透胸而出，帶著猩紅的血液灑在了圓圓臉上、頭上。

圓圓又驚又怕，眼淚大顆大顆的落下來。「娘！娘——唔！」

「別……別喊……」容辭捂住他的嘴巴，聲音極其低弱，不仔細幾乎聽不清。「圓圓不哭，娘就不疼了……」

一國皇太子遇刺，還是在這眾目睽睽、層層保護之下，在場所有護衛包括陸知遠本人都算瀆職，就是太子平安，他們都不免被剝一層皮，要是他不幸再有個三長兩短，恐怕他們就一個也逃不掉，都要一起陪葬。

恐懼驚訝之下，離得稍近的一個護衛第一反應就是查看太子是否平安，並沒想到要顧及容辭的情況，他不管三七二十一想先將這個女子推開，卻不想手剛碰到她的肩膀就被陸知遠一個巴掌搧了丈許遠，在地上滾了好幾圈才得以停下。

「滾開！」

陸知遠其實也嚇得手腳發涼，但他在戰場上的死人堆裡鑽過好幾個來回，到底能保有理智，他一邊顫抖著將倒在地上的母子倆護住，一邊飛快的指揮侍衛前來護駕，還命人將所有人圈在原地不許動彈——包括大梁和韃狄兩邊的人。

大隊人馬飛速趕來，將現場圍得水洩不通，陸知遠深吸了一口氣讓自己冷靜下來，用儘量輕柔的動作避過容辭的傷口，將她翻了過來。

只見太子好好的被許夫人護在身下，臉上頭髮上都有大片的血跡，但明顯不是他的血，而他現在正死死的咬住嘴唇，兩眼通紅，眼裡盈滿了淚水，卻愣是硬生生的忍住，沒有哭出聲。

陸知遠見太子沒事，還沒來得及高興就看到他這副表情，又見許夫人垂著頭緊閉雙眼一動不動，登時心裡咯噔一聲，顫抖著手指在她的鼻下試探——

太好了！陸知遠三魂七魄都歸了竅——還有氣！

太子雖然沒事，但在自己看護下讓皇帝沒了愛人、太子沒了親娘，他一樣要完，現在好歹人還活著，那就什麼都好說……

圓圓忍著哭腔輕聲喚著母親。「夫人！夫人醒一醒……」

陸知遠聽著太子的聲音就知道這孩子快要繃不住了，知道必須把容辭送回帳中，可是她的身分很是特殊，自己一個男子……

這時軍中有一人正好排到了中心圈中，他隨意往這邊看了一眼，卻馬上僵住了，接著也顧不上其他，快速脫離隊伍衝了進來，將容辭搶到了自己懷中。

陸知遠嚇了一跳，隨即認出了眼前這面露急色的人，正是他在京衛指揮使司的下屬顧宗霖，當然他還有個更加棘手的身分——即許夫人目前名義上的丈夫。

顧宗霖沒想到會盟儀式都順順當當的完成了，一個不那麼正式的宴會居然會發生太子遇刺的大事，更沒想到自己的妻子竟然是唯一受傷的人，看到她面色慘白的靠在陸知遠身上的那一瞬間真是驚怒交加，馬上聯想到了上一世她獨自一人死在靜本院時的情景，那種衝擊幾乎讓他心跳停止，等看到容辭胸廓還在起伏時才回過神來。

他沒有陸知遠的顧忌，當即將容辭小心的打橫抱起，就要往安全的地方送，陸知遠忙道：「等等！」

他的腦子飛快的轉動，眨眼間就想到了說詞。「將夫人和太子一起送回御……送回太子大帳，那裡護衛重重，還有太醫隨時待命……」

大梁的營地與鞅狄的大帳之間有段距離，又為了護衛皇帝的安全，必須調動整整一個中軍的人馬隨駕，一番折騰下來，等謝懷章來到鞅狄王的大帳時，鞅狄王子已經脫離危險，傷口都包紮好了。

蒼科外表看著像是個心無城府的漢子，實際是個粗中有細、十分精明的人，他一開始為了愛子的事勃然大怒，但等兒子沒事之後也隨之冷靜了下來，心裡明白這事是大梁那邊下手的機會很小，怕是有心人想要挑撥兩國關係，更有甚者，有可能是自己這邊的人想要以王子的性命激怒自己，讓他失去理智與大梁交戰……

因此他在謝懷章來到之前就先安撫好了焦急的王妃和部下，自己熱情的接待了大梁的皇帝，以實際行動向眾人表明，這次的意外事件並沒有影響兩國的關係，他也並沒有懷疑對方的意思。

謝懷章先去看了蒼基王子，見他雖然有點狼狽，但神智清醒，看上去確實沒有性命之危，這才又安慰了蒼科與王妃一番，確定這兩人很理智並沒有心存芥蒂，再承諾一定派人將凶手找到。

這一來二去，又費了不少工夫，謝懷章估摸著那邊宴飲不知結束了沒有，便想回去看看，順便接回兒子再看一眼容辭，誰知御駕剛過了兩國營地交接的地方，就有侍衛飛奔過來截住他們，連滾帶爬的下馬回稟了太子遇刺的消息。

謝懷章剛剛才安慰過蒼科，現在輪到他自己兒子出了事，那時候冠冕堂皇的勸慰現在想起來就是站著說話不腰疼，他連具體情況怎麼樣都沒來得及問清楚，就立時讓人將御馬牽來急著親自騎馬回營地，一邊問傳信的人。「太子現在如何？可有受傷？」

「太子吉人天相，」那人把氣喘勻了才道：「並沒有受傷，現在已經被陸大人護送回去了。」

謝懷章心下剛剛一鬆，就聽他繼續補充。「多虧了有一位夫人捨身相救，替殿下挨了一箭……」

「你說誰？」謝懷章剛剛放下的心重新提了起來，雖然嘴裡這麼問，但其實他心裡已經有了不祥的預感，對誰能不顧性命的保護圓圓他自然是知道的，現在再問也不過是抱有一線希望罷了。

「好像是……恭毅侯夫人……」

預感成了真，謝懷章身子晃了晃，強行把驚怒壓下來，握緊了韁繩什麼話也沒多說，駕著馬就朝前奔去，也不管其他人怎麼慌慌張張的在後面追。

一路快馬回了營地，聽說兒子和容辭被安置在太子大帳，也不管那些被兵士困在宴會上的人還沒處置，拐了個彎就直奔圓圓的住處。

這時在太子帳內的容辭情況並不好，那枝箭雖沒有傷及心脈讓她當場斃命，但從後背穿透了右肺又從前胸透體而出，位置也相當凶險，若要強行拔箭，不說一個弱女子能不能承受這痛苦，那箭插得這樣深，無可避免的傷到了幾條主要的血脈，拔出時必然會大出血，要是止不住，說不準就要生生流盡血液而亡。

幾個太醫討論了好半天，也沒人敢拔箭，只能將情況彙報給能作主的陸知遠，請他下決定。

可是陸知遠就敢嗎？若容辭只是一個普通的命婦，他自然敢，可現在他畏手畏腳，心裡的擔憂和那些太醫如出一轍，生怕出了問題被遷怒的皇帝把頭給砍下來洩憤。

他看著眼前殷切盼著自己可以擔下責任的太醫，又看了眼守在許夫人身邊不停哽咽的太子，頓時一個頭兩個大，進退兩難。

這時他看著站在床邊緊攥著拳頭一言不發的顧宗霖，突然想到一個不算是怎麼好的主意——是不是可以讓他……

還沒等他把這餿主意付諸實行，帳外就傳來了嘈雜的聲音，眨眼間皇帝就帶著風塵闖了進來，將一眾隨從拋在外面，徑直走進屏風後的臥室。

他進來第一眼就看到容辭面色慘白的斜躺在床上，胸口的箭還沒有拔出，呼吸起伏微弱，而圓圓握著母親的手在小聲啜泣……

謝懷章當時眼前就一黑，身子晃了一晃，還是陸知遠扶住才站穩了，他推開扶住他的手，一步步向容辭走去，這時圓圓看到他來了，抬起哭得通紅的雙眼，哽咽著朝他無所不能的父親求救。「父皇……你、你救救夫人……」

謝懷章走到床邊，小心翼翼的把兒子和容辭的手一起握起來。「別怕，別怕，我在呢……」

陸知遠眼睜睜的看著陛下無視恭毅侯的存在去握人家夫人的手，幾乎不忍去看顧宗霖的臉色，他急忙上前在謝懷章耳邊說了容辭的情況。「這拔不拔箭還請您定奪……」

看謝懷章終於暫時鬆了手要去找太醫，他接著將聲音壓得更低。「還有，恭毅侯也在呢……」

顧宗霖現在正驚疑不定的在容辭和謝懷章身上來回看，雖然剛剛只有短短的幾息時間，但皇帝確確實實是連著容辭的手一起握住的，要說他愛子心切，急於想要確定太子的安全，沒注意到旁人也勉強說得過去……

可是顧宗霖還是本能的覺得不對——他做了兩輩子謝懷章的臣子，上一世還頗得信任，自問對他有那麼幾分瞭解，陛下實在不是那種粗心到連一個奄奄一息的女子都注意不到的人。

可……要說有其他也不可能啊，容辭與陛下明明沒有絲毫交集……

而謝懷章卻是才發現顧宗霖居然也在這裡，可即便如此，他也只是掃了這個正呆立在一旁的男人一眼，隨即召太醫近前。

這時幾個御醫戰戰兢兢地跪在皇帝面前，聽皇帝問：「你們說拔箭有生命危險對嗎？」為首的李太醫一哽，隨即無奈道：「回稟陛下，沒有別的辦法，若是把箭留在那裡，暫時是可以止血，但不出幾個時辰便再也救不回來了——拔了有生命危險，不拔就必死無疑！」

謝懷章和顧宗霖都是呼吸一滯，謝懷章閉上眼睛，艱難道：「愣著做什麼？還不快把湯藥備上，準備……拔箭吧……」

顧宗霖猛地抬頭看向他，卻說不出任何反對的話來。

很快湯藥便熬好了放在那裡，幾個太醫在皇帝焦灼的目光裡將容辭圍住，先將大量的紗布貼在傷口處，又將長長的箭桿削短，接下來便是拔箭。

這幾個太醫裡經驗最豐富的就是李太醫，但他年紀大了，握著箭桿的手微微抖動了一下，痛得容辭在昏睡中呻吟了一聲，李太醫立即收到了兩大一小三個男人憤怒的目光，嚇得他鬆了手，跪在地上磕著頭哀求道：「老臣年老體弱，力道不足，若一下不成功情況怕是會更糟，還是請年輕些的太醫來拔箭吧。」

其他幾個太醫聞言臉色都是一僵，暗罵李太醫老奸巨猾，把最難辦的事推到他們身上，可也只能緊張的低著頭等著皇帝吩咐。

謝懷章壓著怒火和擔憂掃了幾人一眼，最後直接道：「朕親自來，你們讓開！」

說著坐到床邊就要伸手，顧宗霖出手攔了一下，隨即定定的看著他道：「陛下萬尊之軀，怎麼能做這種事，許氏是臣的妻子，還是讓臣來吧。」

謝懷章的目光倏地沈了下來，他垂著眼淡淡道：「夫人救了太子的命就是朕的恩人，何況朕前些年在戰場上也受過不少箭傷，處理起來更能拿捏力道，顧卿不必再說了。」

顧宗霖即使再不安也不能當面頂撞皇帝，他咬了咬牙，最後只能退到一邊。

謝懷章沒說謊，他甚至給自己拔過箭，但現在看著容辭瘦弱顫抖的身軀，黑髮被汗水打濕一縷一縷的貼在臉頰上，下手竟覺得比當初艱難百倍。

他的眼睛裡面已滿是鮮紅的血絲，伸手將箭桿握得牢牢的，深吸了一口氣之後手中用力——

……阿顏好不容易原諒了他，兩人剛剛和好不過短短的一天，他們的孩子還在期盼與母親團聚，明明相知相守的日子近在咫尺，她怎麼可以……怎麼可以就這樣拋下他們一走了之！

——箭在一瞬間被拔出，鮮血如預料一般四下濺出，像是泉湧一般洶湧，容辭本在昏迷，可是那瞬間的劇痛生生的將她從昏睡中疼醒，她驀地睜大雙眼，看著謝懷章嘴巴動了動想喊痛，卻沒力氣喊，最後只能虛虛的抓住他寬大的衣袖，低低的喃喃道：「二哥，我、我好疼啊……」

謝懷章鬆了箭反握住她的手，聽了頓時心疼得如刀絞一般。

太醫手忙腳亂的用力按緊紗布給她止血，陸知遠也不顧圓圓的掙扎將他的眼睛捂住，除了謝懷章，誰都沒有聽見容辭說的這一句話。

顧宗霖與容辭之間隔得更遠，中間還有好幾個太醫擋著，連裡面的情景都被遮得嚴嚴實實，這樣一句低語無論如何也不該聽見，他卻若有所聞，怔怔的往她的方向看去……

與此同時，宴會現場的人被兵士堵了好幾個時辰，一直到天色擦黑還沒人搭理。

這時鞣狄的王公倒是更老實些，他們親眼看到大梁皇太子遇刺，明白自己這些人就是頭號嫌疑人，若是太子真出了事，皇帝一怒之下將他們送去見閻王也不稀奇，現在鞣狄勢衰，經不起戰火波折，自家大王為了平息上國之怒，說不定還要讚他殺得好，他們這群人死了也是白死。

為了避免冤死在此地，這些人是要多乖巧有多乖巧，十分配合，反倒是大梁那邊的人在驚恐過後漸漸起了私語聲。

此地晝夜溫差甚大，鞣狄人的服裝更加厚實便覺不出什麼來，但是大梁女眷穿著大多單薄，白天還好，到了晚上被冷風一吹，當真是透心涼，個個凍得跟鵪鶉一樣。

呂昭儀搓著手心抱怨道：「太子不是沒事嗎？怎麼陛下還沒來放我們走啊，這都大半天過去了。」

德妃在寒風中一動不動，沈著臉不說話，倒是韋修儀沈默了片刻，遲疑的說了一句。

「妳們說，陛下是不是忘了還有我們了？」

德妃的臉色更僵了，幽幽的看了一眼韋修儀，惹得她訕笑道：「哈哈，我是說笑的，陛下就算忘了我們，這裡還有那麼多大臣呢……」

……這話還不如不說。

呂昭儀沒好氣道：「行了，妳不說話沒人把妳當啞巴。」

韋修儀自知理虧，為了緩和氣氛忙轉移了話題。「妳們注意到當時的情況了沒？太子好像被許氏護住了才沒受傷，照理說陛下得了空應該先宣佈太子平安的消息以安撫人心才是，為什麼到現在還沒消息？」

呂昭儀道：「這誰知道？說不定是太子人小被嚇破了膽子，這才拖得陛下抽不出空來。」

「不對……」

兩人都向德妃看去，只見德妃面色暗沈，眉目微蹙，似是在思索什麼。「太子平安，不代表旁人也無事，陛下他……當真是被太子絆住的嗎？」

韋修儀不解道：「旁人……妳是說許夫人？她如何能拖住陛下？頂多是派幾個御醫去給她治傷罷了。」說著又不禁感慨道：「她還真夠當機立斷的，要不是她那一擋，太子恐怕凶多吉少了。」

「那可不一定，」德妃的眼神幽深，低語道：「險中求富貴，這一劫過後她要是不死，能得到的就太多了。」

呂昭儀撇嘴道：「救了太子自然是天大的功勞，可也要看她有沒有命享了，我瞧著那一箭可不輕，誰知道能不能活。」

「是啊！」德妃看著已有繁星隱現的天空。「就看她的命大不大了……」

事實證明，容辭在倒楣了整整一輩子之後，運氣確實變好了，受這麼重的傷，太醫費了九牛二虎之力才將血止住，然後僅僅發了兩天熱，情況就穩定了下來。

容辭從拔箭之後昏迷不醒了數日，這一天她迷迷糊糊的還沒睜開眼，剛一動彈就被胸前的劇痛刺激得清醒了。

她呻吟著睜開眼，入目就是謝懷章又驚又喜的眼神。

「二哥……」

謝懷章面色有些憔悴，他撫摸著她的臉頰，欣慰的輕聲嘆道：「妳總算醒了。」

容辭用力眨了眨眼，看著他熬得通紅的雙眼，慢慢將之前的事記了起來，她急道：「圓、圓圓呢？」

她想要撐起來，可是輕微的動作就讓她忍不住呼痛，謝懷章連忙按住她，安撫道：「妳的傷還沒好，不要亂動。」

容辭顧不得其他，執著的追問道：「孩子呢？他受傷了嗎？」

「妳放心，」謝懷章安撫道：「他好著呢，就是非要守著妳，這幾天都沒怎麼休息，現在好不容易把他哄睡了，班永年寸步不離的看著呢。」

容辭放下心了，接著用手試探的碰了碰胸口，這才發現自己右胸上纏滿了繃帶，厚厚的裹了一層。「我這是怎麼了？」

「一箭穿胸，妳說怎麼了……阿顏，妳差點就沒命了。」謝懷章提起這個仍然心有餘悸，他緊緊握著容辭的手。「若不是運氣好，現在咱們已經是陰陽兩隔，妳讓我和孩子該怎麼辦？」

容辭睜著眼仍有些虛弱，但心情並不壞，她忍著痛露出一個微笑來。「我不挨這一下，難道要圓圓來嗎？你這個當父皇的，真是……」

謝懷章沈默了片刻，沈聲道：「這次是我的疏忽，害得你們經歷這樣的事。」

說實話，要是這次是兒子出了事，容辭說不定真的要怪他，可現在孩子沒事，只是自己吃了點苦頭罷了，她反倒心疼謝懷章辛苦。

容辭搖了搖頭，摸了摸他臉上冒出的鬍碴，之前他那般注重儀表，臉上總是乾乾淨淨的，這才幾天的工夫，就變得這樣狼狽。「你沒休息嗎？」

謝懷章將她的手貼在臉上。「出了這樣的事，我怎麼能睡得著。」

容辭拔完箭止住血之後他才有心情處理別的，外頭的一眾人被圍到大半夜才被皇帝想起來，傳了口諭讓他們安安分分待在自家營帳裡，包括隨行的下人在內，沒有皇帝親自許可，誰也不能踏出帳子半步，所有人都被軟禁了起來，而韎狄的人就通知蒼科來處置。

行刺的人其實很快就被抓住了，只是他在射完那一箭之後乾脆自刎而死，被人找到的時候屍體都涼了。

這人姓耿名全，京城人士，是五軍營左軍中的一個七品小官，他家有老母妻兒，還有兄弟三人，雖然不是高門大族，也有名有姓，並非來歷不明之人，一查到此人身分，刑部的人立即將他的家人、親戚、朋友甚至說過話的人通通收押起來審問，可目前還沒審出任何東西，上了刑之後也只是為了減輕痛苦胡亂攀咬，沒有一句是真的。

負責調查的人覺得很棘手，偏偏皇帝因為容辭的身體心情一天比一天差，京城連帶獵場中的人都人心惶惶，拚命想查出個什麼來，卻遲遲沒有進展。

謝懷章的怒意確實已經升到了頂點，容辭和圓圓是他好不容易才到手的寶貝，他們的安全是他的一塊逆鱗，現在有人趁他不在，出手這般狠辣，險些讓他失去最重要的人，這叫他怎麼能不怒？估計若今天再沒有進展，他就要失去耐心，先處置一批人再說了。

可容辭卻在此時甦醒，謝懷章的心情一下子暴雨轉晴，也不再滿腦子想著怎麼殺人洩憤了。

他將這幾天的事大致跟容辭說了一遍。「蒼基在圓圓之前遇刺，我就是因為這事才提前離席的，兩國的繼承人在相隔這麼短的時間內相繼遇刺，未免也太巧了。」

容辭忍著痛艱難道：「莫不是……調虎離山？」

「調虎離山是肯定的，不過誰調我出去卻不一定，我看蒼科的樣子不像是知情，蒼基王子受的傷也不輕。」

「蒼基王子……不是韃狄王的獨子吧？」

謝懷章知道容辭在懷疑什麼，他搖搖頭。「確實不是，但他卻是王妃唯一的孩子，蒼科對他的疼愛絕非一般庶子可比，我看他心疼蒼基的表情，與我看圓圓也差不了多少，這樣的真情流露若說是演出來的，那這靺狄王便真是個天縱奇才了。」

他見容辭神情仍舊不安，便保證道：「做過的事一定會留下痕跡，我已經調了刑部和大理寺輪番審問，嚴刑之下，捉住幕後黑手也不過是時間問題罷了。」

容辭也沒有心軟求情的意思，當時要不是她本能的覺得不對，執意跟在圓圓身後，那一箭射過來，兒子能躲過的機會實在太小了，孩童的身子那樣脆弱，一旦中箭，想要活命就太難了，當時若再晚一步，現在就是她想替孩子去死都來不及了。

這樣一個連三歲孩子都能下手的凶手，讓容辭去同情他的父母妻兒實在強人所難，要是圓圓當時……那個耿全的親人難不成還會同情她這個做母親的嗎？

「二哥，一定要找到幕後的人。」她看著謝懷章道：「一想到這樣一個人留在世上時時刻刻盯著圓圓，我就是睡覺都睡不安穩。」

「我正是這樣想的。」

謝懷章輕輕替她揉著因為長時間不動而變得僵硬的後頸，之後將她的頭慢慢移到自己腿上。「傷口還疼嗎？」

自然很痛，容辭現在連呼吸都不敢用力，每一下心跳都震動得胸腔要被撕裂似的，但她還是微微擺了擺手。「我沒事……」

她突然想起一件事，整個人都僵住了。「我這是在哪兒？不會是在御帳吧？」

看著她慌張的樣子，謝懷章的手頓了頓，隨即道：「這是圓圓的住處，妳受傷後陸知遠他們把妳送過來的。」

容辭放鬆了下來，見謝懷章神情有些微妙，似是不悅，便解釋道：「現在的情況實在不宜節外生枝，我們……對了，顧宗霖沒來過吧？」

謝懷章心裡更加不高興，他淡淡道：「他來做什麼？一介臣子那麼多公事不做，難不成要守著太子的營帳不走嗎？」

容辭睜大了眼睛，別有意味的打量了謝懷章一眼，他不為所動，還是之前的表情。

「怎麼，我說得有錯嗎？」

「我怎麼聽著這話裡的味兒不太對啊，」容辭來了興致，很是稀奇的看著他。「你之前不是不在意這個嗎？」

謝懷章終於有些不自在了，他偏過頭躲開她的視線，面上若無其事的嗤道：「我有什麼可在意的？」

不是之前不在意，而是人家有名分他卻沒有，再怎麼在意也不好意思開口，被醋淹死了也沒那個臉面和立場計較。

可現在阿顏和顧宗霖和離的事人盡皆知，嚴格意義上兩人已經沒關係了，謝懷章這才漸漸理直氣壯，自覺她跟自己的孩子已經都那麼大了，怎麼也比一個昨日黃花來得親近，又因為那天是顧宗霖將容辭抱回來的，而那種危急時刻他卻不在場，這讓謝懷章很不舒服，多重糾結之下才露出了那點小心眼的狐狸尾巴尖，讓容辭抓了個正著。

謝懷章抿著嘴沈默了一會兒，還是忍不住低下頭輕輕捏了捏容辭雪白的臉頰，輕聲問道：「妳可曾愛慕過他？」

容辭看出他其實問得很認真，相當驚奇，因為她當真以為謝懷章不在意這些，當初不知道圓圓就是他兒子的時候，他連自己生過孩子都不在意，對於她之前的遭遇只有安慰憐惜，從不因她非完璧而怪罪，怎麼反倒對她明顯厭惡的顧宗霖耿耿於懷呢？

既看出他的認真，那她的回答也必定不能隨意，容辭認認真真的仔細思考，包括上一世的事都回想了一遍，從一開始的畏懼心虛，到後來相處漸佳，喪母以後的依賴感激，之後便是陡然急轉直下……

但不論是相處融洽的時候，還是彼此厭惡的時候，她都很肯定自己從沒對顧宗霖產生過曖昧羞澀——像是她面對謝懷章時那樣的感情。

想明白了，容辭便沒有猶豫，直接肯定的回答：「如果你說的是男女之間那種愛慕之情的話，那就從未有過。」

謝懷章得到自己想要的答案，不由微微勾起了唇角，眼神瞬間柔和了下來。

容辭見他頗為滿意，笑容都克制不住的樣子，便好笑道：「我與他雖有過夫妻名分，但再是相看兩厭不過，你這又是吃哪門子的乾醋？」

謝懷章的笑容微微一頓，隨即像是沒事一般笑而不語。

——真的是相看兩厭嗎？怕不見得吧……

原本他也是這樣覺得的，可是容辭受傷的那一天，顧宗霖看著她那焦急擔憂的眼神不會作假，其中隱藏的愛意是謝懷章再熟悉不過的——他也曾有因為之前的過錯以至於愛而不得的時候，又怎麼會看不出來。

他當然相信阿顏不會變心，但那種自己的珍寶遭人覬覦的感覺始終讓他如鯁在喉，坐立不安，過沒幾刻就忍不住找了個理由將顧宗霖給打發了出去，不讓他再有機會接近容辭。人果然都是得隴望蜀永不知足的，幾天前他還覺得自己有耐心守著阿顏，等她原諒自己等上十年八年，可一旦真的得償所願了，他就馬上想要名分，想要名正言順的與她朝夕相處，而不是像這樣——在旁人眼中他們毫無關係，甚至還不如一個已經和離了的前夫。

謝懷章垂下眼，長長的睫毛擋住了眼中流露的思緒，容辭卻見他眼珠在顫動，不知在盤算什麼。

她用力捏了捏他的手，不滿道：「剛才是你審我，現在我倒是要問問你——陛下，請問您曾經愛慕過什麼人嗎？」

謝懷章回過神來，感受到了和容辭剛才一般無二的無奈。「我若有過，又怎麼會這樣笨拙？」

「笨拙？」容辭探究道：「你對付我的時候可一點都不笨，像是身經百戰似的熟練得很……知慕少艾是人之常情，若是真有過就直說好了，我保證不生氣。」

別說謝懷章是真沒喜歡過什麼人，便是喜歡過，聽了容辭這話也是不敢招的，他討饒道：「我發誓，當真只喜歡過妳一個，便是郭氏也不過是父命難為，當時有母親的前車之鑒，我就想著成了親一定要好好對待妻子，不生外心，即便厭惡她的性子，都不曾想過納側——可那只是責任罷了，誰知人算不如天算，竟是那樣的結局……」

提起廢妃郭氏，容辭便不想再追究下去了，謝懷章被髮妻背叛想來也是難言的痛楚，她不想揭他的傷疤，便仰頭看著他像是星子一般的眼眸道：「難道真的是無師自通嗎？」

謝懷章一笑，用手掌扶住容辭尖尖的下頜，俯著身子側過頭在她唇上輕輕一碰，她的頭頸還枕在他的腿上，這個姿勢讓他們方向相反又彼此顛倒，他抬起頭又吻了吻她的鼻尖，輕聲道：「這就叫無師自通嗎？」

容辭蒼白的臉頰有些泛紅，她艱難的伸手微微推開他的臉，嗔怪道：「我傷口還痛著呢，你別動我。」

謝懷章攥住她的手放下去，又低下頭。「不用妳動……」

說著兩人又接了個溫柔又清淺的吻，這樣毫無攻擊性的親密讓容辭像是飲了酒一般有了微醺的感覺，等謝懷章抬頭後，兩人對視著都是不由自主的一笑。

容辭身體還虛弱，兩人說了這許多的話，謝懷章又給她餵了些粥水，她便顯出了疲態，謝懷章遮住她的雙眼為她擋光。「累了就睡一會兒吧，這次很傷元氣，要多休養一陣子我才能放心……」

容辭的睫毛在他手心中掃了掃，隨即慢慢閉上雙眼，還不忘道：「圓圓醒了你可別忘了叫我……」

聽他應了，才放心在黑暗中昏睡了過去。

謝懷章維持這個姿勢很長時間沒變，等她熟睡了才將手放下來，把她穩妥的安置在枕頭上，回案桌前繼續處理政事。

不知是不是容辭甦醒的事讓他心神放鬆，沒一會兒久違的睏意也找上了門，他略微一猶豫，想著是不是要回御帳看看兒子順道在那裡歇一歇，可看著容辭毫無防備的躺在床上睡得正香，到底沒有回去，而是輕手輕腳的走到床邊，小心翼翼的在不碰到容辭的情況下躺在了床邊，就這麼和衣與她同榻而眠。

這一覺睡得很香，謝懷章是被班永年在屏風外小聲喚醒的，他一下子張開眼，看容辭睡得正熟沒被吵醒，便皺眉壓低聲音呵斥道：「還不滾進來！」

班永年進來看到這一幅情景，面色絲毫不改，他從那天德妃辦的聚會上就敏銳的察覺出了什麼，只是不敢確定罷了。後來許夫人為救太子連命都不要了，這幾天陛下又寸步不離的守著她，這還有什麼猜不出來的？他一邊暗罵趙繼達那個賤人什麼都知道卻不肯透露，一邊想著怎麼討好這位夫人，一天就能想出百來個花樣。

他湊到皇帝耳邊稟報道：「外面有人通傳，說是恭毅侯前來求見太子。」

這是圓圓的營帳，不知情的人以為皇帝一直在自己的御帳中。

謝懷章低頭看著容辭因為受傷不算很安穩的睡顏，漠然道：「就說太子已經熟睡了，不許旁人打擾，請他自去吧。」

班永年毫不猶豫的應了是，轉身替皇帝打發情敵去了。

因為容辭的傷不是三、五天能好的，謝懷章怕她路上受不了顛簸，便以遇刺案未結為由推遲了回鑾的時間，又恐留在這裡的人太多難免節外生枝，就傳詔諭令眾臣家眷及三位妃嬪分批先行回京，只留了皇室宗親和一些官員及心腹，其他人都或前或後的打發回京了。

這人一批批的走了，謝懷章就生生又拖了近一個月才終於定下回京的日子，這時候容辭雖還沒完全康復，但也已經可以走動了。

一路上容辭並沒有接近御駕，都是在圓圓的馬車上和兒子相處，母子倆好不容易能在一起這麼長時間，連舟車勞頓都沒感覺到，也不像來的時候那樣煎熬，似乎謝懷章沒有特意使人放慢行程，反倒加快了似的，一眨眼的工夫就到了京城。

這些日子，隨駕的人也深刻感覺到了這位許夫人與太子的投緣，兩人相處起來真有幾分母子的樣子，使人紛紛感嘆這人的緣分真是說不準。所有人都道這許氏運道好，明明不得夫君喜愛，都是和離的婦人了，誰知道她這麼輕易的討得了太子的歡心，加上還有這樣的救駕之恩，若是這份感情能夠延續下去，她的日子也必定不比當個侯夫人差。

甚至還有有心人想到了更深層次的事——皇帝愛子之情有目共睹，他又沒對後宮的哪位妃子另眼相看，據說因為這些母妃皇太子一個也沒看上，皇帝便至今沒為兒子找到身分合適的養母，現在還是他一個大男人親力親為的照顧孩子，這明顯有違倫常禮法。

如今這許夫人和太子的感情日漸深厚，陛下會不會因此……反正前幾任皇帝後宮中的再嫁之婦也不在少數，太祖還有個寡婦皇后呢，現在再多一個二嫁的妃嬪也算不了什麼大事。

不過現在說這些都還太早，皇帝一天不表態，這些也不過是猜測罷了。

容辭不知道有些聰明人在不知情的情況下都能把聖心猜得八九不離十，現在儀仗眼看就要到宮門口了，她在圓圓依依不捨的眼淚中與他道了別，剛剛轉坐上羅五和李慎來接她的馬車，還沒走幾步就被攔下了。

「四姑奶奶，」幾個下人僕婦攔住馬車，低眉順眼道：「還請您先不要急著回侯府，咱們家老太太許久沒能跟您見上一面，心裡一直念著，現命我們將您接回家去，好與她老人家共聚天倫。」

畢竟住得近些了，這幾年容辭偶爾也會回靖遠伯府看望母親和妹妹，只是不怎麼見郭氏和伯夫人罷了。

其實出嫁之後，老夫人郭氏倒沒有故意為難她什麼，過去得知她長期與顧宗霖分居，還曾勸過她不要過於倔強，要放下身段，籠絡住了夫君再生個孩子，哪怕是借腹生的也好，之後仍然是一府侯夫人，誰也奈何不了。但後來見這孫女「爛泥扶不上牆」，怎麼勸都沒有用，空有恭毅侯夫人的名頭，竟然被人擠對得家都回不了，實在沒什麼籠絡的價值，態度也就冷淡了下來。

所以容辭其實也有兩年沒跟他們打交道了，這次被叫回去，一進郭氏所居正房，方才驚覺老太太竟然已經老到了這樣的地步。

她的皺紋比之前深刻了不少，頭髮本就已經花白，現在更是帶了衰敗的灰色，整個人的精神也大不如前，脊背不像兩年前那樣挺得筆直，而是有了彎曲的弧度。

這才幾年不見，郭氏就已經是一副風燭殘年的樣子了。

但容辭也沒為她多擔憂，因為上一世郭氏也是差不多這個時候身體開始不好的，但直到她死，老太太還活在世上。

「老太太安好。」

郭氏抬手示意她起身。「跟妳母親問安吧。」

原來這次溫氏也在，這一輩的媳婦裡吳氏和二太太陳氏都是缺席的。

趁女兒給自己問安，溫氏便不停地朝她使眼色，容辭知道母親想說什麼，但在這裡卻不好單獨安慰母親，只得對她微微搖了搖頭，示意不要擔心。

溫氏怎麼可能不擔心？前些日子吳氏從獵場回來，居然說女兒因為不能生育被休了，還嚷得沸沸揚揚，生怕有人不知道，她不想相信，可吳氏說得有鼻子有眼，並且信誓旦旦的說是容辭親口承認的，在場的夫人小姐全都聽得清清楚楚，說她要是不相信只管去問。

溫氏當時險些暈過去，好半天才緩過神來，之後就一直茶飯不思的擔心女兒，偏偏容辭遲遲不曾回京，她又是個寡婦等閒不得出門，想找人問都找不著，急都要急死了，直到後來老夫人讓人去特意打聽，才說不是休妻而是和離，溫氏這才有了些許安慰。

本來要是一開始就聽到是容辭和離的消息，她恐怕也會像天塌了一樣，可是吳氏這故意一抹黑，反而壞心辦好事，給了她一個更壞的心理準備，聽說是和離時反倒好受了不少，現在她只擔心老夫人怪罪女兒，其他的都要靠後站了。

出乎意料，郭氏讓容辭坐在自己身邊，先問的卻不是和離的事。「這幾天京城裡傳得滿城風雨，說是太子遇刺，有這麼回事嗎？」

吳氏是專門報喪不報喜，容辭的壞消息她添油加醋的往外傳，但她救了太子立下大功的事卻一個字也沒說，還是郭氏聽旁人說的。

容辭暗暗挑眉，不動聲色道：「是有這麼回事，好在有驚無險沒出大事。」

郭氏握了握容辭的手。「妳這孩子，都受了那麼重的傷，怎麼還能說是有驚無險呢？」

這事關係重大，在沒結案之前知情的人為了怕多嘴惹麻煩，紛紛三緘其口，不肯多說，吳氏因為私心沒跟婆婆知應一聲，郭氏還得特意打聽才知道，而容辭的親娘溫氏則是什麼都不知道，此時冷不防的聽了前一句還一頭霧水，再聽到女兒受了傷才急了。

「什麼?!」她站起來拉著容辭上上下下的看了一番。「是哪裡傷了？」

容辭拉住母親的手，輕描淡寫道：「只是輕傷而已，當時太子殿下就在我身邊，我也不能眼睜睜的看著他一個小孩子受傷吧？母親快別擔心，我早好了。」

郭氏微笑著讚許道：「妳做得很好，立下這麼大的功勞，受點小傷也是值得的。」

這話說得，讓溫氏憋屈得不行——什麼立了功受傷也值得，自己的女兒命就這麼賤嗎？

倒是容辭不以為意，她早就知道郭氏是什麼樣的人了，要是她現在關心她這孫女的安危勝過利益，那才是稀奇事呢。

「聽說妳與太子很是投緣，相談甚歡是嗎？」

容辭低頭道：「太子殿下才多大的人，哪來的相談甚歡，只是說過幾句話罷了」

「這可難說，」郭氏笑得意味深長。「一個小孩子而已，要哄他高興還不容易嗎？若之後再能親近太子，妳可不要錯過好機會，多在他身上費費心，自然有妳的好處，家裡也能沾沾光。」

這下連容辭都覺得膈應起來了，她這話關係到圓圓，讓她怎麼聽都不順耳。

郭氏見容辭神情淡淡的，低著頭也不說話，不由暗嘆這個孫女跟個悶葫蘆似的，有了好機會也不知道把握，想到這裡又道：「還有，妳和離的事是怎麼回事？」

「就是處得不融洽，」容辭低聲道：「再過下去也不過是誤人誤己，還不如好聚好散。」

「胡說！」郭氏斥道：「這天下的夫妻有幾對是能相親相愛的，不都是湊合著過的嗎？怎麼到妳這裡就不行了？」

容辭知道此事跟她是說不通的，也不在這裡糾纏。「王夫人也一直不滿意我這媳婦，加上一直沒孩子……現在木已成舟，不能反悔了。」

「別拿這些話來糊弄我，外頭的人都在說是因為妳不能生的緣故才遭了婆母厭惡，可妳婆婆明明壓根兒就不知道這件事！那天見了我還鼻子不是鼻子眼不是眼的，說我們許氏的女兒主意大。妳說說是怎麼回事，你們這兩個年輕人的主意倒真是不小，這樣的事也能瞞著父母作主，可真是……」她想起被王氏指桑罵槐的事就氣不順。「還有孩子的事，你們成親了這些年統共才處了幾天？這樣能懷上孩子才怪了。」

容辭照樣用老一套來對付郭氏，任她說什麼都默不作聲，怎麼戳都不動，讓人無從下手，郭氏還想說重話，可顧忌她和太子的關係，不想真的得罪容辭，只能忍著氣好言勸道：「妳說你們當初也是兩情相悅才成的親，可沒人逼你們，現在又鬧這一齣，不是招人笑話嗎？」

「兩情相悅？」容辭忍不住冷笑出聲，終於沒有繼續沈默，抬起頭用那雙波光瀲灩不再刻意遮掩的眼睛直視著郭氏。「老太太，這事兒當初即便我被打罰得好幾天下不了床都沒認過，現在也是一樣——除了與眾姊妹一起的那一次，我在成親前沒見過顧宗霖，更沒跟他說過哪怕一句話，哪裡來的兩情相悅？」

郭氏瞳仁一縮，一下子想起了當時顧宗霖險些與許容菀訂親卻臨時換人的事，這件事早已有了定論，他們提起來也都是默認就是容辭想攀高枝才設計的，就算有疑點也不會再去深究，可現在時隔多年，容辭卻仍然一口咬定自己沒做過，都到了現在這地步，她……還有必要撒謊嗎？

第二十章

溫氏領著容辭回了她們的西小院，三言兩語把想來纏著姐姐說話的許容盼哄去吃飯，關上門就把桌上的茶具打了個細碎，怒氣沖沖道：「真是一家子狼心狗肺，這樣陰損的招數竟也能想得出來！」

容辭拍著她的背替她順氣。「我都跟他們家沒關係了，您就別生氣了……」

「不想成親就打光棍好了，偏要把我的女兒騙過去守活寡，我怎麼能不氣！」溫氏激動得掉了眼淚。「妳就這樣忍受這委屈，怎麼不跟我……」

話說到一半就驀地低落下來，她一下子跌坐在榻上，精氣神都抽了一半去。「是我這當娘的沒用，妳就算說了，我這廢物也幫不上半點忙……」

容辭其實就怕她這樣，溫氏本就不是什麼堅強的人，上一世就是心情抑鬱才早早去世的，現在容辭見她這樣消沈，心中便很不好受，躊躇了一會兒忍不住透露了一點。「娘，其實和離這事……」

提起這個溫氏更是傷心，不等容辭說完便哽咽道：「這樣還有臉要跟妳和離，讓妳白擔了個嫁過人的名聲，再嫁能有什麼好人家？妳今後可怎麼辦啊？等我一死，一個人孤苦伶仃……」

容辭見她越想越遠，也越想越離譜，顧不得猶豫了，直接道：「和離是我主動提出的，娘，若是……我是說若是有一個男子——不是恭毅侯，他、他跟我相處得很不錯……」

溫氏的哭聲頓時停住，她猛地抬起頭。「這是什麼意思？」

容辭有些吞吞吐吐。「嗯……就是那個意思……」

溫氏兩三下將眼淚擦乾，把容辭拉到身邊坐下，迫不及待的問道：「妳仔細跟我說說，怎麼會冷不防的冒出這麼一個人來，妳是因為他才想要和離的嗎？」

其實並不是，但此時被娘親灼灼的目光盯著，容辭也只能硬著頭皮點了點頭。

「哎呀，這可真是……」溫氏算是哭不出來了，她現在心情很複雜，明明該教訓女兒行事不端的，可不知怎的，聽到容辭在和離之前就認識了這男人，甚至還因為他將那不可一世自稱另有所愛的恭毅侯甩在腦後，執意和離後，她在心裡除了擔心這男人值不值得託付之外……

怎麼還感覺很是舒爽，像是出了一口惡氣似的，渾身都輕鬆了起來……

溫氏覺得自己的想法很不對，但偏偏沒法克制，只能盡力壓下了想要向上翹的嘴角，象徵性的斥責了一句。「妳這孩子，也太不謹慎了……」

然後容辭還沒來得及懺悔，就聽溫氏話鋒一轉，迫不及待的問道：「他是個什麼樣的人？」

「……」

看女兒一言難盡的表情，溫氏略有些不好意思，解釋道：「我知道妳是個有盤算的孩子，妳既然能跟我說了，就說明心裡也是有數的。」說著催促道：「妳快與我仔細說說，我也可以幫妳拿拿主意啊，妳放心，有了恭毅侯在前，但凡比他好的，我就不罵妳。」

把謝懷章和顧宗霖相比……就算不加地位的差距，單論他們兩人作為愛人的表現，有可比之處嗎？

「您的要求也太低了吧？」

溫氏看著容辭提起那人亮晶晶的眼睛，心裡的擔憂竟悄悄放下了一些，她不禁露出個笑來。「真有那麼好？不是情人眼裡出西施吧？」

容辭臉頰微微發紅，掩飾一般的將頭靠在溫氏肩上。「就是很好嘛，娘，您要是見了他，也會喜歡的……」

她這情形真的和當初與顧宗霖在一起時那種冷靜到冷漠的態度完全不同，溫氏這時才信了女兒是真的喜歡那個男子，而不是隨口糊弄。

溫氏伸手摩挲著容辭的側頰，繼續追問細節。「他可曾成過婚，可有妾室兒女？」

容辭身子一僵——按這個來說，謝懷章可全是缺點。

她支吾道：「嗯，是娶過妻子，他比我年紀大……一點點，要求是頭婚的話也太難為人了……」

溫氏微微皺起眉頭，但仔細一想也是那麼回事，要是這個年紀還沒有女人，保不齊就是另有貓膩，萬一再和顧宗霖是一個情況，那才真是個火坑呢。

她被容辭的避重就輕糊弄過去了，一時沒想到再追問孩子、侍妾的事。「他家是哪裡，可有功名爵位？」

容辭不知道該怎麼說，她自己也不知道謝懷章打算怎麼安排他們二人之事，這事又非同一般，前朝後宮必然阻力重重，現在跟母親和盤托出，先不說這會不會嚇壞她，說句不好聽的，萬一以後不成……可怎麼跟她交代呢？

容辭低聲道：「他姓謝。」

溫氏一頓。「是宗親？」

容辭遲疑的點了點頭。

溫氏的臉色瞬間變得有些凝重。「這倒不好，齊大非偶的虧咱們已經吃得夠多了，萬一以後再有什麼不好，沒人撐腰怎麼辦……」

「您想到哪裡去了？」容辭捂著臉。「這八字還沒一撇呢，哪裡就又要考慮這樣多了。」

她怕再說下去自己就要頂不住了，裝著看了看天色。「天色也不早了，您早些休息，我先回去看看……」

溫氏忙把她拉住。「妳跑什麼，我不過是擔心這才問一句罷了，好不容易跟我說了這會子話，沒兩句就要躲……我不問了還不成？妳心裡有數就好，什麼時候覺得合適了再來跟我說。」說著又道：「妳既已經和那邊斷了關係，也應該搬回來住才是，一個女孩子單獨住在外面也不像個事啊。」

其實按理說婦人和離之後，若不是長輩同意，是應該大歸回娘家住的，但顧宗霖那邊從不提這事，容辭的嫁妝還在恭毅侯府放著，她不提，顧宗霖也像不知道似的從不說要人來拉走。而郭氏也不知道是不是還抱著兩人能復合的心思，也沒提讓她回許府住的事。

容辭道：「老太太既沒說什麼，我還是在外邊住好些，我看大伯母還沒把當初那事兒放下，我在這裡時時礙她的眼，萬一再出什麼么蛾子，咱們還要費心周全。」

溫氏聞言立即改了主意。「正是這話！妳是不知道她這幾年是怎麼作天作地的，妳瀟二哥哥膝下遲遲未有男嗣，為了這個不知生出了多少事故，今天給個通房，明天抬個姨娘，把他們兩口子折騰得雞飛狗跳，瀟兒媳婦委屈得什麼似的，連妳二伯一家也吃了她不少排頭。」

「老太太不管嗎？」

「她年紀大了，這幾年身體也不好，有些事都是睜一隻眼閉一隻眼罷了。」

容辭蹙眉。「大伯母可有來找您的麻煩？」

「妳二伯母這幾年一直暗地裡幫著我，有事也能讓她支應著點，日子倒也不難，況且吳氏現在也沒那工夫管我了。」溫氏壓低聲音在容辭耳邊道：「她統共就生了一兒兩女，除了慧大姑娘還好些，另兩個就夠她忙的了。」

「瀟二哥哥是因為子嗣的事，這我知道，三姐又是怎麼回事？」

容辭的三姐就是許容菀，容辭嫁人沒多久她就定了一門親事，很快也出了閣，容辭只聽說她嫁的是個出身官宦世家又前途無量的進士，除了家中沒有爵位，想來也不比顧宗霖差到哪裡去。

「唉，人家林家也是書香門第，林公子溫文爾雅、儀表堂堂，可妳三姐也不知道從她娘身上學了什麼招數，成日裡這不滿意、那不滿意，林公子二十出頭的年紀都已經升到正六品了，她還不知足，就因為嫌嫁得不夠好，三天兩頭鬧彆扭回娘家，結果有了身子也不知道，在路上出事小產了。」

溫氏嘆道：「這還不算完，去年底她好不容易又懷了孕，結果生下來個死胎，之後一口咬定是有人要害她，話裡話外說是她婆婆做的，結果伯夫人氣勢洶洶的闖到人家家裡，逼著林氏請大夫來查——妳猜怎麼著？原來是容菀那丫頭自己不聽老人家的話，孕期吃太多把孩子養得過大了，生生在肚子裡憋死的，哎喲，當時咱們家那個丟人呀，老太太氣得大病了一場，現在還沒緩過勁來呢。

「出了這樣的事，林家自然不會干休，鐵了心要把她休了，還是妳大伯親自上門賠禮道歉，才把這事平息下來。」

容辭沒想到這幾年自己經歷了不少波折，本該順順當當的靖遠伯府竟也一點沒消停，這一場場大戲也相當令人震驚。

溫氏雖說也覺得容辭回來住容易被吳氏針對，但想著她受的傷，到底捨不得女兒，硬是留她住了一晚才讓她回去。

謝懷章那邊正忙著調查遇刺一事，正查到了關鍵之處，那個耿全的妻子受不住重刑，終於在極度恐慌之下想起了些許線索，現在正照著這些話往下查。但他還是擔心容辭的傷勢，聽她回來了就立即帶著孩子過來了一趟，知道她情況穩定，傷口也癒合得很好，才放心回去做正事。

而容辭本想著顧宗霖憋了這麼長時間，應該會來找自己問個究竟的，她都做好了兩個人再吵一架不歡而散的準備了，誰知道因為梁靼會盟需要有人善後，調了好些人在北邊，顧宗霖竟也在其中，這一時半會兒恐怕回不來。

……其實容辭猜測是謝懷章故意這樣安排的。

明明她和顧宗霖還有話要談，可偏偏就能有意無意間被各種事岔開，她在獵場養傷的時候，顧宗霖先是忙於公務，後來乾脆被調回了京城，現在她倒是回京了，他又被調回去了，從她受傷那天開始，兩人一次也沒見過面，倒是「巧」到不能再「巧」了。

可容辭拿這事問謝懷章，卻被他一口否定，說這種小事都是五軍都督府和京衛司的長官決定的，如非必要，他從不干涉，謝懷章還義正辭嚴的說他並不在意顧宗霖，更沒把他放在眼裡，絕不會在這種事上使絆子，故意不讓他們兩個見面。

對此容辭保持懷疑態度，偏偏沒有證據揭穿他，只能就這樣默認了。

「妹妹，那天還真是凶險，虧妳能反應過來，不瞞妳說，我是當場被嚇暈過去的，也是丟死人了。」

這是在大長公主府園中的花廳裡。

這是座占地不小的花園，其間錯落有致的種植著各色菊花，品種各異，色彩斑斕，被手藝卓絕的花匠培育得鮮活明麗，在這秋風蕭瑟一派灰黃的季節，一眼望去就能讓人拔不開眼。

福安大長公主回京已經有一段日子了，因為身體欠佳一直閉門休養，沒有在人前露面，最近已經大安，便趁著花園裡開得正當季的菊花辦了一場賞花會，請了不少人來，可以說京中有名有姓的公子小姐、貴婦才子都到了，人人都以有資格赴這賞菊會為榮。

容辭本以為事不關己，可誰知福安大長公主竟派人把帖子送到她的住處，叮囑她一定要來，說是有要事相商。

換了一個多月前，容辭和謝懷章還沒有和好時，這次賞花會究竟要不要去她或許還要再斟酌，畢竟她已經不算是恭毅侯夫人了，誥命正裝與配飾都歸還了禮部，身分有些尷尬，既不是顧夫人，也不能算是許小姐。但現在她和謝懷章已經……福安大長公主就是她自己的長輩，她有吩咐，容辭便不好推脫了。

這次聚會並非全是身分高貴、夫君有官職的命婦，也有些未出閣的小姐，甚至在中間一座花壇的對面還有青年才俊和文人雅士，男女席間隔得也很近，算是個比較輕鬆不拘謹的玩樂性質的宴會，在謝璿沒來之前到處是說話聲，年紀大些的端坐得穩穩當當，年輕的卻又笑又鬧，氣氛很是輕鬆。

容辭在這裡面算是挺特殊的，女子中二嫁的也有幾個，但只是離婚、沒有再嫁，並且前夫貴為二品侯爵的一個也沒有。

容辭自己能察覺出好些人都在私底下議論自己，大概好話壞話都有。

但現在不同以往，因為圓圓的關係，即使那些看不上她的人也不會主動來得罪，反而聰明的還故意來搭話，想要與她交好，加上她之前在閨中認識的幾個朋友也在，一時之間竟也沒受冷落。

馮芷菡一如既往地自來熟，一來就擠開其他人坐在容辭身邊，很是熟稔的跟她說起話來，這才有了剛才那一幕。

她也知道容辭現在不好稱呼，所以知道容辭比她還要小一歲後，就乾脆直接稱她妹妹了。

容辭一開始覺得馮芷菡有些怪，但相處了幾次倒開始喜歡她了，她這個人是莫名其妙的開朗樂觀，行事也不拘小節，更重要的是，容辭能感覺到她從一開始接近自己就只是因為好奇，並沒有什麼惡意。

「不過是下意識罷了，殿下是個孩子，若妳在跟前，想必也不會袖手旁觀的。」

馮芷菡搖頭道：「我自己是什麼樣的人自己清楚，是再惜命不過的，之後我也想過這個問題，可是我就算是救自己親生的孩子，能不能拚上性命也還是兩說。」

容辭沒有覺得這話不對，每人都有權利做選擇，誰也沒有規定做了母親就要把一切奉獻給孩子，這全憑個人樂意罷了。

就在這時，兩人面前站了個十五、六歲的少女。

這女孩子長相清秀，小鼻子小臉，穿著天青色繡葡萄紋的長裙，也是個小家碧玉的美人，單看還是不錯的，但此刻她站在容辭和馮芷菡面前，既不如容辭眉目靈秀，更不如馮芷菡國色天香，生生被襯得黯淡無光，只像個穿著好些的丫鬟。

一見她，容辭的表情變得微妙起來，馮芷菡則隨意打量了她一眼，疑惑道：「妳是……」

那少女神態落落大方，向兩人行了個福禮。「小女子劉氏舒兒，見過陳六奶奶和許小姐。」

馮芷菡在和女人打交道時相當敏感，幾乎立刻就從這劉舒兒話中那微妙的停頓裡察覺她來意不善。

她一下子挺直脊背，本能的進入備戰狀態，以相當熟練的優雅又漫不經心的語調道：「哦？是劉尚書家的小姐嗎？怎麼之前沒見過？」

劉舒兒臉色一僵，隨即有些不自在的解釋：「您誤會了，小女子並非劉尚書的千金。」

容辭微微挑起了眉，在馮芷菡耳邊低聲道：「她是戶部郎中劉峰的遠房姪女……」

「多遠的遠房？」

「很遠很遠的那種……」

馮芷菡驚奇的低聲道：「……這樣的人妳怎麼認識的？」

她當然認識，這個劉舒兒就是前世恭毅侯府後院的第一人，為顧宗霖生了一子一女，相當得寵，不過按理說她是在兩、三年後才被抬進侯府的，不知為什麼現在這麼早就出現了。

劉舒兒見她們自顧自的竊竊私語，像是完全沒把她放在眼裡，那強裝出來的從容也消散了。「許小姐，我久聞您的大名，很是仰慕，現在想跟您說說話……」

容辭微微抬眸看了她一眼，接著低頭喝茶並不回話，讓劉舒兒更加沈不住氣了。「小女子本不能來參加賞花宴，是有貴人帶小女子來的，她……」

「是恭毅侯府老夫人？」容辭一口道破，反而讓劉舒兒張口結舌，不知道怎麼辦才好。

容辭環顧四周，果然見王氏已經來了，正站在門口跟旁人寒暄，一時沒注意到這邊。

「劉姑娘，我也不知道顧老夫人提起我時是怎麼說的，但是還請妳明白一個道理，」容辭的語氣淡淡的，卻比馮芷菡那故意做出的漫不經心更加讓人難堪。「她可能不是很滿意我這前任兒媳，但想必更加不喜歡多事又自作聰明的女子。」

劉舒兒的臉一下子漲紅，聽容辭繼續道：「妳的事還沒定下，就不要急著到我這裡來耀武揚威了，免得到時候雞飛蛋打，白高興一場。」

劉舒兒本以為容辭不認識自己，這才想要暗示幾句膈應她來著，沒想到容辭竟然什麼都清楚，連敲帶打把她那點小心思都抖露出來了。

她覺得異常難堪，又很擔心王氏真如容辭所說那般會厭惡自己，只得趁王氏不注意，灰溜溜的回了她身邊。

馮芷菡看著她的背影皺起眉。「這該不會是恭毅侯老夫人準備給……納的妾吧？」

「這也說不準，」容辭垂下眼簾。「就算本來要做妾的，現在可能要更進一步了。」

王氏沒察覺劉舒兒的行動，與人寒暄完後從容辭面前走過，見到她後突然停住，直直的盯著她。「妳也過來了。」

容辭語氣沒什麼起伏。「承蒙大長公主不嫌棄。」

王氏臉上還微微帶著笑，嘴裡卻道：「許氏，妳的主意確實大，我這當婆婆的還什麼也不知道，自己家的事就傳得人人都知道了。」她語帶輕蔑。「我們家上上下下對妳那樣好，不嫌棄妳喪父剋親……」

「老夫人！」容辭含笑打斷她。「妳不嫌棄我，可也沒問我願不願意嫁不是？我勸妳快別提什麼對我好的話了，妳當初使那些骯髒手段是為了什麼，咱們都清楚，可別讓我一不高興說出什麼不好聽的來。」

王氏是頭一次見識到容辭的口齒，之前一直以為她軟弱可欺，沒想到一朝和離不再受她轄治，竟這樣能頂嘴。

她喘了口氣，眼神變得陰鷙，和上揚的嘴角搭配起來十分怪異，王氏壓低聲音道：「妳以為離了侯府還能好過嗎？不過是個棄婦，與被我兒休棄有何區別！」

「是嗎？」這種話容辭聽多了，上一世那些說她配不上恭毅侯還要霸著侯夫人位置不放的閒言碎語多得數不清，她早就鍛鍊出一副鋼心鐵肺了，一點也不在意，反而似笑非笑道：「我們兩個誰休誰，妳的兒子心裡清楚，又何必逼我說出來自取其辱呢？」

王氏哽了一下——兒子的表現還真像是被休的那一方，明明和離已經是塵埃落定板上釘釘的事，可他卻下令不許任何人提起，現在恭毅侯府的下人們仍然稱容辭為「侯夫人」，前些日子朝喜背地裡編排了她一句，被顧宗霖聽了個正著，二話不說就命人把他按住，結結實實的賞了二十個板子，當即就逐出了三省院。

也就是那件事讓王氏驚覺，原來容辭在兒子的心裡竟然有這麼重的分量，明明之前任她被排擠出府，也不曾圓房。她也真摸不透兒子那千迴百轉的想法。

容辭這話幾乎讓王氏無話可說，但還是強撐著想找回面子。「霖兒前途無量，想要什麼樣的女人沒有……」

「難不成妳物色的新兒媳就是身後這位姑娘？」容辭故作詫異的打量了劉舒兒幾眼。「果然是不同凡響，想必家世容貌都勝我許多，這才配得上妳那位金尊玉貴的兒子。」

馮芷菡在一旁忍不住噗哧一聲笑了。

劉舒兒忙把頭低得不能再低，她本來是被王氏物色作為恭毅侯的良妾的，王氏好不容易找了個沒被顧宗霖一口否定的女子，得到一個「要考慮一下」的答案就是再難得不過了，這才多加關照、格外重視，現在被容辭一番話幾乎架在了火上烤。

王氏盯了劉氏一眼才對容辭譏諷道：「自從你們和離的消息傳回京城，官媒都要把侯府的大門踏平了，孩子，我知道妳捨不得，可這已經跟妳沒關係了。」

這倒是真的，若不考慮其他，憑顧宗霖的長相才學家世，若是謝懷章有個公主他都能配得起，可是這婚嫁之事卻不全然是看這些的，越是高門大族，相看女婿就越是謹慎，畢竟結成秦晉之好是要連兩姓之誼，而不是湊成怨偶反目成仇的，顧宗霖肯不肯再娶是一方面，另一方面……

容辭微微一笑，髮髻上的步搖跟著搖晃。「那妳倒是快選啊，當初不就是看上靖遠伯的嫡次女了嗎……對了，」她做出一副好奇的樣子。「不知我這『喪父剋親』的孤女是怎麼入了妳的法眼，肯棄三姐而就我呢？」

「還不是妳私下裡……」

「老夫人，」容辭微微眯起了眼，目光像是針一樣扎在她身上。「事到如今妳竟還能睜著眼說瞎話，當真是令我佩服——到底是誰私下裡怎麼怎麼樣了，是要我當著這麼多人的面說清楚對吧？」

「妳……」王氏看她們這對前任婆媳交鋒已經吸引不少人往這邊看了，慌忙把話嚥下去。

容辭斂了笑容，冷眼看著她。「趁我出了火坑心情好，本不想與你們計較，你們做什麼要來招惹我？我現在不是顧家的兒媳了，可不需再顧忌其他，想說什麼就說什麼，妳為什麼騙人家的女兒回去守活寡，還要我來提醒嗎？」

其實這已經把那事抖摟出一半了，另一半若說出來才是不得了，王氏恨不得堵住她的嘴，當下氣得直打哆嗦。

容辭冷漠的看著她，沒打算繼續說什麼了，畢竟這種事牽連的不光是顧宗霖，連帶鄭嬪也討不了好，她那人雖然行事讓人無語，卻不曾直接害過人，也沒起過壞心眼，她也不至於狠到以言語來置一個女子於死地。

更別說這種妃嬪與臣子的風流韻事傳開，謝懷章的臉上也不好看，她就算不顧及鄭嬪，也要顧及他的臉面。

饒是如此，這番對話還是讓周圍聽見的人都面面相覷，馮芷菡也驚得睜大了雙眼。

王氏的臉徹底黑了，還沒來得及等她說什麼，外面就有了喧譁聲，旁人也顧不得看熱鬧，紛紛往外看去。

是謝璿來了。

大長公主駕到，所有人低身行禮，王氏也只得嚥下嘴裡的話，跟著一起行禮。

那雙繡著鳳凰的秋香色繡鞋快步灑脫的走過眾人眼前，卻冷不防的停下了，王氏看著停在自己跟前的大長公主，還沒反應過來，就眼睜睜的看著這位眼高於頂的殿下親自彎下腰把前兒媳婦扶了起來。

容辭被謝璿握住了雙手，也很驚訝。「……殿下？」

謝璿用力握了握她的手，像是頭一次見面一樣笑著問：「夫人可是許氏？妳叫什麼名字？」

容辭不知道她打的什麼主意，遲疑道：「……『正容體，順辭令』的容辭二字……」

謝璿微微一笑，讚道：「禮義之始，人如其名，取得好！」

這話是很鄭重的讚許了，其他人都為大長公主這毫不猶豫的誇獎而驚訝，就看見她持著許氏的手坐到了最上方的長榻上。

這花廳中男女雖不同席卻相通，中間只隔了幾尺寬丈許長的花壇，根本不阻隔視線，謝璿的座位更是置於兩方之間，她便在這眾多男女面前大大方方的和容辭說起了話。

「我聽陛下提起過妳，可惜現在才有機會當面致謝，多謝妳救了太子的性命。」

容辭略微有點明白謝璿的盤算了，她順著話輕輕搖頭。「儲君有危險，我等身為臣民如此便是本分，當不起殿下的盛讚。」

「話不能這樣說，」謝璿的眼神帶了慈愛，她伸手替容辭正了正釵環。「好孩子，該是妳的功勞不必太過謙虛，陛下與本宮自不會虧待妳。」

「朕要虧待誰？」

這時廳外突然傳來一個熟悉的聲音，容辭險些坐不住，震驚的看過去，眾人登時一愣，看著那身著常服的男子帶著人進來，身邊還牽了個三、四歲的男童。

在場是有見過聖顏的人，就算沒見過的人，也知道普天之下敢自稱「朕」的人也只有一位，那能跟在他身邊的孩子是誰也就呼之欲出了，在震驚後，所有人都飛快的反應了過來，立即跪倒了一片，口呼「萬歲」、「殿下」的聲音此起彼伏。

謝懷章看都沒看跪著的人，徑直向首座走去，容辭看著他注視著自己越走越近，她睜大了眼睛，這才意識到自己也應該行跪禮，可剛站起來就被謝璿拉住，只見她微微蹲身被謝懷章扶住了。「姑母不必多禮，朕是聽說您身子大安，特意帶太子過來探望的。」

謝璿見他嘴上說來看望自己這個病癒的姑姑，可一雙眼睛卻黏在容辭身上，可見是醉翁之意不在酒，不由好笑，但年輕人相愛時一日不見如隔三秋她很能理解，再說自家姪子不幫她還能幫誰，便忍笑道：「請陛下坐在主位吧。」

這長榻上能坐四、五個人，主位便是正中，容辭剛剛從左邊站起來，要是他坐在中間，那容辭要麼緊挨著他坐，要麼只能回下面。

謝懷章倒是很想和容辭坐在一處，但看著她瞪著自己的表情，也只能遺憾道：「姑母是主人又是長輩，朕怎麼能喧賓奪主，便請您上座，朕在旁邊就好。」

謝璿忍不住嗤笑了一聲，也不客氣，馬上就坐在了中間，又把很想回去的容辭硬是拉坐在旁邊，容辭掙不開，又注意到圓圓眼巴巴看著自己的眼神，糾結了一下，只能硬著頭皮坐下。

謝懷章隨意的喊了起，所有人站起來便先看到了上面的情況：長公主坐在主位，陛下帶著太子坐在左邊，右邊竟然坐著許氏。

謝璿不管周圍掉了一地的眼珠子，笑著對太子說：「太子見了我該喊什麼呀？」

圓圓這次乖乖喊了。「姑祖母。」

謝璿帶了點得意的眼神看著容辭，讓容辭想起了當初她去落月山，自己教孩子喚她「公主殿下」的事，沒想到謝璿到現在還記得，忍不住帶了一點笑意。

世上的事情果然是變化多端，當初又怎麼能想到今天自己的孩子真的能在人前大大方方的稱呼福安大長公主為「姑祖母」？

圓圓喊完人，便拿一雙眼睛去望著容辭，這便和他父皇更像了。

容辭見了不禁抿唇一笑，輕聲道：「太子殿下近來可好？」

圓圓一看母親竟然在人前主動跟自己說話，興奮得小臉都紅了，跳下座位兩三下蹦到容辭跟前，貼著她的裙子仰頭道：「孤很好，夫人的傷還疼嗎？」

容辭溫和的看著他。「已經好了，多謝殿下掛念。」

謝璿看著這明明是至親母子的兩人，現在想要親近都要含蓄矜持，克制著保持在可控的距離，心裡便有些替容辭酸澀，伸手直接將太子抱上長榻，讓他坐在自己和容辭之間，接著對她道：「太子很喜歡妳，他從小沒了母親，能與妳這樣投緣也是難得。」

圓圓愣了一瞬，立即把握機會靠在容辭懷中。「夫人……」

容辭猶豫了一下，還是把兒子攬住了，趙繼達站在謝懷章身後，不遺餘力的誇道：「咱們殿下小小年紀就知道許夫人是恩人，可見聰明早慧。」

底下眾人笑著紛紛附和，一時間整個花廳都是誇讚太子聰慧的聲音，不過這些人都是一邊誇，一邊在心中腹誹這趙公公好能睜著眼說瞎話，明明太子在許氏受傷之前就已經很親近她了，現在非說是聽明知恩圖報……

話是這麼說，大多數人還是識趣的，嘴裡都是好聽的，當著謝懷章的面把他兒子誇得天花亂墜，力圖措辭文雅不露痕跡。

容辭的嘴角抽了抽，微扭頭看謝懷章一臉理所當然，可見並沒覺得這種情況有什麼不對。

她輕輕擰了擰圓圓的耳朵，在孩子疑惑的看過來時又忍不住笑了——別說謝懷章了，她自己難道就不愛聽旁人誇讚自己的孩子嗎？

圓圓不明所以，但還是順著她的手蹭了蹭，求親近的姿態十分明顯。

他的動作有人看了稱奇，有人看了羨慕，還有人看了便如烈火燒心一般嫉妒憤恨到難以忍受。

一個尖銳的聲音傳出，在旁人和聲細語的讚揚聲中格格不入，分外明顯。「這殿下真是不懂事，莫不是沒人教養的緣故，她只是一介民女罷了，如何能稱作『夫人』？」

全場霎時寂靜無聲，這聲音是從末座上傳來的，一瞬間說話女子周圍的人都不約而同的往遠處挪了挪，生怕有人以為這蠢話是她們說的，平白被聖上遷怒。

那女子是憤恨之下脫口而出的，本以為現在這麼多人都在說話，自己抱怨兩句不會有人注意到，並沒有放低音調，誰知出口後聲音在別人耳裡竟如此明顯，被所有人清清楚楚的聽在耳中。

她的臉色瞬間慘白一片，看著遠處的皇帝意味不明的看著自己，那神情看不太清楚，卻生生將她嚇得幾乎肝膽俱裂，搖晃地撲通跪倒在地，想開口認罪求饒，卻抖著嘴唇只能零零星星的吐出幾個不成句的字。「臣……臣婦……」

容辭低著頭一時沒說話，謝懷章的臉卻沈了下來，氣勢壓得眾人即將忍不住跪下請罪，這時謝璿突然開了口。「不知這位又是何人，還能越過陛下和本宮來教訓太子？」

那人更加驚懼，趴在地上戰戰兢兢地抬不起頭來。

謝璿挑起斜飛入鬢的英眉。「本宮問妳話呢，沒聽見嗎？」

這種情況下她又怎麼敢自報姓名，只得一邊「砰砰砰」的在地上磕頭一邊求饒，期望能糊弄過去。「臣婦、臣婦一時失言，求、求……」

男賓那邊有一青年突然出列，跪在中間恭敬道：「求陛下恕罪，此女是臣內子。」

謝懷章抬眼一掃他，絕佳的記憶力讓他略微思索就認出了這個曾在殿試上面聖過的青年。「你是叫……林睿？順天府通判？」

林睿叩首。「正是微臣，請陛下治臣管教不嚴之罪。」

「跪一邊去，」謝懷章不為所動，漠然道：「此女御前失儀，對太子不敬，著……」

「陛下……陛下饒命！」那女子聽出皇帝語氣不善，驚懼交加之下反倒靈光一閃，膝行向前了幾步，抬頭朝著容辭哀求道：「四妹、四妹！妳救救我……救救姐姐……」

謝懷章一怔，下意識的向容辭看去，卻見她神色淡淡，瞧不出什麼情緒，察覺到謝懷章詢問的視線，方抬眼朝他微微點了點頭。

這個女人……是阿顏的姐姐嗎？

謝懷章反應過來卻更是惱怒——若是親人作祟，比陌生人更加可恨！他本想重罰一番殺雞儆猴，但現在這女人是容辭的姐姐，當著容辭的面卻不好拿她的親眷立威，謝懷章斟酌了一下，怎麼也不想就這麼輕輕放過這個當著他的面都能下容辭臉面的人，最後道：「看在許夫人的面上，朕便不重罰了。」

這女子正是容辭的三堂姐許容菀，她聽到這話心神猛地一鬆，不想皇帝還有後半句——

「妳既然瞧不上朕的太子……那便傳朕口諭，凡宮內或者宗室王女之家有飲宴聚會，皆不可邀此女入內，無論大小，如有違背，以欺君論處。」

許容菀一下子癱在地上，其他人也被這處罰嚇出了一身汗。

——這還不算是重罰嗎？許容菀的夫君是青年臣子，未來前途一定不止於此，她作為正室夫人誥命加身，卻連宮宴——甚至是宗親辦的私人聚會都不得參加，這如果只是輕罰，那陛下一開始是想怎麼樣？

幾個剛才議論過容辭的人紛紛嚥著口水，竟像是許容菀替自己受罰，他們本人逃脫了一劫般心有餘悸。

王氏坐在一旁，低垂著眼皮像是不為所動，但其實眼珠子飛快的顫動，驚疑之心不比任何人低。

謝懷章不管旁人，只看到容辭沒說什麼，便隨意揮了揮手，林睿滿心苦澀，此時卻也不得不知趣的將妻子半拖半攙的帶了出去。

廳中剛才歡快的氣氛已經一掃而盡，安靜得便是一根針落地也能聞見，所有人都提著心低頭保持沈默，生怕陛下還嫌不夠，牽連出幾個人出來陪許容菀。

最後還是謝璿打破了沈默，她像是什麼事也沒發生一般笑道：「陛下，剛才那人對太子無禮，但她的話卻給我提了個醒。」

謝懷章道：「哦？姑母所慮何事？」

「容辭這孩子許久之前便與其夫和離，現在確實是白身，可她拚死救了太子一命，便是咱們皇室的恩人，陛下竟也沒想賞些什麼嗎？累得她立下大功，卻還要被無名小輩輕視。」

謝懷章便做出思索的樣子。

容辭不瞭解謝璿，可卻很瞭解謝懷章，她一見他的語氣神態，便知道這是一齣雙簧，必定是早與大長公主商量好了，不論有沒有許容菀這一齣，怕是都會找機會引出這番話來。

終於，謝懷章抬起頭對著謝璿，眼神卻看著容辭道：「姑母所言極是，這確實是朕的疏忽。」說著抬手示意趙繼達上前，吩咐道：「你派人通知中書舍人擬旨，傳於內閣用印後下發司禮監與禮部——朕封許氏為郡夫人……就擬端陽二字吧。」

趙繼達領命，立即去辦了。

即使眾人仍舊心懷懼意，此時也不禁偷偷向上看去，「郡夫人」是二品女眷品級，可不依其子其夫便能受封，一般是女子個人於國有功才會賜予，在大梁諸女眷中，僅次於一品國夫人。

謝璿拍了拍容辭。「孩子，聽見了嗎，陛下特封妳為端陽郡夫人，還不快謝恩？」

容辭早在剛才便有預感，此時並未露驚色，只是默默的起身跪於謝懷章面前道：「臣女謝陛下隆恩。」

謝懷章道：「端陽夫人平身。」

她見謝懷章伸手，便以為這是虛扶，剛想順勢自己站起來，卻沒想到他竟結結實實的托住了她的手臂，甚至趁著其他人被遮擋視線，還向下真切的攥住了她的手，將她扶了起來。

容辭吃了一驚，沒想到他當著自己姑姑和這麼多人的面竟然這樣大膽，這眾目睽睽之下做出這樣的動作，讓她有種……偷情的感覺，不禁又羞又惱，在起身的同時狠狠對男人的手掌掐了一把。

謝懷章含笑的看著她，像是沒察覺到痛似的，並沒有放手，還輕輕捏了捏她的手指。

容辭瞪了一眼這個當初還以為端肅有禮的正人君子，顧不得大長公主在看著，沒好氣的瞪了他一眼，將手用力抽了出來。

謝璿離他們只有咫尺之隔，如何看不出這兩人的眉眼官司，當下差點笑噴出來，忙用寬大的衣袖掩住嘴，然後讓容辭坐下，忍著笑對眾人道：「怎麼？本宮這兒的菊花不夠美嗎？怎麼連個欣賞的也沒有，你們的詩詞歌賦都哪兒去了？」

眾人如夢初醒，像是剛剛誇圓圓一般，又用同樣的語氣把公主的花上上下下誇了個遍，在眾才子出聲現場作了幾首詩之後，氣氛總算緩和了下來，這些人也終於鬆了口氣，開始有閒心爭奇鬥豔比試才華。

接著謝璿命人上了菊花酥、菊花糕等點心，又泡了菊花茶同飲，雖不比龍井、六安等茶上得了檯面，也算是風味俱佳了。

謝懷章支著頭看其他人玩樂，過了一會兒突然對謝璿道：「姑母這園子怕也不只此處風景好，朕有些悶了，這便出去走走，不打擾諸位的雅興了。」

謝璿眉眼一動，將圓圓從容辭那邊抱過來，摟緊了道：「陛下自便吧，但我許久未曾與太子說話了，可不許將他帶走。」

謝懷章眼中就帶了笑，輕聲道：「那朕連個說話的人都沒有，豈不枯燥嗎？」說著走到容辭跟前，無視她驟然睜大了的雙眼，伸出了手。「便請夫人與朕同行吧。」

剛才還吟詩作賦、談天談地的聲音漸漸低了下來，沒幾息便徹底恢復了安靜，所有人都被謝懷章的動作弄懵了，茫然的看著陛下單獨邀請端陽郡夫人同行。

——這、這是怎麼回事啊啊啊啊！

容辭不可置信的看著謝懷章，察覺到廳內詭異難言的氣氛，她甚至都不敢看旁人現在是什麼表情，在這寂靜的時刻，容辭幾乎不敢做出任何舉動惹人注意，只能以眼神示意他不要這樣。

他卻不像平時那樣善解人意，仍舊執著的伸著手，甚至在遲遲得不到回應時，還又重複了一遍。「請夫人與朕同行。」

容辭的臉在眾人各種詭異的目光下漲得通紅，最後卻無法再拖延，只能抿著唇在謝懷章一再的催促聲中將自己的手搭在他手上，順著他的力道站了起來。

謝懷章當著所有人的面握住了她的手，接著若無其事的對謝璿道：「請姑母多多照顧太子。」

這時就連這位行事不拘小節的大長公主都有些同情滿臉羞愧的容辭了，她點了點頭。「陛下儘快回來吧，容辭身子弱，不宜久行。」

謝懷章將容辭的手握得緊緊的，絲毫不給她掙脫的機會。「朕知道，會照顧好夫人的。」

容辭忍不住閉了閉眼，就這樣被謝懷章牽著手從眾人面前走過。

其他人動都不敢動，只是用沈默的目光送兩人出門，直到連背影都看不見了時，花廳裡的人面面相覷，不知是誰最先開了口，總之馬上就爆發出猛烈的議論聲，所有人都開始談論剛剛那石破天驚的一幕，談論皇帝的用意，他和許氏的關係，對將來會有什麼影響。

馮芷菡沒有跟任何人說話，她愣愣的坐在椅子上也看呆了，一臉不知今夕是何夕的表情。

「我的天，芷菡，妳剛才看到了嗎？陛下一點都沒避諱，直接拉了端陽夫人的手！這不會是我想的意思吧……芷菡！妳聽到我說的話了嗎？」

身邊的朋友激動地拉著她說話，她都沒有任何反應，直到前方傳來了驚呼聲，才讓她回過了神。

「快來人！」有女子在喊。「恭毅侯老夫人昏過去了！」

馮芷菡眨了眨眼，跟著站起來，看到被眾人圍著的王氏暈倒在地上，面色煞白，額頭全是冷汗。

幾個離得近的紛紛前去請示大長公主，謝璿便派了幾個婆子將王氏抬了下去，順便叫了太醫來看。

有人議論。「怎麼好端端的暈了呢？」

「嘖，怕是嚇暈的吧，她的兒媳婦眼看就要今非昔比飛上枝頭了，換了我也得厥過去。」

這話其實方才就已經有人想到了，可談及的時候都遮遮掩掩不敢直接說出口，這還是第一個敢把話說明白的。

「噓！妳胡說什麼呢，議論這個，就不怕被陛下知道？」

那人嘲笑她膽子小。「陛下毫不掩飾不就是要讓我們說的嗎？這都看不出來。傳得天下人都知道端陽夫人要進宮當娘娘了，怕是才合了陛下的意呢。」

謝懷章強硬的拉著容辭走了不近的距離，漸漸覺得她想要掙脫的力氣慢慢消失，他將容辭帶到湖邊，看她還是低著頭，便問道：「生氣了嗎？」

容辭抬頭瞥了他一眼，之後看著周圍不是光禿禿就是乾枯到剩沒幾片葉子的樹枝道：「陛下不是說要看公主府的美景嗎？美景在哪兒呢？」

現在已經是深秋，眼看就要入冬，萬物凋零，除了花廳附近正當季的菊花，哪兒還有什麼美景可看，謝懷章這謊扯得真是半點也不上心，容辭一開始羞得不敢見人，但走到這裡的時間已經足夠讓她想明白他這是故意為之了。

謝懷章環住容辭的肩膀，看她神情微動卻沒有立即掙脫，心便放下了一半。

「我是想和阿顏單獨出來說話……」

容辭微微蹙眉。「於是當著那麼多人的面拉我出來？二哥，人言可畏，你若是有什麼計劃，先與我通通氣不好嗎，這樣冷不防的來這一齣，讓我怎麼做才好？」

她現在都不知道該怎麼面對剛才神情各異的人，那一瞬間的羞愧尷尬真的能讓她抬不起頭來。

謝懷章思考了短短一瞬，接著表情便低落下來。「我若與妳先說好，妳會答應嗎？」

「我……」容辭頓了一下才道：「怎麼也得容我想一想吧，何必急於一時。」

謝懷章垂下了頭，那纖長的眼睫搧了搧，遮住了瞳仁。「妳要想到何時呢，下個月？明年？是不是要等到圓圓娶妻生子還決定不了？」

容辭看他的表情，一時竟不知所措，剛才有些生氣的情緒飛到了九霄雲外，她反握住了男人的手。「你別這樣……」

謝懷章將她的手貼在自己臉上，專注的望著她的眼睛。「是我不好嗎？」

「……不是……」

「那為何在妳心裡，我們的關係這樣見不得人？」

容辭手下是謝懷章細膩又冰涼的肌膚，又被他一步步的逼問弄得張口結舌，好不容易找回了思緒。「我不是這個意思，只是不想這樣著急，可以慢慢來……」

「還要怎麼慢？」謝懷章低聲道：「我已經等了許久了，圓圓需要母親，我也需要妻子，妳不想和我們在一起生活嗎？」

「我……」

「我不可能再忍受在旁人眼中我們仍舊這樣毫無瓜葛了，」謝懷章的眼神極隱忍又極深邃，讓容辭捨不得移開視線。「阿顏，直到方才，所有人提到妳，首先想到的還是顧侯，好像我們兩人仍是毫無交集的陌路人似的，這又讓我心裡怎麼可能舒服？若是妳我易地而處，若妳耳朵裡成日聽見的都是我與德妃怎麼怎麼樣、我與郭氏怎麼怎麼樣，妳會作何感想？」

容辭想了想，覺得自己好像並不在意這些，因為她們本就是與他緊密聯繫的女子，就算是按照先來後到，也比自己更有資格與他相提並論，她並不會有特殊的感想，可是現在謝懷章的視線像烈焰一般灼燒在自己身上，她就算再遲鈍也知道這時不能實話實說。

她猶豫了一下。「我……我明白……」

謝懷章抿緊了嘴唇，轉過身去不說話了。

容辭無奈道：「二哥，我當真明白你的心意，只是你剛剛突然把這件事攤在眾人面前，我一時沒有準備……罷了，你若想做什麼便做吧，我不反對了還不成嗎？」

他仍舊沒有動作。

容辭跟過去伸手捧住謝懷章的臉，輕聲道：「你連商量都沒有就自作主張，害得我剛才毫無防備之下丟了那麼大的臉，我都沒生氣，你氣什麼？」說著踮起腳在他的唇上碰了碰，抬眼看了看他的表情，見他低著眸子，眼中卻有了細微的光亮，她便重新將唇貼上去……

謝懷章沒有回應卻也沒拒絕，兩人一時都沒說話，直到容辭突然想到現在是在公主府的花園，這才離開他慌忙四下張望。

謝懷章立即道：「有侍衛把守，這裡沒有旁人。」

容辭剛鬆了一口氣就馬上反應過來，她睜大眼睛看著眼前的男人。「你……」

謝懷章輕咳了一聲。

「你可真是……」容辭不知道該說什麼好，她哼了一聲。「就這樣還自稱笨拙，那我們這些被糊弄得團團轉的人豈不是笨得無藥可救。」

她就說，明明一開始是自己在生氣，怎麼沒兩句話的工夫，形勢就直接逆轉了，反倒要她主動親吻去哄他高興。

容辭馬上放開手，沒好氣的想要離開，可還沒轉身便被謝懷章扣住肩膀垂首吻了下來。他一邊親吻一邊含糊的低語道：「我剛才是真的在生氣，妳還沒把我哄好呢……」

容辭好氣又好笑，卻忍不住回應了起來。

兩人在涼風微拂的地方相擁著交換親吻。

謝懷章的吻總是溫柔又克制的，這次不知怎的，他動作略微加重，容辭察覺到唇邊的濕潤便有些受不住，唇齒邊逸出了微微的嬌喘，謝懷章頓了頓，接著動作卻更加重了，直接將人逼退了幾步抵在假山石上繼續親吻。

容辭模糊的察覺出不對，但被更加深入的吻纏得沒有餘地思考，腦中漸漸混沌一片，從未有過的感覺讓她渾身戰慄，顫抖的被謝懷章托著身子才沒有滑倒在地，她的手本搭在他肩上，這時卻不禁十指收攏，緊緊地抓住了他的衣服。

直到他越抱越緊，突然的疼痛將她驚醒，容辭猛然睜眼，費力的將謝懷章推開。

謝懷章深深地喘息著，一雙眼睛緊緊盯著她，半晌才恢復過來，他盡力移開那熾熱的視線，將頭埋在她肩上，低聲道：「對不起……」

容辭的呼吸聲不比他輕，她還在顫抖，好不容易平復下來，靠著石壁仰面道：「別這樣了，我……我受不了……」

謝懷章還是忍不住側著頭在她臉上輕啄了一下，重複道：「對不起……」

容辭閉上眼，並沒有察覺他的回答中並無應允。

這天的菊花宴在議論聲中結束了，在場的人到最後也沒等到新封的端陽郡夫人和說是來探望姑姑，又「出去走走」的皇帝陛下。

容辭坐在梳妝檯前，怔怔的看著銀鏡裡的自己，價值不菲的鏡中清晰地映出了她的臉。眼前的女子肌膚雪白，雙頰紅潤，眼神明亮，眉梢眼間幾乎沒有鬱氣，如雲的烏髮綰成髮髻，沈甸甸地被金簪固定，這是個洋溢著青春、又漸漸步入成熟的女子。

她腦中努力的回想前世的時候自己是什麼樣子，可對比著鏡子裡堅定的眼神，竟怎麼也回憶不起來。

前世這個時候她還沒跟顧宗霖鬧翻，每天的生活就是圍著他轉，力圖方方面面都做到最好，以此減輕幾乎將自己壓垮的罪惡感，然後晨昏定省給王氏請安，忍受著婆母的敲打和大嫂莫名其妙的譏諷與蔑視。

每天都過得戰戰兢兢，閨中對婚後生活的嚮往已經被生活中種種的不得已磨得一乾二淨，連痕跡都沒留下，也只有顧宗霖偶爾的溫情能給予她一點點的安慰，讓她能在滿是苦澀的人生中費力的摸索出一絲甜意——可惜後來證明這甜有還不如沒有。

她正想得出神，便感覺有人將手搭在自己肩上，容辭沒慌張，她從鏡中看到謝懷章正站在自己身後，兩人的視線在鏡中交會。

「丫鬟嬤嬤呢？」容辭故作不滿道：「你現在倒是登堂入室毫無顧忌，進我的房間連個通報的都沒有。」

謝懷章握著容辭的肩膀將她轉過來。「這才公平，我那裡幾年前就隨妳出入了，現在就算妳要進紫宸殿都不會有人攔著，我若是還像以前一個待遇，豈非可憐。」

容辭面上鎮定，其實心裡有些羞怯，前兩天在公主府他們親密得稍稍過了頭，幸好她回神得及時，要不然這人還不定能做出什麼事來，到時候若真的……怕是才難收拾。

即使懸崖勒馬，到最後兩人跟大長公主道別時，她用別有意味的目光上上下下打量自己的情景，到現在還是令容辭羞愧難當。

謝懷章見容辭看自己的目光有些閃躲，便知她還在為那天的事不自在，其實他自己也有些不好意思。謝懷章自己本不是個重慾的人，要不然也不會坐擁天下卻一次也沒有選妃，甚至後宮的妃子都記不得長得什麼樣子。

他們兩個之前一直是發乎情止於禮，就算偶有親密都是淺嘗輒止，相處起來心意相通的地方遠多於身體上的情慾，謝懷章覺得自己自制力很好，也一直以此為傲，可想不到隨著愛意深濃，這種感覺卻越來越強烈，這時他才明悟，遇到容辭之前的清心寡慾，卻不是什麼自制力強、不好美色，只是好的那個「色」不是發自內心所愛罷了。

謝懷章輕輕托住容辭的下巴，將她的頭抬起來，摩挲著她微微泛紅的側臉，輕聲道：「那天是我一時失控，冒犯了妳……」

「別說了！」容辭連忙遮住了他的嘴，半羞半惱道：「你當時不知分寸，現在道歉又有什麼意思。」

還有，這又不是謝懷章一個人做的，她當時何嘗不是意亂情迷，但凡自己能保有一點理智，反抗得稍微堅決一些，以謝懷章的性子，也絕不會失控到那樣的地步，兩人半斤八兩，實在說不上誰的錯更多些。

「好了，不提這個了，」容辭岔開話題。「怎麼不把孩子帶來？」

謝懷章明白容辭其實並沒有生自己的氣，只是女子天性矜持些，不願意談論這個，於是順著她的話道：「莫不是不帶圓圓，這裡就沒我的位置了吧？」

容辭將一只珍珠耳環戴上。「你說呢？」

謝懷章將另一只耳環搶到手裡，小心翼翼的想給容辭戴上，可直到將她戳痛了也沒能成功，最後只能在她似笑非笑的目光裡將耳環遞還回去。

「都說閨房之樂有勝於畫眉者，看來這張敞也不容易。」

容辭忍不住笑了，自己戴上後將他拉到自己身邊坐著。「你政務繁忙，若是連女子梳妝之事都懂得，這才奇怪呢。」

謝懷章伸手細細的描繪著她的眉眼，突然道：「獵場那件事有眉目了。」

容辭猛地坐直了，伸手把他的手攥住。「如何？」

「刺殺韃狄王子的人已經抓獲，也是他們族中一個名不見經傳的人，本來按計劃他該與耿全一樣，不論事情成與不成都要自盡，可這人不如耿全堅定，竟然臨陣退縮了，最後並沒有赴死，而是趁亂跑了，這才留下了活口。」

「審出幕後的人沒有？」

謝懷章握著容辭的手，回想著那天她中箭之後奄奄一息的躺在床上，拔箭時疼得顫抖的身體和噴湧而出的鮮血……

「別急，就快了……」

——未完，待續，敬請期待文創風860《正妻無雙》3（完）

2020年6月出版

菲來鴻福

文創風 852~853

不當廢柴的第一步，就是站、起、來！
看她小小庶女勇闖高門，把飛來橫禍變成天降鴻福！

灑糖日常　甜蜜無雙／夏言

從前世的噩夢醒來後，祁雲菲決定，今生不再任定國公府的人搓圓捏扁！
與其當個聽話的庶女，卻仍被父親賣到靜王府當姨娘，最後慘遭丈夫毒殺，
那不如先設法替欠下六千兩的父親還債，再伺機帶著銀子與親娘遠走高飛。
為了生財大計，她打算出門批貨做點小本買賣，卻撞上攔路劫色的惡霸，
幸好有人路見不平，這自稱姓岑的恩公大人，莫不是老天賜給她的福星吧？
遇到他之後，她的小生意似有神助，數月便湊齊銀兩，孰料禍起自家人——
掌家的伯父、伯母貪慕權勢，竟逼她入靜王府，和要嫁給睿王的堂姊同日出閣。
為保親娘性命，她咬牙嫁了，卻在掀蓋頭時當場傻住——
此處不是靜王府，眼前驚愕至極的岑大人變成了睿王爺，這到底怎麼回事?!
以庶代嫡可是死罪，且傳聞睿王是大齊最無情的冷面親王，她該如何是好啊……

未了情緣穿越再續　古今交錯情生意動／灩灩清泉

2020年6月出版

豪門小農女

前生英勇殉職，怎麼再醒來卻變成弱不禁風的農村小丫頭？
連門檻都跨得喘吁吁，手無縛雞之力，怎麼在異世活下去？
而且她不僅自己穿來，連警犬小夥伴與前世戀人也一起來了──

文創風 854 1

夏離沒想到自己為了緝毒而英勇殉職，在別人眼裡是個真英雄，
卻穿到這個不知何處的小農村，只能當個連門檻都跨不過的弱丫頭！
弱就算了，這戶人家雖是孤女寡母，偏又有點銀錢，惹得村裡人人覬覦，
不是想娶她母親當續弦，就是想塞個童養婿給她，連自家親戚都想分一杯羹；
看似柔弱的母親心志雖然堅定，但能支撐多久？不行，自己前世是警察，
雖然沒什麼能在異世賺錢的才華，但總能走穿越女的老路子──做料理！
如願賺到了第一張銀票，她正打算好好來應付家裡的極品親戚，
誰知竟然遇上前世的小夥伴──警犬元帥！原來狗也可以穿越，驚！

文創風 855 2

以為早已失去的愛竟能尋回，對夏離來說比重活一次更教人激動！
只是，眼前的葉風不知是穿越還是投胎轉世？雖是長相一樣，卻又異常陌生，
見他似乎認不得自己，只把她當成一個農村丫頭，夏離的心又酸又澀；
但如今有機會再續前緣，管他是皇親國戚還是大將軍，
自己即使再平凡，也要想個法子讓他上心，成為能配得上他的女子！
不過越是壯大自己，她越是覺得自家疑雲重重，
母親夏氏從不提早逝的父親，對她的教養卻是按照大戶人家的規格，
她出身農村，即使未來經商賺錢也做不了貴女，為何母親如此盡心？

文創風 856 3

雖然早知意外救回的小男孩出身不同，夏離卻沒想到真相竟是如此──
他不但是名門公子，更是她同父異母的親弟弟！
誰會隨手救人就救到自己弟弟，她這手氣……等等，若他倆是姊弟，
那她夏離的父親根本不是什麼京城的秀才，而是鶴城總兵邱繼禮啊！
這下她的身世更曲折了，原來夏氏是生母最信任的丫鬟，
受主子之託，帶著襁褓中的她逃離邱家，隱姓埋名地養育她長大；
那個邱家究竟發生了什麼事，竟逼得主母連女兒都護不住，
而她那個渣爹一得知真相，竟急匆匆地找上門，到底是何居心？

文創風 857 4 完

原來自己不只是當朝將軍之女，因著早逝的母親，還跟皇室有關係呢！
但就算是半個皇家親戚又如何，母親被太后齊氏所害，父親遠遁邊城，
外祖家楊氏一族流放的、死去的，加上被圈禁十多年的大皇子表哥，
她實在看不出自己的身世尊貴在哪裡，根本活得小心翼翼、如履薄冰；
不能曝光她的真實身分，可若是她膽怯了不敢回京，
又要怎麼為冤死的生母復仇、討回公道、洗刷楊氏的冤屈?!
只是她身分特殊，當朝的皇子又個個蠢蠢欲動，自己像個朝廷的未爆彈；
眼看朝堂風波將起，她真能藉機為楊家翻案，更為自己正名嗎……

文創風
859

正妻無雙 2

國家圖書館出版品預行編目資料

正妻無雙 / 含舟著. --
初版. -- 臺北市 : 狗屋, 2020.06
冊 ; 公分. --（文創風）
ISBN 978-986-509-116-3（第2冊 : 平裝）. --

857.7　　109005621

著作者　含舟
編輯　李佩倫
校對　黃薇霓
發行所　狗屋出版社有限公司
地址　台北市104中山區龍江路71巷15號1樓
電話　02-2776-5889～0
發行字號　局版台業字845號
法律顧問　蕭雄淋律師
總經銷　知遠文化事業有限公司
電話　02-2664-8800
初版　2020年06月
國際書碼　ISBN-13　978-986-509-116-3

本著作物由北京晉江原創網絡科技有限公司授權出版

定價250元
狗屋劃撥帳號：19001626
網址：love.doghouse.com.tw　E-mail：love@doghouse.com.tw